Uni-Taschenbücher 1227

UTB

Eine Arbeitsgemeinschaft der Verlage

Birkhäuser Verlag Basel und Stuttgart
Wilhelm Fink Verlag München
Gustav Fischer Verlag Stuttgart
Francke Verlag München
Harper & Row New York
Paul Haupt Verlag Bern und Stuttgart
Dr. Alfred Hüthig Verlag Heidelberg
Leske Verlag + Budrich GmbH Opladen
J. C. B. Mohr (Paul Siebeck) Tübingen
C. F. Müller Juristischer Verlag - R. v. Deckers' Verlag Heidelberg
Quelle & Meyer Heidelberg
Ernst Reinhardt Verlag München und Basel
K. G. Saur München · New York · London · Paris
F. K. Schattauer Verlag Stuttgart · New York
Ferdinand Schöningh Verlag Paderborn · München · Wien · Zürich
Eugen Ulmer Verlag Stuttgart
Vandenhoeck & Ruprecht in Göttingen und Zürich

Manfred Geier

Methoden der Sprach- und Literaturwissenschaft

Darstellung und Kritik

Wilhelm Fink Verlag
München

MANFRED GEIER ist Professor für Linguistik
an der Universität Hannover

ISBN: 3-7705-2099-8

Satz, Druck und Buchbindearbeiten: Graph. Betrieb Schöningh, Paderborn
Einbandgestaltung: Alfred Krugmann, Stuttgart

Einer befließ sich sehr obscur und unverständlich zu schreiben, diesem ruffte ein anderer zu: du Narr, wilstu nicht verstanden werden, so schreib nichts: so hastu deinen Zweck gewiß.

Christian Weise: Die Drey ärgsten Ertz-Narren In der gantzen Welt, 1673.

Inhalt

Devise

1. Eine Grenze, die nicht überschritten werden könnte, wäre nicht existent; eine Überschreitung, die keine wirkliche Grenze überträte, wäre nur Einbildung.
(M. Foucault, *Von der Subversion des Wissens*)
2. Das Verbot ist da, um verletzt zu werden.
(G. Bataille, *Der heilige Eros*)
3. Austin fragt nicht, welche Konsequenzen sich aus der Tatsache ergeben, daß ein Mögliches – daß eine mögliche Gefahr – *immer* möglich ist, gewissermaßen eine notwendige Möglichkeit ist. Und, ist einmal eine solche notwendige Möglichkeit des Mißlingens zugegeben, ob diese noch ein Zufall ist. Was ist ein Gelingen, wenn die Möglichkeit des Mißlingens weiterhin seine Struktur konstituiert?
(J. Derrida, *Signatur Ereignis Kontext*)

Diese dreifache Devise ist nicht nur dazu bestimmt, die Aufmerksamkeit auf das *sprachliche Gesetz* zu lenken, das die Grenze des sinnvoll Sagbaren, der gelingenden Verständigung, der grammatischen Wohlgeformtheit und verstehbaren Normalität festlegen mußte. Auch nicht allein auf das, was wir *Überschreitung* nennen können: Sammelsurium alles dessen, was gegen das Gesetz verstößt (Fehler, Abweichungen, Besonderheiten, Idiosynkrasien, Poesie, Unverständliches, Verrücktes, Mißlungenes, Fremdes, Ungewöhnliches, Verworrenes).

Wir können weder an all jenen *Einschränkungen* und Verboten zweifeln, die eine sprachliche Normalität flankieren und eine gelingende sprachliche Verständigung „in der Regel" ermöglichen. Morphologische, syntaktische, semantische und pragmatische Regeln garantieren eine Ordnung, einen Standard und eine strukturale Vernunft, ohne die eine menschliche Sprache als solche undenkbar wäre. Wir können jedoch auch nicht übersehen, daß die sprachlichen Schranken und Verbote porös sind, niemals wirklich endgültig und allmächtig. Stets wird es eine sprachliche *Bewegung* geben, die sich dem ordnenden Zugriff entzieht. Wie gewaltsam auch immer diese Bewegung dabei sein mag, auch sie gehört zur Sprache und wird ausgeübt von einem der Sprache fähigen Wesen.

Die Überschreitung darf dabei nicht als bloße Negation des Verbotes verstanden werden. Der sprachliche „Rest", den sie konstituiert und der in keiner geregelten Totalisation aufgeht, ist nicht fixierbar als Negativ des gegebenen Erlaubten. Er entzieht sich notwendigerweise einer technischen Verfügbarkeit, ist nicht generierbar. Was die sprachlichen Regeln verletzt, ist keine Substanz, die man lokalisieren und dingfest machen könnte. Es verhält sich nicht wie das Verbotene zum Erlaubten, das Äußere zum Inneren, das Schwarze zum Weißen. Es ist vielmehr eine „notwendige Möglichkeit", welche im Inneren der einen Sprache selbst die Grenze der sprachlichen Ordnung in Frage zu stellen vermag.

Stärker jedoch als diesen komplizenhaften Zusammenhang von Grenze und Überschreitung soll die Devise ankündigen, daß es verschiedene *wissenschaftliche Verfahren* gibt, die angesichts möglicher Überschreitung sich um so mehr um die Regeln sorgen und das Verhältnis von Verbot und Verletzung zu kontrollieren versuchen. In dieser „Einführung" werden die wichtigsten von ihnen vorgestellt und diskutiert. Sie alle gehen von einem bestimmten Konzept des Verhältnisses zwischen Regel und Transgression, Normalität und Abweichung, Standard und Besonderheit aus, das *schon* feststeht. Auch sie zweifeln nicht an jenem *„Jenseits der Grammatik"*, das sich dem Prinzip zu entziehen droht, dem das eigentliche wissenschaftliche Interesse gilt. Muß noch extra betont werden, daß es sich hauptsächlich um Methoden handelt, die auf der Seite des Gesetzes, der Regel und des Verbotes stehen?

Dem Namen „Austin" in der Devise Derridas kommt deshalb keine ausgezeichnete Bedeutung zu. Er indiziert weder die Ursache noch eine besonders originelle Lösung des Problems. Man würde es sich zu leicht machen, für die Problematik einer wissenschaftlichen Behandlung sprachlicher Überschreitungen einen bestimmten Namen (oder Namensträger) verantwortlich zu machen. Der hinweisende Wert, der „Austin“ zugewiesen wird, ist primär der Name des Problems selbst. Es geht um die Legitimität einer wissenschaftlichen Praxis, für die die Suche nach Gesetz, Ordnung, System und Regel im Vordergrund steht, für die folglich die Möglichkeit einer grenzüberschreitenden Bewegung apriori in die Zweitrangigkeit verdrängt werden muß.

Ja, vielleicht ist überhaupt erst die wissenschaftliche Intention auf die Sprache, orientiert durch die ehrwürdige Regel: „Without abstraction and idealization there is no systematization“ (John Searle), konstituierend für die Trennung von Gelingen und Mißlingen, Regel und Regelverletzung? Vielleicht stiftet erst die Suche nach Ordnung jene Unordnung, vor der man sich fürchtet? Auch mit dieser Frage beschäftigt sich unsere Einführung.

Immer wird uns dabei das Bemühen auffallen, jenes Sprachliche, das zu entgleiten droht, auf die Totalisation *zurückzuführen*, über die man gegenwärtig wissenschaftlich zu verfügen meint: die Generative Grammatik „transferiert“ sprachliche Abweichungen auf die ihnen entsprechende Wohlgeformtheit; die Sprechakttheorie bezieht das sprachliche Mißlingen auf jenen Standard, an dem es „parasitär“ teilhat; die Hermeneutik „transponiert“ das schwer Verständliche auf das allgemein Verstehbare eines intersubjektiven Sinns; die psychoanalytische Textinterpretation „übersetzt“ das Pathologische zurück ins Normale. Stets wird die Bewegung der Überschreitung, von der man sich ein jeweils besonderes Bild gemacht hat, rückgängig zu machen versucht, um so ihre gefährliche Gewaltsamkeit kontrollieren und neutralisieren zu können.

Sieben Methoden werden hier vorgestellt, reflektiert, teilweise auch gegeneinander gewertet. Sie haben scheinbar wenig miteinander zu tun. Die Generative Grammatik besitzt andere Gegenstände und Erkenntnisinteressen, andere Verfahrensweisen und Ziele als die Psychoanalyse, die Sprechakttheorie andere als die

Hermeneutik, der Strukturalismus andere als die Ideologiekritik. Und doch sind sie alle, sofern man sie auf das Phänomen sprachlicher Überschreitung bezieht, um das gleiche Problem gelagert: wie mit ihr fertig werden. Wie ein Gesetz feststellen, wenn die Möglichkeit seiner Übertretung weiterhin seine Struktur und Bedeutung konstituiert? Wie eine Überschreitung begreifen, die der gegenwärtigen Systematik immer schon entgeht?

Die *Abfolge* der einzelnen Kapitel ist *programmatisch* gemeint. Sie vollzieht den Weg einer Annäherung nach, die zunehmend das sprachliche Ereignis als solches ernst nimmt. Es ist der mühsame Weg von der Erklärung zum Kommentar, von der Subsumtion zur Mimesis, den wir *nomadenhaft* gehen müssen: wie der Nomade sind auch wir in unserer Kritik nur schwer greifbar und immer unterwegs, zwar immer irgendwo, in einem bestimmten epistemologischen Feld, aber doch nie auf Dauer und nie mit dem Bewußtsein, es sei unser „wahrer" Ort, unsere wissenschaftliche Heimat. In keiner der hier behandelten und mit eifriger Ungeniertheit kritisierten Methoden können wir uns seßhaft niederlassen. Steht am Beginn unserer Wanderung der sprachliche Fehler, der als bloßes „Beispiel" möglicher Abweichungen vorgeführt wird, so steht an ihrem Ende das reine „Zitat", das an und für sich bereits jene Bewegung dokumentieren soll, die letztlich auf sprachliche Freiheit und Souveränität intendiert. – Das Ende dieser „Einführung" aber kann nicht das Ende der „Kritik" sein. Davor schützt bereits die „reservatio mentalis" als stilistische Antriebskraft der kritischen Bewegung, ein geheimer Vorbehalt gegenüber jedem festen Standpunkt, und sei er auch noch so gut begründet. Auch Walter Benjamin hat nicht das letzte Wort.

§ 1 Generative Erklärung

1. Subsumtion der Wohlgeformtheit

Die linguistische Praxis der Moderne, die seit FERDINAND DE SAUSSUREs „Grundfragen der allgemeinen Sprachwissenschaft“[1] sich auf die Sprache als ein durch Elemente und Strukturen definiertes Kohärenzfeld konzentriert, hat in NOAM CHOMSKYs Konzeption einer *Generativen Grammatik* ihre bisher anspruchvollste und prägnanteste Ausprägung erfahren[2]. Die Sprache geht nun ganz in der Ordnungseinheit eines formalen Regelsystems auf: sie gilt als die aufzählbare Menge grammatisch wohlgeformter „Endketten“, die sich im Anwendungsbereich der generativen Theorie befinden. *Sprache* wird definiert als *Menge von Sätzen*, die mittels einer Grammatik (als Theorie der Sprache) *„generiert“* werden können. Mittels grammatischer Regeln werden aus dem Anfangssymbol „S“, das als Quasi-Axiom jeden möglichen Satz der untersuchten Sprache meint, die einzelnen Sätze abgeleitet, wobei diese Ableitung zugleich als Struktur-Zuordnung gilt. „Unter einer generativen Grammatik verstehe ich einfach ein Regelsystem, das auf explizite und wohldefinierte Weise Sätzen Struktur-Beschreibungen zuordnet“[3]. Sprache, die generiert werden kann, ist zum integralen Bestandteil einer Theorie erklärt worden, die als logische Maschine funktioniert: Sie generiert alle Sätze (und nur Sätze) einer Sprache mitsamt ihren Strukturen. Formal geregelt sind dabei syntaktische, semantische und phonologische Strukturen aufeinander bezogen[4]. Durch eine generative Grammatik G ist die untersuchte Sprache L (G) vollständig umfaßt und determiniert. Sie *ist* jenes System von Sätzen, die gerade jene Strukturen *haben*, welche in den Geltungsbereich der formalen grammatischen Operationen fallen.

Diese Identifikation des theoretisch Erzeugbaren mit den Sätzen einer natürlichen Sprache[5], stärker jedoch noch die damit verbundene Zuschreibung des generativen Mechanismus an einen idealen Sprecher-Hörer, dessen linguistische *Kompetenz* sie abbilden soll („Offenbar hat sich jeder Sprecher einer Sprache eine generative Grammatik vollständig angeeignet, die seine Sprachkenntnis ausdrückt"[6]), haben zu ausgedehnten und kontroversen Reflexionen[7] über den Stellenwert der generativen Theorie geführt. Gilt sie den meisten nur als eine mathematisierte Theorie zur Strukturbeschreibung von Sätzen, ohne daß damit etwas über die geistige Praxis derjenigen ausgesagt ist, welche die untersuchte Sprache sprechen und verstehen, so hat die methodologisch interessante Tatsache, daß sowohl zur Datengewinnung wie auch zur Bestätigung grammatischer Regeln die meta-sprachliche Urteilsfähigkeit kompetenter „Informanten" beansprucht werden muß, dazu geführt, die generative Theorie als eine „mentale Grammatik"[8] zu verstehen oder – erkenntnistheoretisch eingeschränkter – als Modell einer *„rekonstruktiven Wissenschaft"*[9], die eine rationale Nachkonstruktion dessen zur Aufgabe hat, was kompetente Sprecher intuitiv immer schon sprachlich wissen und können. Ein grammatik-orientiertes *„Vorverständnis"*, von CHOMSKY selbst oft als „intuitiv", „unreflektiert" oder „unbewußt" gekennzeichnet, würde durch die grammatische Theorie ausgearbeitet und in ein explizites und systematisches *Wissen* überführt werden[10]. Die natürlichen Sprachen würden sich in dieser Perspektive nicht mehr nur als die generierbaren Gegenstände einer formalisierten Theorie darstellen, sondern als „Repräsentationsform eines rekonstruierbaren vortheoretischen Wissens"[11], das in seiner explikativen Rekonstruktion über sich selbst gewiß wird, ohne daß sich dadurch allerdings das Bewußtsein des Sprechenden zu verändern bräuchte[12]. „Wir ordnen die Dinge einfach nur in einer Weise an, daß ihm (dem Sprecher-Hörer) seine linguistische Intuition, die vorher verdeckt war, nun augenscheinlich wird"[13].

Es scheint mir nun die Pointe der generativen Sprach- und

Theoriekonzeption auszumachen, daß auch die mögliche rekonstruktive Erhellung eines vortheoretischen Sprachbewußtseins nur auf die eine Funktion konzentriert und eingeschworen wird, die sich aus dem generativen Erklärungsanspruch des grammatischen Regelapparates ergibt: die reflexiv-explikativen, auch als hermeneutisch begreifbaren[14] Momente der Rekonstruktion linguistischer Kompetenz bleiben dem erkenntnisleitenden Ziel untergeordnet, alle Sätze einer Sprache aus dem gesetzten Anfangssymbol „S" ableiten zu können. Der Anspruch, generativ eine Sprache als Menge aller Sätze *erklären* zu können[15], dominiert die hermeneutischen Elemente, die sich durch die Berücksichtigung des Informanten als eines verständigen Ko-Subjekts des Linguisten in die sprachwissenschaftliche Forschung eingeschlichen haben. Das zeigt sich nicht zuletzt daran, daß der kompetente Sprecher, den man zwecks Datengewinnung und Regelbestätigung mitsprechen lassen *muß,* doch nur über das mitsprechen *darf,* was im Rahmen des explanativen Interesses wichtig ist[16]. Er gibt in der Regel Urteile über die Wohlgeformtheit, Mehrdeutigkeit oder Fehlerhaftigkeit von Sätzen ab, soweit sie für die generative Intention auf die Sprache relevant sind. Die Ableitung der wohlgeformten Sätze allein bestimmt die linguistische Praxis. Auch die Transformation des generativen Strukturalismus zu einer Sprachkompentenztheorie, wie sie von NOAM CHOMSKY deklamatorisch in die Wege geleitet worden ist[17], ist nur eine Veränderung in der Bezeichnung der sprachwissenschaftlichen Tätigkeit, der es nach wie vor allein darum geht, die grammatikalische Struktur aller möglichen Sätze zu *erklären,* indem sie mittels allgemeiner Regeln aus dem Symbol „S" deduziert werden. Wie kaum eine andere Theorie, die sich auf soziale Tatsachen bezieht, entspricht die generative Grammatik jenem Modell wissenschaftlicher Erklärung, das zu den großen Paradigmata der empirisch-analytischen Wissenschaftstheorie gehört und besonders von CARL GUSTAV HEMPEL und PAUL OPPENHEIM entworfen und diskutiert worden ist[18]. „Im Rahmen der Chomsky-Konzeption ist ein Satz s bzw. ein Teilsatz t erklärt genau dann wenn er durch eine u-konsistente Grammatik erzeugt werden kann“[19], sagt SIEGFRIED KANNGIESSER, wobei er mit „u-konsistent“ zugleich auf die allgemeine Theorie der linguistischen Universalien[20] verweist, durch welche gleichsam proto-linguistisch[21] die allgemeinen Möglichkeiten und Grenzen jeder besonderen, einzelsprachlichen Grammatik apriori bestimmt werden. Unter der angenommenen Geltung systematischer und universeller Voraussetzungen werden die einzelnen Sätze als „Explananda“ (als das zu Erklärende) unter bestimmten Randbedingungen aus allgemeinen Gesetzesaussagen „abgeleitet“, „deduziert“, „generiert“ – und gelten gerade damit als „erklärt“. Im Sinne des deduktiv-nomologischen Erklärungsschemas und diesbezüglicher Überlegungen GEORG HENRIK VON WRIGHTs können wir von einem *„Subsumtionsmodell der Erklärung“*[22] reden: „*Erklären* nennen wir ein Verfahren nach Grundsätzen, bei dem ein Einzelnes bzw. Besonderes unter ein Allgemeines *subsumiert* wird“[23]. Jeder einzelne Satz wird – als Einzelner – unter die abstrakte Allgemeinheit[24] eines „S“ subsumiert, wobei diese Subsumtion syntaktisch als deduktive Ableitbarkeitsbeziehung zwischen semantisch interpretierten Kategorien (wie: „Nominalphrase“, „Verbalphrase“, „Nomen“, „Verb“ . . .) systematisierbar ist. Jeder einzelne Satz gilt so zur Bestätigung einer allgemeinen grammatischen Gesetzmäßigkeit, unter die er als „erklärt“ subsumiert werden kann; wie umgekehrt die grammatische Theorie als „Systematisierung“[25] einer besonderen Erklärungsleistung erscheint, deren formallogische Argumentstruktur sich auf die Wohlgeformtheitsbedingungen grammatischer Sätze konzentriert[26].

Die als Generative Grammatik vorgeschlagenen Erkenntnissystematisierungen werden argumentativ thematisiert durch die Analyse einzelner Sätze, die *als Beispiele* zur Verdeutlichung einer allgemeinen Struktur oder richtigen Struktur-Zuordnung dienen. Am einzelnen Satz wird exemplarisch die Erklärungsleistung des generativen Mechanismus erprobt, gegenüber möglichen Einwänden argumentativ verteidigt, als problematisch oder unvollständig aufgezeigt oder als überzeugend begründet. Da die Sprache, die linguistisch als *Ganzes* (als Menge *aller* Sätze) imaginiert wird, ja nicht als solches gegenständlich erfahrbar ist, bietet sich nur der je einzelne Satz als empirische Basis an, an der sich die generative Erklärungsintention auf die Sprache exemplifizieren kann. Damit ist zugleich die Perspektive festgelegt, unter der Sätze als Teileinheiten des Gegenstandes „die Sprache" fungieren: der Linguist zitiert keine Rede-Teile, die im Rahmen bestimmter konkreter Rede-Situationen eine bestimmte pragmatische Funktion besitzen. Er ist kein „Performanz"-Theoretiker. Seine Sätze sind keine Gesprächseinheiten, selbst wenn sie mit solchen wörtlich übereinstimmen sollten. Es sind von vornherein bloße Exempel zur Verdeutlichung der gemeinten Struktur der untersuchten Sprache. Sie werden folglich auch nur im Hinblick auf ihre Funktion, mehr oder weniger anschauliche Beispiele des generierbaren Objekts „die Sprache" zu sein, konstruiert, vorgeführt und analysiert. JOSEF SIMON hat dafür den Begriff des *„paradigmatischen Satzes"*[27] geprägt: „In ‚gegenständlicher Sprachbetrachtung' wird von *aus der Sprechsituation gelösten* Sätzen als von *exemplarischen Teilen* eines gegenständlichen Gebildes ‚Sprache' gesprochen und die betreffenden Sätze werden schon im Hinblick auf diese Funktion, Paradigmen zu sein, gebildet. Ihre Bildung verdankt sich der Absicht der Sprechenden, nicht anderen etwas über etwas zu sagen, sondern etwas über einen sich so erst konstituierenden Gegenstand ‚Sprache' mitzuteilen"[28]. Das Subsumtionsmodell der Erklärung muß den einzelnen Satz, den es grammatisch zu erklären gilt, als ein strukturiertes Ding verobjektivieren, als ein „Gebilde aus den in dieser Sprache möglichen Strukturen, also ein reines Möglichkeitsgebilde"[29]. Die Feststellung dieser „Möglichkeit" knüpft dabei an der „vorwissenschaftlichen" Kenntnis kompetenter Sprecher an: die generierbaren (möglichen) Sätze müssen, das fordert die externe Adäquatheitsbedingung für eine grammatische Theorie[30], als *„grammatisch wohlgeformt"* beurteilt werden können. „Wohlgeformtheit" („Grammatikalität") ist die entscheidende Basiskategorie der generativen Erklärung. Eine entsprechende Urteilskompetenz ist ihre konstitutive „mentalistische" Voraussetzung: „The basic intuitive distinction formally represented in modern linguistic research is the seperation of sequences into sentences and 'nonsentences': an adequate grammar of a language is *by definition* the grammar which produces the sentences of that language and does not produce any nonsentences. Linguistic theory must claim that sentences of the natural language and those produced by the lingustic grammar are identical. *By assumption* the natural domain of linguistic theory is the set of all *intuitively* well-formed sentences"[31]. Die Erklärung wird exemplifiziert anhand solcher Beispiele, die, metasprachlich als grammatikalisch beurteilt, unter generative Regeln subsumiert werden können und gerade deshalb deren „natürliches Anwendungsgebiet" darstellen[32].

2. Abweichungen

Damit sind die möglichen Funktionen „fremder Rede" vorweg determiniert. Innerhalb der linguistischen Arbeit im strengen Sinn kann es apriori keine Rede-Teile geben, die in ihrem aktualen Gebrauch als verwirrend, unverständlich, unsinnig, verrückt, absurd oder widersprüchlich erfahrbar sind. Etwas „Fremdes" kann im Rahmen der generativen Forschung nur als etwas *„Abweichendes"* thematisiert und paradigmatisch konstruiert werden, um *indirekt zur Begründung für postulierte grammatische Regeln* zu dienen. „Ungrammatische" Nicht-Sätze werden gezielt gebildet, um bestimmte erklärende Hypothesen empirisch besser stützen zu können. Diese konstruierten „Abweichungen" werden in der Regel mit einem Sternchen gekennzeichnet, das anzeigt, „daß der Satz nicht grammatikalisch ist. Das bedeutet nicht, daß der Satz unverständlich ist oder von Sprechern nie gebraucht wird, nur daß er bis zu einem gewissen Grade eine Abweichung von der vollen Grammatikalität darstellt"[33]. Mit dieser Anmerkung bezieht sich JERROLD JACOB KATZ auf ungrammatikalische Beispielsätze, durch die er indirekt die Annahme eines tiefenstrukturellen (latenten) Du-Subjektes bei Imperativsätzen plausibel machen will, die „oberflächenstrukturell" in der Regel keine Subjekt-Nominalphrase besitzen. Weil zum Beispiel kein Imperativsatz ein anderes Reflexivpronomen als „yourself" in Objektstellung haben kann, wie die folgenden grammatisch abweichenden Beispiele zeigen:

**Help myself (themselves, itself, herself, himself)*, ist für die grammatische Struktur wohlgeformter Imperativsätze *(Help yourself!)* die Unterstellung einer Reflexivierungstransformation einsichtig, welche die reflexive Objektnominalphrase *(yourself)* aus ihrer Referenzidentität mit der „You"-Subjektnominalphrase einer tieferliegenden, abstrakten Satzstruktur *(You help you)* begreift, womit zugleich plausibel gemacht sein soll, daß sich Imperativsätze auf die angeredete Person als Du beziehen[34]. – Anhand dieses einfachen Beispiels, das allerdings nicht problemlos ist[35], läßt sich der Stellenwert „abweichender" Sätze so verdeutlichen: „Abweichung" („Ungrammatikalität") dient als paradigmatische Kategorie ex negativo, um die erklärende Kraft solcher Regeln zu verstärken, durch die grammatisch wohlgeformte Sätze adäquat generiert werden können. Damit ist nichts darüber ausgesagt, ob eine dem Beispiel entsprechende Äußerung als Teil einer Situation „passend" gebraucht werden kann oder nicht. Es spielt keine Rolle, ob „abweichende" Sätze, im Rahmen bestimmter Situationen geäußert, interpretiert und verstanden werden können. „Was diese und zahllose andere Beispiele gemeinsam haben, ist daß es für ihre Rolle im heuristischen Prozeß völlig irrelevant ist, ob sie jemals als aktuelle Äußerungen verwendet worden sind. In der Tat kommen die meisten der hier einschlägigen ungrammatischen Sätze nur dadurch zustande, daß ein Linguist sie für den Zweck der Analyse bildet"[36]. Das Prädikat „abweichend" ist also keine normative metakommunikative Kategorie, die innerhalb wirklicher Dialog- und Redesituationen zum korrigierenden Hinweis auf Regelverletzungen benutzt wird. Es ist eine theoretische Komplementärkategorie zum Begriff der Grammatikalität, den es indirekt unterstützt.

Ungrammatische Sätze können jedoch auch eine andere, grundsätzlichere Funktion besitzen. Sie können dazu dienen, *den Geltungsanspruch und die explanative Reichweite einer Grammatik grundsätzlich zu bestimmen.* Der ungrammatische Satz wird dann vom Linguisten nicht konstruiert, um eine einzelne postulierte grammatische Regel zu motivieren, sondern um den Applikationsbereich der möglichen generativen Subsumtion festzulegen. Die Kontroverse[37] um den klassifikatorischen, komparativen oder metrischen[38] Begriff der *Grammatikalität* zielt letztlich immer auf die Festlegung dessen, what an adequate grammar could do[39]. Die Kennzeichnung einer abweichenden Konstruktion als (mehr oder weniger) ungrammatisch verweist darauf, was man als Erklärungsstärke und Erklärungsanspruch einer Grammatik G (L) anzunehmen bereit ist. „In der Literatur über die generative Grammatik nimmt die Unterscheidung zwischen grammatischen und anderen Arten der Abweichung eine vorrangige Stellung ein, da gerade die Definition der Grammatik selbst auf der Möglichkeit der Unterscheidung zwischen grammatischen und ungrammatischen Ausdrücken beruht“[40]. Daß CHOMSKYs berühmtes Paradigma *Colorless green ideas sleep furiously* von ihm 1957 noch als grammatisch wohlgeformt, wenngleich „unsinnig“, beurteilt worden ist, dokumentiert, daß Grammatik hier noch mit Syntax identifiziert worden ist (die bahnbrechende Grundlegung der Generativen Grammatik geschieht unter dem Titel „Syntactic Structures“[41]), während nach der Einführung von Subkategorisierungs- und Selektionsregeln hinsichtlich lexikalischer Kategorien wie „Nomen“, „Verb“ und „Adjektiv“ und durch die Erweiterung der Grammatik um eine semantische Komponente[42] dieser Satz nun als ungrammatisch betrachtet werden kann: Farblosigkeit verträgt sich nicht mit grüner Farbe; abstrakte Nomen wie „Ideen“ sperren sich gegen Farbbezeichnungen; nur belebte Subjekte können schlafen; und auch ein „wütender Schlaf“ erscheint als grammatische Deviation. – Die Diskussion um die Möglichkeit, *Grade der Grammatikalität* durch das Ausmaß der kategorialen Differenzierung und Unterklassifikation der Formative (wie „Verb“, „Nomen“, „Adjektiv“) zu bestimmen[43] oder durch „transfer-rules“, die den Zusammenhang zwischen einer abweichenden Sequenz und einem System von Sätzen repräsentieren, das als „comprehension set“[44] der Abweichung gilt (wobei verstehbare „Semi-Sentences“ über solche Transfer-Regeln noch auf eine Menge grammatischer Sätze bezogen werden können, während Nonsens-Ketten oder „Wort-Salat“ wie *The of is likes the man*[45] sich nicht mehr in eine solche Menge überführen lassen), alle diese und andere Versuche dienen dem einen *Ziel, der subsumtiven Geltung des grammatischen Mechanismus eine Grenze zu ziehen.* Es geht um die Extension generativer Erklärungskraft. „How far can a string depart from grammaticality and still avoid being a nonsense string?“[46] Die so gestellte Frage verweist auf die generative Intention: auch der fremde, ungewöhnliche, grammatisch abweichende (Semi-) Satz wird erklärt, weil er infolge seiner „intelligibility“[47], die ihn von unverständlichen „nonsense strings“ unterscheidet, über Transfer-Regeln noch unter die Generative Grammatik gefaßt werden kann. Er muß dazu nur „sufficient structure“[48] besitzen. Auch die „fremde Rede“ muß, soll sie generativ erklärt werden, sich im Applikationsbereich der Grammatik befinden. Der Subsumtion unter die abstrakte Allgemeinheit des Satzsymbols „S“ kann sich keine sprachliche Äußerung entziehen, solange sie nicht „unverständlich“ oder „unsinnig“ werden und ihre Partizipation an der Intelligibilität der grammatischen Form ganz aufgeben will.

3. Fehleranalyse, psycholinguistisch

Während also die ungrammatischen Sätze im Rahmen der generativen Systemlinguistik nur als konstruierte Beispiele dienen können, um die partikulare Richtigkeit oder den allgemeinen Geltungsbereich grammatischer Erklärungen zu exemplifizieren, haben die *psycho-linguistischen* Untersuchungen auch *„spontane Abweichungen“* der *Sprachverwendung* wahrnehmen lassen. Nachdem die anfängliche „Korrelationshypothese“[49], derzufolge eine linguistische Grammatik (LG) mit einer mentalen Grammatik (MG) „im Kopf" („in the mind"[50]/„in the brain"[51]) des Sprecher-Hörers korreliert und sich nur durch die Form der Repräsentation von ihr unterscheidet (LG ist eine mathematisierte Theorie von Satzstrukturen; MG bildet die linguistische Kompetenz ab, die sich im sprachlichen Perzeptions- und Produktionsprozeß manifestiert[52]), durch gezielte Experimente entscheidend problematisiert worden ist, haben die psycho-linguistischen Untersuchungen und Überlegungen von W. C. WATT, T. G. BEVER, D. I. SLOBIN, I. M. SCHLESINGER u. a.[53] verstärkt solche Wahrnehmungs- und Produktionsstrategien plausibel zu machen versucht, die als *kognitive* Leistungen nicht direkt mit den generativen Regeln einer „autonomen" Grammatik LG in Verbindung gebracht oder gar identifiziert werden können. Für den hier interessierenden Zusammenhang ist dabei besonders jene *„systematische Analyse spontaner Fehler"*[54] aufschlußreich, „die als gestörte Leistungen Rückschlüsse auf Faktoren der normalen Funktionsweise des Sprechproduktionsprozesses ermöglichen"[55]. Gemeint sind etwa die Untersuchungen sprachlicher „Fehlleistungen" durch MANFRED BIERWISCH. Davon überzeugt, daß auch spontane grammatische Abweichungen keinesfalls nur ein bloßes Chaos oder amorphes Gebiet von Erscheinungen bilden, sondern erkennbaren Prinzipien unterliegen, hat er an ihnen den Zusammenhang zu erhellen versucht, der zwischen kognitiven Prozessen und linguistischen Strukturen besteht[56]. Neben *Reihenfolgestörungen*, bei denen die lineare Organisation der syntaktisch gebundenen Satzelemente verletzt wird (**Erstens dauert nicht jede Stunde vier Proben* statt des richtigen *Erstens dauert nicht jede Probe vier Stunden)*, und *Selektionsstörungen*, bei denen die Einsetzung von Lexikonelementen zur Verbalisierung einer intendierten semantischen Struktur gestört ist (**Ist das das verpachtete Rad?* statt *Ist das das verpfändete Rad?* oder **Nun mußt du noch folgendes vergessen* statt *Nun mußt du noch an folgendes denken*), hat BIERWISCH auch *Kontaminationsstörungen* analysiert, bei denen zwei verschiedene Konstruktionen fehlerhaft miteinander verquickt werden: durch die Kontamination von *Wir können auch eine Wette abschließen* und *Wir können auch eine Wette eingehen* entsteht **Wir können auch eine Wette abgehen*, mit der kontaminierten Neuschöpfung eines Verbs *abgehen*. (Solche Verbindungen lassen BIERWISCH zufolge den Schluß zu, daß die Mitteilungsintention eines Sprechers nicht allgemein mit der semantischen Struktur identisch ist, da der Fehler ja gerade in der Überführung der Mitteilungsabsicht in eine angepaßte semantische Repräsentation besteht: die beiden fehlerhaft kontaminierten Sätze verweisen auf eine gemeinsame Mitteilungsabsicht, die gleichsam noch „hinter" ihnen liegt und den „intentionalen" Ansatz zur Erzeugung einer linguistischen Struktur bildet[57]). Alle drei Typen von Fehlern orientieren also immer wieder auf zwei grundlegende Mechanismen der Sprachproduktion: auf den Mechanismus einer *linearen Organisierung* (im Falle von Reihenfolgestörungen) und auf einen Mechanismus der *Selektion* (der im Falle von Selektionsstörungen und fehlerhaften Kontaminationen verletzt ist). Es handelt sich dabei um Prozesse, die auf der Grundlage linguistischer Strukturen arbeiten, ohne mit ihnen identisch zu sein. Auf sie wurde bereits verwiesen anhand jener „zwei Typen aphasischer Störungen" (Kontiguitätsstörung: betreffend die Kombination, Kontextualität, Linearität, Syntagmatik sprachlicher Zeichen; Similaritätsstörung: betreffend die Selektion, Substitution, Alternität und Paradigmatik), die von ROMAN JAKOBSON auf die beiden Systemanordnungen der Kombination und Selektion bezogen worden sind[58].

Die psycholinguistische Fehleranalyse hat nun zwar einen Bruch zwischen dem geäußerten Satz und der eigentlich intendierten Mitteilung festgestellt und insofern den Rahmen einer generativen Linguistik im engeren Sinne überschritten. Zumindest kann von einer generativen Erklärung keine nicht-realisierte Mitteilungsintention als empirisch gegeben angenommen werden. (Allerdings lassen sich die Ergebnisse auch mittels solcher Übersetzungsregeln rekonstruieren, durch die J. J. KATZ seine konstruierten, intelligiblen „Semi-Sentences" auf die Menge grammatisch wohlgeformter Sätze zurückgeführt hat.) Und es sind zwei grundlegende Produktionsmechanismen – Selektion und Linearität – festgestellt worden, die in der Sprachverwendung involviert sind. Aber die Fehler-Psycho-Linguistik bleibt trotzdem doch ganz den Abstraktionen verhaftet, welche die theoretisch-explanativ interessierte Linguistik kennzeichnen. – Zum einen geht es auch hier um die Erkenntnissystematisierung hinsichtlich allgemeiner Gesetze, die dem „normalen" Funktionieren der Sprachproduktion zugrundeliegen. Die sprachlichen Fehlleistungen besitzen keinen eigenständigen Wert, sondern dienen allein der Stabilisierung eines Gesetzeswissens, das auf grammatische Strukturen fixiert bleibt; die spontanen Fehler sind vorweg als „grammatische" ausgewählt und gekennzeichnet und nur in dieser Hinsicht interessant. Zum andern erscheinen deshalb die „spontanen" Fehler, die – wenn man BIERWISCH glauben will – tatsächlich geäußert worden sind, als ob es sich um konstruierte paradigmatische Satzbeispiele handeln würde. Die Dominanz des generativen Erklärungsinteresses löscht ihre sprechsituationale Eigenständigkeit und Besonderheit aus. Sie haben gleichsam ihre Authentizität verloren. Auch das wirklich Geäußerte ist verobjektiviert zum bloßen Exempel. Es ist aus der Sprechsituation gelöst und wird allein hinsichtlich jener Strukturen und Mechanismen analysiert, die wesentlich seitens der generativen Linguistik vorgegeben sind. Man hätte die „spontanen" Fehler auch „konstruieren" können, ohne daß dadurch etwas an ihrer Funktion für die Überzeugungskraft psycholinguistischer Hypothesen verlorengegangen wäre. Und schließlich bleiben auch die Probleme selbst auf die subsumtiven Intentionen einer generativen Erklärung eingeschränkt. Das zeigt sich nicht zuletzt daran, daß über die Herkunft, die Ursache oder die Gründe der „Störungen" nichts gesagt wird. Die spontanen Fehler stabilisieren allein die Annahme bestimmter psycholinguistischer Regularitäten. Nur innerhalb der generativen Erkenntnissystematisierungen sind sie überhaupt informativ. Das läßt die Fehler, obwohl „systematisierbar", gleichwohl zufällig, unmotiviert und willkürlich erscheinen. Es sind eben gerade keine „Fehlleistungen", wie BIERWISCH schließlich selbst feststellt: „Ich habe zu zeigen versucht, daß sie verstanden werden können als Störungen in der Wirkung zweier genereller Mechanismen. Damit ist noch nichts gesagt über die Herkunft dieser Störungen. Was im hier betrachteten Zusammenhang als bloßer Zufall erscheint, kann auf anderen Ebenen motiviert sein. In den Selektionsfehlern können z. B. Ursachen der Art eingehen, die die von Freud beschriebenen Fehlleistungen hervorrufen"[59]. Kein Wunder, daß die Fehler-Linguistik einen *„tyrannischen"* Charakter besitzt[60]: sie lenkt die Aufmerksamkeit ja nicht auf selbstkritisch erfahrbare Fehlleistungen, die für das Bewußtsein und das Unbewußte des sprechenden Subjekts kennzeichnend sind, sondern auf „Sprachfehler", die nicht dem Maßstab grammatischer Richtigkeit entsprechen. „Wer Sprachfehlern auf der Spur ist, der kann kein Gespräch führen, ohne jeden Lapsus mit Aufmerksamkeit und Freude zu begrüßen. Ohne diese abgespaltene Aufmerksamkeit entziehen ihm die eigenen Korrekturmechanismen die Mehrzahl der Phänomene"[61].

4. Poetische Deviation

Die Konstruktion abweichender Sätze, die noch „genügend strukturiert" sind, um an einer generativ konstituierten Intelligibilität teilhaben zu können (indem sie mittels Transfer-Regeln in jene wohlgeformten Sätze übersetzt werden können, die ein ungebrochenes und direktes Verständnis ermöglichen), hatte noch einen anderen Effekt zur Folge, der für die Grundlegung einer *„linguistischen Poetik"* nach generativem Muster verantwortlich geworden ist: der mögliche Einwand gegen die Beurteilung abweichender Sätze, sie seien doch in einem anderen Kontext als dem linguistischer Erkenntnissystematisierung durchaus verständlich, „normal" oder „passend", indem man sie etwa als „poetisch" begreife[62], hat dazu geführt, das Wesen *poetischer* Sprache in ihrer von grammatischer Wohlgeformtheit *abweichenden* Form zu sehen. Im Unterschied zu den unwillkürlichen und spontanen Abweichungen psycholinguistisch systematisierbarer Fehlleistungen erscheinen poetische Sprachformen geradezu als Paradigmen *absichtlicher Deviationen,* die eine *besondere* Verstehensleistung erfordern. CHOMSKY selbst hat dem Einwand, sein Standardbeispiel *Colorless green ideas sleep furiously* sei innerhalb eines modernen Gedichts durchaus verständlich und adäquat, mit dem Hinweis begegnet, daß der sprachliche Reichtum und die größere Effektivität einer „well-chosen deviant utterance“[63] ja gerade darin bestehen, daß eine solche Äußerung eine zusätzliche und besondere Interpretation erzwingt. „Given a grammatical deviant utterance, we attempt to impose an interpretation on it, exploiting whatever features of grammatical structure it preserves and whatever analogies we can construct with perfectly well-formed utterances. We do not, in this way, impose an interpretation on a perfectly grammatical utterance (it is precisely for this reason that a well-chosen deviant utterance may be richer and more effective)“[64]. Damit ist einer *linguistischen* Poetik, welche *poetische* Fakten grundsätzlich als *sprachliche* thematisiert, die Richtung gewiesen: es geht ihr nicht um die Klärung eines poetischen Ausdrucks in seiner individuellen Besonderheit, sondern um die Feststellung einer *Beziehung dieses Ausdrucks auf andere sprachliche Formen,* die als grammatisch wohlgeformt keine zusätzliche Interpretation provozieren. Wir verstehen die Konstruktion *Colorless green ideas sleep furiously,* weil ein *anderer* in ihre Form schlüpfender lexikalische Inhalt uns keine besondere Verstehensleistung abverlangen würde: *Revolutionary new ideas appear infrequently*[65], genauso wie wir zum Beispiel das *a grief ago* von DYLAN THOMAS als eine poetische Formulierung verstehen können, weil wir sie in das ihr entsprechende (analoge) Syntagma *a year ago* transferieren können, das grammatisch wohlgeformt ist und den Selektionsfehler von *a grief ago* vermeidet[66].

Der intensiven und detaillierten Diskussion über ein generatives Modell linguistischer Poetik[67] liegt orientierend stets diese eine paradoxe Überlegung zugrunde, daß die *Eigenständigkeit* einer solchen Poetik im Begriff der *Abweichung* begründet liegt, der aus der Perspektive einer als grammatisch wohlgeformt gedachten Sprachform gesehen ist. Das „Fremde" eines poetischen Sprechens bleibt so auf die Grammatikalität bezogen, die allein eine Gewähr möglicher Verständlichkeit zu garantieren scheint. Und die erzwungene Interpretationsleistung erscheint folglich als Problem der *Übersetzung*. Gesucht wird die „normale" Entsprechung, die als sinnstiftend zugrunde liegen soll. CHOMSKYs Orientierung, daß wir den poetischen Formulierungen im Unterschied zu wohlgeformten Sätzen „impose an interpretation", erweist sich somit als hintergründiges Eingeständnis: indem sie nur in ihrer *Relation* zum automatisch Verstehbaren thematisiert wird, das sich bruchlos der generativen Erklärung subsumieren läßt, wird der poetischen Sprache etwas „aufgezwungen" und „aufgebürdet", dem sie sich doch gerade entzogen hat. Die Modalität poetischer Sinngebung wird zurückgeführt auf die formalen Qualitäten grammatischer Gebilde, die sich ohne Widerstand der generativen Erkenntnisleistung fügen, und erscheint folglich nur noch wegen ihres „gut gewählten" (well-chosen) Abweichungsgrades als herausfordernd. Die Priorität der generativen *Erklärung* (und auch das „Verstehen" eines poetischen Textes oder Textteils wird ja „erklärt" durch Rekurs auf eine internalisierte Grammatik plus spezifischer Transfer-Leistungen) drängt die poetische Sprache in die Position einer doppelten Zweitrangigkeit: korrigierend zunächst übersetzt in eine grammatische Form, die sie selbst nicht hat, wird sie dann unter einen Regelmechanismus subsumiert, dessen Allgemeinheit, Bestimmtheit und Automatik[68] ihr gerade fremd sind.

5. Das assimilatorische Interesse

Die Vergegenständlichung der Sprache zum Gegenstand einer generativen Erklärung, die anhand der Erzeugung grammatischer Sätze extensiv und intensiv weiterentwickelt wird, zielt stets nur auf einen einzigen Punkt, den sie approximativ zu erreichen versucht, ohne ihn doch jemals ganz erreichen zu können: im Grenzfall erscheint das Bild einer *imaginierten Grammatik, für die jede Trennung zwischen sich und ihrem Gegenstand aufgehoben wäre.* Auch die „natürliche" Sprache – verobjektiviert zur Menge aller grammatischen Sätze – wäre dann nichts anderes mehr als die Menge der generierbaren Endketten einer formal geregelten Deduktion. Die erforschte Sprachwirklichkeit unterschiede sich nicht mehr von der erklärenden Sprache, die ihr allgemeines Gesetz unter dem Zeichen „S" ausdrückt. – Mag das „erkenntnisleitende Interesse"[69] einer generativen Erklärung, über die Sprache als *ihren* Gegenstand *derivativ verfügen* zu können, weil er ihr „Erzeugnis" ist, anhand grammatischer Satzbeispiele exemplarisch befriedigt zu werden, so stellten „abweichende" Sprachformen zunächst die *Gefahr eines Nichtsubsumierbaren* dar. Nichts kennzeichnet den Erklärungsanspruch einer generativen Grammatik mehr als die Art und Weise, wie sie jene Formen behandelt: sei es als indirekte Hilfsmittel zur Motivierung grammatischer Regeln; sei es als „semi-sentences", die noch ausreichend strukturiert sind, um in den Anwendungsbereich des grammatischen Mechanismus integriert werden zu können; sei es als Fehler der Sprachproduktion, die auf der Folie des grammatischen Systems zur Verdeutlichung eines „normalen Funktionierens" analysiert werden; sei es schließlich als „poetische" Formen, deren Verständnis durch einen Akt der Übersetzung in die prosaische Sprache grammatischer Wohlgeformtheit erklärt wird. Immer geht es allein darum, auch anhand jener sprachlichen Formen, die, als „abweichend" beurteilt, ja bereits durch die Brille des generativen Anspruchs wahrgenommen werden, die Möglichkeit unter Beweis zu stellen, Sprache durch Subsumtion unter grammatische Regeln erklären zu können. Die generative Erklärung verhält sich gleichsam *absorbierend*: die andere, fremde Sprache, auf die sie als Hindernis gestoßen ist, wird ihrer Besonderheit beraubt und der Verfügungsgewalt des generativen Algorithmus unterstellt. Ausschließlich deshalb, weil sie als *fremde* Gegebenheit *absorbierbar* ist, kann sie im Rahmen einer generativen Erklärung überhaupt von Interesse sein. Durch sie hindurch kommt der explanative Diskurs gestärkt immer wieder zu sich selbst zurück.

§ 2 Sprechakttheoretische Analyse

1. Eine Sprache sprechen.

Die gegenwärtig dominierende sprachwissenschaftliche und -philosophische Forschung hat sich seit JOHN LANGSHAW AUSTINs Hinweis, daß man mit sprachlichen Äußerungen nicht nur etwas aussagt oder mitteilt, sondern etwas Bestimmtes *tut* („natürlich nur unter passenden Umständen"[1]), auf die Bedingungen und Regeln dieses Tuns konzentriert[2]. Sie besitzt in der *Theorie der Sprechakte*[3] ihre anspruchsvolle disziplinäre Matrix[4]. In „How to do things with words"[5] ist ausgeführt, daß sprachliche Ausdrücke als *Handlungen*, als „performative Äußerungen" („to perform": ausführen, vollziehen, machen, tun) analysiert werden können. Damit ist angedeutet worden, daß die sprachliche Äußerung eines Versprechens, einer Warnung, einer Behauptung, Entschuldigung, Danksagung oder Verurteilung (um nur beispielhaft einige performative Akte zu nennen) nicht in der Beschreibung dessen besteht, was getan wird, sondern das Tun selbst *ist*. Der Richter, der zum Angeklagten sagt: *Hiermit verurteile ich Sie zu lebenslanger Freiheitsstrafe*, äußert nicht nur einen bestimmten Satz mit einer bestimmten grammatischen Struktur und berichtet auch nicht über die Verurteilung. Er vollzieht vielmehr eine Handlung, er „spricht" Recht. Die Äußerung selbst *ist* die Verurteilung. Das Kernstück der Sprechakttheorie ist deshalb die Klärung des performativen Status sprachlicher Äußerungen, ihr hypothetisches „Grundaxiom" die von JOHN SEARLE pointiert formulierte Annahme, „daß eine *Sprache sprechen* bedeutet, *Sprechakte* in *Übereinstimmung* mit Systemen *konstitutiver Regeln* zu vollziehen"[6]. Eine kommentierende Erläuterung dieses Satzes kann deutlich machen, worum es geht[7].

Sprache wird hier nicht mehr nur als ein kohärentes System begriffen, das aus einer unbegrenzten Menge grammatikalischer Sätze besteht. Entscheidend ist, daß *Sprache gesprochen* wird. Mit der syntagmatischen Wendung „eine Sprache sprechen“ ist die Differenz zur generatien Grammatik ausgedrückt[8], deren Standardbeispiele gebrauchsenthoben und als bloße Strukturgebilde analysiert werden. – Die elementaren Einheiten des Sprechens können deshalb nicht das Wort, der Satz oder der Text sein. Eine Sprache wird gesprochen, indem *Sätze geäußert* werden. „Die Grundeinheit der sprachlichen Kommunikation ist nicht, wie allgemein angenommen wurde, das Symbol, das Wort oder der Satz, oder das Symbol-, Wort- oder Satzzeichen, sondern die Produktion oder Hervorbringung des Symbol oder Wortes oder Satzes im Vollzug des Sprechaktes“[9]. Diese Bestimmung läßt sich durch die Unterscheidung zwischen konkreter Äußerung und vollzogenem Sprechakt näher klären: während der *Äußerungsakt* nur die beobachtbare raum-zeitlich kontingente Aktivität einer Person ist, bei der mündliche oder schriftliche Ereignisse produziert werden, die sich jedoch von „natürlichen“ Sachverhalten durch ihren „sprachlichen“ Charakter bereits unterscheiden und deshalb nicht rein physikalistisch objektivierbar sind, drückt sich im *Sprechakt* die Handlungsintention aus, die der Sprecher mittels des Äußerungsaktes hinsichtlich des Hörers verfolgt. Der Sprechakt macht den verstehbaren interaktionellen Zweck des Äußerungsaktes aus, durch den er selbst verwirklicht wird. Mit dem Akt der Äußerung *realisiert* der Sprecher einen Sprechakt, wobei die Differenz zwischen beiden sich in den komplementären Möglichkeiten manifestiert, daß einerseits eine Äußerung als Verwirklichung verschiedener Sprechakte interpretiert werden kann (*Hier zieht es* kann als Feststellung gemeint sein, aber auch als Aufforderung, Bitte oder Ankündigung, daß das Fenster zugemacht wird, das für den Zug verantwortlich ist), wie andererseits verschiedene Äußerungen als Ausdruck nur eines Sprechaktes verstehbar sind (*Mach das Fenster zu! Würdest Du bitte das Fenster zumachen? – Warum machst Du nicht das Fenster zu? – Kannst Du mal das*

Fenster zumachen. – Ich wäre Dir dankbar, wenn Du das Fenster zumachen würdest. – Das Fenster steht auf! Es zieht. –: immer kann es sich um eine Aufforderung handeln[10], wobei besonders jene „indirekten" Fälle interessant sind, in der ein Satz geäußert wird, der oberflächlich eine andere Bedeutung als die intendierte zu besitzen scheint). Die Sprechakttheorie zielt also weder auf die konkrete („lokutionäre"[11]) Äußerung als solche, noch auf den Satz als eine strukturierte linguistische Einheit, auch nicht auf die elementare Aussage, wie sie Gegenstand etwa der Prädikatenlogik ist, sondern auf die elementaren Kommunikationseinheiten der Sprechakte selbst und ihre *„illokutionäre"*[12] Rolle oder Kraft, die für ihren Sprechhandlungs-Sinn konstitutiv ist. Es geht nicht um den Akt, *daß* man etwas sagt, sondern um den Akt, den man vollzieht, *indem* man etwas sagt. AUSTIN hat diese „illocutionary force" so erläutert: "I explained the performance of an act in this new . . . sense as the performance of an act *in* saying something as opposed to performance of an act *of* saying something; and I shall refer to the doctrine of the different types of function of language here in question as the doctrine of 'illocutionary forces' "[13]. „Was ist die innere Struktur der Sprechakte?" und „Welche sprachlichen Formen/Prozeduren dienen zur Realisierung der Sprechakte?" sind nun die beiden tragenden Fragestellungen, deren Beantwortung die Aufräumarbeit[14] der Sprechakttheoretiker gilt. – Sprechakte sind Formen *regelgeleiteten* Verhaltens. „Die Hypothese, von der ich ausgehe, ist, daß mein Gebrauch sprachlicher Elemente bestimmten Regeln folgt"[15]. Diese Regeln können nicht die linguistischen Regeln zur abstrakten Strukturanalyse im Sinne einer generativen Erklärung sein. Denn als Regeln des Verhaltens betreffen sie die notwendigen und hinreichenden Bedingungen, unter denen die Produktion von Sprechakten funktional möglich ist und in der Regel gelingt. Sprechakttheoretische Regeln haben die allgemeine Form: „es müssen die und die Bedingungen (vor allem gewisse Voraussetzungen) erfüllt sein, damit eine Äußerung intersubjektiv als die und die Sprechhandlung gelten kann"[16]. Sie werden aus den Besonderheiten der jeweiligen sprachlichen

Äußerungen als Produktion eines bestimmten Sprechaktes abzuleiten versucht. – Von besonderer Wichtigkeit sind in SEARLEs Theorie dabei Regeln mit *konstitutivem* Gehalt[17]. Während „regulative" Regeln bestehende Tätigkeiten, deren Vorkommen von der Existenz der Regeln logisch unabhängig ist, nachträglich zu organisieren versuchen (Beispiel: Anstandsregeln beim Essen), ist die Beziehung zwischen Sprechakten und ihren Regeln eine *analytische*: konstitutive Regeln schaffen überhaupt erst die Möglichkeit, Sprechakte vollziehen zu können[18]. Genausowenig wie es ohne Schachregeln kein Schachspielen geben kann, gibt es ohne Sprechaktregeln keine Sprechakte. Der Vollzug eines Sprechaktes ist logisch von der Existenz zu befolgender Regeln abhängig. Ein Versprechen z. B. ist demzufolge durch die Regeln „konstituiert", die seine Artikulation und sein Verständnis *als* Versprechen möglich werden lassen. – Dieses analytische Verhältnis zwischen Sprechakten und ihren konstitutiven Regeln entzieht sich deshalb auch einer rein objektivistischen Analyse. Denn man kann nicht beobachten, ob jemand *„in Übereinstimmung mit"* Regeln handelt oder nicht. Vorausgesetzt ist eine Kenntnis der Regeln selbst, da sonst nicht zwischen regelgerechtem und regelwidrigem Verhalten unterschieden werden könnte[19]. SEARLE betont, daß er „nicht das Verhalten einer Gruppe von Menschen, sondern Aspekte meiner Beherrschung einer regelgeleiteten Fähigkeit"[20] beschreibt. Es geht ihm um die Feststellung der konstitutiven Bedingungen möglicher Sprechakte, nicht um die Beschreibung wirklichen Sprachverhaltens. Konsequent zählt SEARLE sich deshalb zu den Theoretikern der „langue", denn er zielt auf die Sprachregeln, die es ermöglichen, all das sprachlich tun zu können, was man zu realisieren beabsichtigt[21]. Der adäquate Vollzug von Sprechakten mittels bestimmter Äußerungen basiert auf einem „Prinzip der Ausdrückbarkeit"[22], das zwischen Sprechhandlungsintention (Meinen) und Sprechaktrealisierung (Sagen) keine Schranke grundsätzlicher Art zuläßt. Gerade deshalb ist ja auch eine Analyse sprachlicher Handlungen als *Sprach*-Analyse möglich. – SEARLE hat seine Intention besonders am „komplizierten Vorgang"[23] des *Versprechens* exemplifiziert. Er hat – nicht im Sinne einer empirischen Deskription, sondern im Sinne einer systematischen Rekonstruktion und Explikation dessen, was wir vorgängig über den illokutionären Akt des Versprechens wissen – dabei zunächst die Frage zu beantworten versucht: „Welche Bedingungen sind notwendig und hinreichend, damit der Akt des Versprechens mittels der Äußerung eines gegebenen Satzes erfolgreich und vollständig vollzogen wird?"[24] (Jede einzelne dieser gesuchten Bedingungen gilt dabei als notwendig, die Menge aller Bedingungen als hinreichend.) Als solche *Bedingungen* werden unter anderem angesehen, daß ein zukünftiges Ereignis versprochen wird; daß die Ausführung der versprochenen Handlung für den Sprecher und den Hörer von Interesse ist; daß das Versprochene nicht „automatisch" zustandekommt; daß der Sprecher auch beabsichtigt, es zu tun und sich dazu verpflichtet fühlt. (Die Möglichkeit eines „unaufrichtigen" Versprechens wird erklärt durch den Hinweis, daß der Sprecher zumindest so tun müsse, als ob er die versprochene Handlung zu tun beabsichtigt und sich zu ihr verpflichtet, auch wenn er diese Intention tatsächlich nicht haben sollte[25]. Er muß die Intention zur Ausführung anerkennen, gleichgültig, ob die Äußerung nun aufrichtig oder unaufrichtig ist, weshalb es ja auch fehlerhaft oder absurd klänge, würde er z. B. sagen: *Ich verspreche, dir zwanzig Mark zu leihen, aber ich habe nicht die Absicht, es zu tun.*) Daran anschließend wird diese Gruppe explizierter Bedingungen durch *Regeln* für den Gebrauch derjenigen Ausdrücke systematisiert, welche die illokutionäre Kraft des Versprechens als eines Sprechaktes anzeigen. Es handelt sich um 1. die *Regel des propositionalen Gehalts* (mit der Äußerung wird ein zukünftiges Verhalten versprochen); 2. *Einleitungsregeln* (das Versprochene ist relevant und geschieht nicht von selbst); 3. *Aufrichtigkeitsregeln* (der Sprecher beabsichtigt, sein Versprechen zu halten); und 4. eine *wesentliche Regel* (die Äußerung gilt als Übernahme der Verpflichtung zur Ausführung des Versprochenen)[26].

Diese kurze Erläuterung dessen, was in sprechakttheoretischer

Perspektive *„eine Sprache sprechen“* bedeutet, hat die Aufmerksamkeit auf ein System von Regeln gelenkt, das den einzelnen Sprechakten als den elementaren Einheiten des sprachlichen Handelns zugrunde liegt. (Als Theorie konzentriert sich die Sprechakttheorie dabei auf die einzelnen Sprechakte in idealisierter Form, das heißt unter Absehung von den kontingenten Randbedingungen und variablen Bestandteilen konkreter Redesituationen; während sie als Orientierungsgrundlage einer empirischen sprachwissenschaftlichen Forschung die konkreten Äußerungen als Realisierungen möglicher Sprechakte wahrzunehmen und zu analysieren erlaubt.) Die wissenschaftstheoretische Reflexion des Status, den dieses Regelsystem besitzt, hat dabei auch hier wieder – ähnlich wie im Falle der Sprachregeln einer generativen Grammatik – dazu geführt, die Sprechakttheorie als Versuch einer rationalen Nachkonstruktion“[27] menschlicher Regel-Kompetenz zu begreifen. Denn auch hier werden ja nicht bloß beobachtbare Regelmäßigkeiten sprachlicher Äußerungen festgestellt, sondern es werden Regeln re-konstruiert, denen man im Vollzug von Sprechakten folgt. Auch wenn diese Regeln sich in den Regelmäßigkeiten des wahrnehmbaren Sprachverhaltens zeigen müssen, so zielen sie doch auf ein, wenngleich meist vorwissenschaftlich-unreflektiertes Regelbewußtsein, das expliziert werden soll. (Die Möglichkeit des Fehlermachens scheint diesen besonderen Status der *Regeln* gegenüber einer mittels Gesetzeshypothesen erklärbaren *Regelmäßigkeit* anschaulich zu verdeutlichen[28]. SEARLE selbst verbindet Regel und Regelmäßigkeit durch den Begriff der Erklärung: „Die Regelmäßigkeiten der Sprache sind in der gleichen Weise durch Regeln zu erklären, wie die Regelmäßigkeiten in einem Fußballspiel durch die Fußballregeln zu erklären sind; ohne den Begriff der Regel scheint eine Erklärung solcher Regelmäßigkeiten unmöglich“[29].) Zumindest verweist die Feststellung der Bedingungen z. B. des Versprechens als Sprechakt auf die „Beherrschung einer regelgeleiteten Fähigkeit“[30]. Linguistische Charakterisierungen im Sinne SEARLEs[31] verdanken sich einem Vermögen, das als „vorgängiges und nicht formuliertes Wissen[32], als „Gewußt wie" im Akt einer reflektierten Explikation über sich selbst als „Gewußt was" klar und bewußt wird. JÜRGEN HABERMAS hat daraus gefolgert, daß die SEARLE-Pragmatik ebenso wie die CHOMSKY-Linguistik sich nicht „erklärend" wie eine empirische Theorie auf einen ihr äußerlichen Gegenstand bezieht, sondern eher wie eine „Bedeutungsexplikation"[33] zu dem, was sie als mehr oder weniger vages, inkonsistentes und mehrdeutiges Explikandum klärend erläutern will und auf einer höheren Stufe des Wissens zu präzisieren versucht, ohne sich doch von ihm lösen zu können oder zu dürfen[34].

Es scheint mir nun auch in diesem Falle gerade die Pointe einer sprechakttheoretischen Analyse auszumachen, daß die explizierende „Rekonstruktion" nur für jenen Bereich *linguistischer Charakterisierungen* kennzeichnend ist, an denen der eigentliche Erklärungsversuch der Sprechakttheorie anknüpfen muß. Was linguistisch charakterisiert worden ist, beispielsweise die Kennzeichnung einer bestimmten Äußerung als Akt des Versprechens, wird durch die Annahme von Regeln, „weil es eine Regel des und des Inhalts gibt"[35], *erklärt.* Die Bedeutungsexplikation wirkt gleichsam nur im Vorfeld der eigentlichen Erklärung, ganz wie in CHOMSKYs generativer Grammatik der erklärenden Ableitung eines Satzes aus dem Anfangssymbol „S" die Begriffsexplikation dessen vorausgesetzt ist, was überhaupt als „Satz" zu verstehen sei[36]. „Ich habe eine bestimmte Sprache als Muttersprache. Ich möchte bestimmte Charakterisierungen und Erklärungen des Gebrauchs der Elemente dieser Sprache vortragen. Die Hypothese, von der ich ausgehe, ist, daß mein Gebrauch sprachlicher Elemente bestimmten Regeln folgt. Deshalb werde ich so verfahren, daß ich linguistische Charakterisierungen angebe *und dann* die in diesen Charakterisierungen erfaßten Daten durch die Formulierung der zugrundeliegenden Regeln *erkläre*"[37]. Auch dieser Anspruch auf Erklärung deckt sich mit jenem Subsumtions-Modell, demzufolge ein einzelnes Ereignis als erklärt gilt, wenn es als Einzelnes unter ein Allgemeines subsumiert wird: ein Äußerungsakt ist als die Verwirklichung eines bestimmten Sprechaktes erklärt genau dann wenn die Menge der Regeln angegeben werden kann, denen der Sprechakt genügt, der durch die entsprechende Äußerung realisiert wurde. Die sprechakttheoretische Analyse unterscheidet sich strukturell nicht vom Erklärungsmodell einer Generativen Grammatik[38]. Es handelt sich, mit KUHNs Worten, um disziplinäre Matrizen eines gleichen Typs[39], nur daß an die Stelle von Sätzen nun Sprechakte getreten sind, und an die Stelle generativer Derivationsregeln nun ein System von Regeln, welche die Realisierung möglicher Sprechakte determinieren.

2. Gelingen und Glücken

Diese Strukturgleichheit ermöglicht, die folgende Argumentation parallel zu den Überlegungen zur „generativen Erklärung" fortzuführen. Zunächst nämlich wirkt sich der Erklärungsanspruch der Sprechakttheorie dahingehend aus, daß auch sie ihre Untersuchungsobjekte atomisieren muß. Denn auch die Sprache, die gesprochen wird, kann nicht als Ganze untersucht werden. Die allgemeine Bestimmung, daß eine Sprache sprechen bedeutet, Sprechakte zu vollziehen, kann sich nur am Beispiel beweisen. Die sprechakttheoretische Erkenntnissystematisierung muß sich auch jetzt wieder an einzelnen isolierten Äußerungs- und Sprechakten *exemplifizieren*, an denen, pars pro toto, „die" sprechbare Sprache untersucht wird. Der einzelne Äußerungsakt gilt als Beispiel für den Vollzug eines Sprechaktes, der wiederum als Beispiel für das Befolgen von Regeln analysiert wird, die dem sprachlichen Handeln allgemein zugrundeliegen sollen. Auch die Sprechakte, denen SEARLEs sprachphilosophischer Essay gilt, sind paradigmatische „Möglichkeitsgebilde", Formen einer regelgeleiteten Sprechhandlung, die auch an ihnen beispielhaft dargestellt werden kann. Da es ihm also nicht darum geht, was als aktuale Äußerung in ihrem „Gebrauch" existiert, sondern um regelkonstituierte Gebilde, die als paradigmatische Teile der Sprache gelten, kann

SEARLE sich zu Recht als Theoretiker der „langue" begreifen. Die Analyse konzentriert sich auf paradigmatische *Standardbeispiele* eines sprachlichen Handelns, deren grammatische Form (im Falle des Versprechens) tiefenstrukturell etwa so aussieht: „Ich – Verb – (Ihnen) + Ich – Fut-Will – (ADV) – (NP) – Verb" („Ich verspreche Ihnen + Ich werde Ihnen das Geld geben"), wobei die Oberflächenrealisierung hier durch eine Tilgung des identisch wiederholten „Ich" entsteht: *Ich verspreche, Ihnen das Geld zu geben*[40]. – Auch diese Beispiele, an denen sich die explanative Kraft einer adäquaten Regelformulierung beweisen kann, können nicht unmittelbar und „unqualifiziert" dem Sprachgebrauch entnommen werden. Sie müssen vorgängig als „wohlgeformt" beurteilt und ausgewählt werden. Die exemplarischen Gegenstände der Sprechakttheorie sind keine beliebigen Sprechhandlungen, sondern bereits gezielt ausgesucht oder konstruiert unter dem Gesichtspunkt der Feststellung allgemeiner Regeln, für die eine bestimmte Wohlgeformtheit ihres Anwendungsgebiets conditio sine qua non ist. Für die *„Wohlgeformtheit"*, die im Falle generativer Erklärung als „Grammatikalität" spezifiziert ist, sind innerhalb der sprechakttheoretischen Reflexion verschiedene Kennzeichnungen vorgeschlagen und diskutiert worden (wobei die unterschiedlichen Bestimmungen jeweils auf die differierenden Intentionen der einzelnen theoretischen Ansätze verweisen). So hat bereits JOHN L. AUSTIN allgemein vom *Glücken* performativer Äußerungen gesprochen und dabei auf die „passenden Umstände" als den „felicity conditions"[41] verwiesen, die erfüllt sein müssen, „damit man sagen kann, wir hätten unsere Handlung glücklich zustande gebracht"[42] DIETER WUNDERLICH hat klärend eine Differenzierung eingeführt, indem er zwischen dem „Gelingen" einer Äußerung als Sprechakt eines bestimmten Typs und dem „Erfolgreich-Sein" eines durch eine Äußerung realisierten Sprechaktes unterschieden hat[43]. Der Begriff des *Gelingens* orientiert sich dabei eng an AUSTINs Konzept des Glückens (felicity, happiness) und SEARLEs Bedingungen für den „erfolgreichen" (successfully) und „vollständigen" (non-defectively) Vollzug eines Sprechaktes[44].

Er ist ein „Zentralbegriff“[45] der Sprechakttheorie und zielt auf die Möglichkeit einer adäquaten Verwirklichung eines intendierten Sprechaktes. „Gelingen“ bezeichnet folglich eine *zweistellige Relation* zwischen einem Äußerungsakt und einem Sprechakt (sie ist also weder eine Eigenschaft des Äußerungsaktes noch eine des Sprechaktes), die genau dann besteht, wenn in der Äußerung jener Sprechakt wirklich zustande kommt, der intendiert wird. So gelingt z. B. die Äußerung von *Ich verspreche, dir das Geld zu leihen,* wenn sie *als* Akt des Versprechens vollzogen wird und insofern die Adäquatheitsbedingungen für das Versprechen erfüllt. Davon zu unterscheiden ist das *Erfolgreichsein.* Während für den Begriff des Gelingens nur interessant ist, daß mittels einer Äußerung ein bestimmter Sprechakt vollzogen wurde, bezieht sich der Begriff des Erfolgreichseins auf die tatsächlichen *Konsequenzen*[46] in der weiteren Entwicklung der Interaktion oder Kommunikation. „Erfolgreichsein“ ist ein Prädikat für bestimmte Sprechakte hinsichtlich der mit ihnen veranlaßten Konsequenzen. So ist z. B. der initiative Sprechakt des Versprechens, der sich auf ein zukünftiges Ereignis bezieht, genau dann erfolgreich, wenn die versprochene Handlung tatsächlich ausgeführt und damit der Zweck des Versprechens erfüllt wird. (Es können auch geringere „Grade des Erfolgreichseins“[47] angenommen werden, etwa das „Verstehen“ der geäußerten Intention seitens des Hörers oder das „Akzeptieren“ der intendierten Beziehung. Verstehen, Akzeptieren und Erfüllen wären in dieser Komparatistik die drei Grade des Erfolgreichseins.) RENATE BARTSCH hat die Klassifikation der „Wohlgeformtheitsbedingungen“ weiter entfaltet und vier Sorten unterschieden, die sie unter die Kategorie „pragmatisch korrekte Äußerung“ als Schlüsselbegriff[48] der linguistischen Pragmatik zusammenfaßt. Es handelt sich um 1. *Erkennbarkeitsbedingungen* (normale Bedingungen für sprachliches Verstehen und Produzieren); 2. *Korrektheitsbedingungen* (vergleichbar den Bedingungen, auf die SEARLE sich konzentriert hat); 3. *Gültigkeitsbedingungen* (die Erkennbarkeitsbedingungen müssen erfüllt sein und die Korrektheitsbedingungen dürfen *nicht offen* verletzt sein; mit dieser Kategorie wird folglich der Möglichkeit Rechnung getragen, daß ein Sprechakt „unaufrichtig“ vollzogen wird, ohne dadurch jedoch seine Gültigkeit zu verlieren; ein Versprechen ist auch dann „gültig“, wenn der Sprecher nicht offen die Korrektheitsbedingungen verletzt, weil er nicht beabsichtigt, das Versprechen auch einzulösen); 4. *Akzeptierbarkeitsbedingungen* („Bedingungen für das rationale Reagieren des Hörers; Bedingungen für das Akzeptieren, Abweisen oder Ausstellen einer definitiven Reaktion“[49]).

3. Universalpragmatik und Diskursanalyse

Exkurs 1: Die *universalpragmatischen* Überlegungen von JÜRGEN HABERMAS und der *transzendentalpragmatische* Klärungsversuch ethischer Fragen durch KARL-OTTO APEL konzentrieren sich besonders auf diese Akzeptierbarkeitsbedingungen und die mit ihnen implizierte Rationalität (Geltungsbasis) einer verständigungsorientierten Rede. HABERMAS stellt die Möglichkeit des Gelingens (und Erfolgreichseins) von Sprechakten auf die „Grundlage einer reziproken Anerkennung von Geltungsansprüchen“[50], die infolge ihrer konsensusorientierten Intention „rational“ begründbar sind. „Sprecher und Hörer erheben mit ihren illokutiven Akten Geltungsansprüche und fordern deren Anerkennung. Diese Anerkennung braucht jedoch nicht irrational zu erfolgen, weil die Geltungsansprüche einen kognitiven Charakter haben und der Nachprüfung fähig sind. Ich möchte deshalb die folgende These vertreten: *In letzter Instanz kann der Sprecher illokutiv auf den Hörer und dieser auf den Sprecher einwirken, weil die sprechhandlungstypischen Verpflichtungen mit kognitiv nachprüfbaren Geltungsansprüchen verknüpft sind,* d. h. weil die reziproken Bedingungen eine rationale Grundlage haben“[51]. Gelingende Sprechakte verdanken ihre illokutive Kraft dabei im wesentlichen einer Bündelung von vier Geltungsansprüchen, die von Sprecher und Hörer wechselseitig erhoben und als berechtigt (rational) anerkannt werden: neben dem Anspruch auf sprachliche Verständlichkeit einen begründbaren Wahrheitsanspruch, einen rechtfertigbaren Richtigkeitsanspruch und einen bewährbaren Wahrhaftigkeitsanspruch[52]. (Auch diese universalen Ansprüche einer auf Verständigung angelegten Rede können natürlich verletzt oder nicht eingelöst werden – und zwar noch in einer idealtypisch denkbaren Form: heuristisch ist die Idee einer *„Anti-Typik"* performativer Akte vorstellbar, die in einer mehr oder weniger „tabu- und hierarchiegebundenen" „Pervertierung" der universalen Geltungsbasis konsensusorientierter Kommunikation bestehen[53].) – Es liegt nun nahe, eine derartige Rekonstruktion universaler Geltungsansprüche für das Problem *ethischer Normen* fruchtbar zu machen. Denn das Gelingen eines verständigungsorientierten Handelns verweist auf grundlegende normative Bedingungen der Möglichkeit von Kommunikation überhaupt (die insofern eine „transzendentale"[54] Funktion besitzen), deren vorausgesetzte „Rationalität" letztlich ethischer Natur ist. Besonders das pragmalinguistisch diskutierte Beispiel der *Lüge*[55] dient APEL zur Verdeutlichung dieses Gedankens. Es geht um die Beantwortung der Frage, weshalb es eigentlich paradox ist, eine Lüge explizit performativ zu äußern, indem man etwa – wie der lügende Kreter in der Paradoxie des Epimenides – sagt: *Ich lüge hiermit.* (Logisch-semantisch gesehen stellt diese selbstbezügliche Aussage eine Antinomie dar, weil sowohl ihre Falschheit als auch ihre Wahrheit beweisbar sind. Die Aussage ist wahr genau dann, wenn sie falsch ist – und falsch, wenn sie wahr ist. Die TARSKI-Lösung[56] dieser Antinomie bestand, wie man weiß, in der Preisgabe der semantischen Geschlossenheit natürlicher Sprachen: „wahr" oder „falsch" werden zu meta-sprachlichen Prädikaten erklärt, die nicht auf der gleichen Sprachebene vorkommen dürfen wie die Aussagen, auf die sie sich beziehen.) APEL hat dieses Problem transzendentalpragmatisch weitergedacht. Daß man performativ *nicht sagen* kann: *Ich lüge hiermit* oder *Ich behaupte hiermit fälschlich, daß . . .*, obwohl man es sich *denken* kann, daß also die Lüge sich SEARLEs Prinzip der Ausdrückbarkeit grundsätzlich entzieht, verweist darauf, daß die Lüge kein besonderer Typ von Sprechakt ist (wie es WUNDERLICH annimmt, wenn er Verpflichtungen für das „Gelingen" der Lüge festzustellen versucht[57]), sondern eine grundlegende Verletzung der transzendentalen Voraussetzung gültiger Sprechakte überhaupt. Denn der Satz *Ich lüge hiermit* ist pragmatisch ja gerade deshalb so paradox, „weil er den Versuch darstellt, die Verneinung der *Aufrichtigkeitsbedingung* als einer normativen Bedingung der Möglichkeit der Kommunikation noch im Medium der Kommunikation selbst zu vollziehen. Wäre es möglich, explizit performativ zu lügen, so könnte der Mensch nicht nur in existenziell verbindlicher Weise, sondern in intersubjektiv gültiger Form die Normen der Kommunikation verneinen"[58]. Er kann es nicht, ohne die „ethische" Grundlage und normative Basis der Kommunikation überhaupt in Frage zu stellen oder verrückt zu werden. Die explizit performative Lüge negiert die Geltungsbasis gelingender Sprechakte, indem sie die Akzeptierbarkeitsbedingungen jedes nur denkbaren Sprechaktes pervertiert.

Exkurs 2: Auf der anderen Seite möglicher Abstraktion steht die *empirische,* detaillierte Untersuchung konkreter Äußerungen, wie sie, beeinflußt durch die interaktionssoziologischen und konversationsanalytischen Forschungen von SACKS, SCHEGLOFF und GUMPERZ[59], besonders DIETER WUNDERLICH mit seinen Mitarbeitern als *„Diskursanalyse"*[60] projektiert. Unter „Diskurs" wird dabei die „Abfolge von Äußerungsakten"[61] verstanden, wobei die Struktur faktischer Diskursabläufe festzustellen beabsichtigt wird. Dabei gliedert die Diskursanalyse sich insofern in die disziplinäre Matrix der Sprechakttheorie ein, als sie die „unverstellten"[62] sprachlichen Äußerungen zunächst auf Sätze bezieht, die dann als mögliche Ausdrücke/Realisierungen bestimmter Sprechakte thematisiert und analysiert werden. „Ein Diskurs kann zunächst angesehen werden als Abfolge von Äußerungen, die wir jeweils – zumindest in den meisten Fällen – auf gewisse Sätze einer Sprache beziehen können. (Die heißt nicht, daß nur vollständige Sätze, und ohne Korrekturen oder Wiederholungen, geäußert werden, sondern daß die geäußerten Folgen von Ausdrücken auf gewisse Sätze hin bezogen werden können – sowohl in der Sprachplanung wie auch in der Sprachwahrnehmung.) Jeder Satz einer Sprache drückt eine gewisse Bedeutung aus, nämlich ein Sprechaktkonzept. Ein Sprechaktkonzept kann als Regel (oder – mehr formal – als Funktion) verstanden werden, die besagt, welche Art von Sprechakt man normalerweise mit einer Äußerung eines Satzes von dieser Art tun kann"[63]. Durch diese ausschließliche Konzentration auf die sprechaktkonzeptionelle Bedeutung der einzelnen Äußerungen innerhalb des Diskurses will WUNDERLICH die kommunikative Funktion der Redebeiträge erfassen, ihren sprachlich ausgedrückten „Zweck". Die Diskursanalyse bleibt folglich ganz auf das „Sprechaktkonzept" fixiert. „Einzelne Äußerungen *müssen* als Realisierungen bestimmter Sprechakte verstanden werden"[64]. Sie werden den Regeln zu subsumieren versucht, die für glückliche Sprechaktverwirklichungen erklärungskräftig sind.

4. Unglücksfälle

Wie weit man nun auch das Spektrum sprechakttheoretischer Überlegungen entfalten will, von der regelorientierten Analyse eines einzelnen Äußerungsaktes bis hin zur Freilegung der universalen normativen Grundlagen möglicher Kommunikation überhaupt, immer dient ein Begriff von „Korrektheit" als Basiskategorie. Wie es in der generativen Erklärung um die Wohlgeformtheitsbedingungen grammatischer Sätze ging, so zielt auch die sprechakttheoretische Analyse auf die Wohlgeformtheitsbedingungen möglicher Sprechakte. Damit ist auch jetzt wieder vorweg determiniert, wie sprachliche Handlungen gesehen werden *müssen*, die *nicht* ohne weiteres unter die Regeln für geglückte Sprechakte subsumiert werden können. Es können nur „Fehler", „Abweichungen" oder „Unkorrektheiten" sein. AUSTIN nannte sie allgemein *Unglücksfälle* („infelicities")[65] und trennte sie in die beiden Klassen der *Versager* („misfires": die sprechaktkonform intendierte Handlung kommt nicht zustande) und der *Mißbräuche* („abuses“: die Handlung kommt zwar zustande, ist jedoch unehrlich); WUNDERLICH spricht von *Mißlingen* (die Äußerung realisiert nicht den intendierten Sprechakt) und von *Mißerfolgen* (der Sprechakt wird nicht verstanden, nicht akzeptiert oder nicht erfüllt); SEARLE unterscheidet verschiedene Arbeiten von *Unvollkommenheit*[66]. Und ganz wie beim Konzept einer Generativen Grammatik werden auch hier solche Unglücksfälle bevorzugt konstruiert, um damit indirekt die Regeln für korrekte Sprechakte zu begründen. Nachdem AUSTIN in seiner ersten Vorlesung die Aufmerksamkeit auf den Handlungsaspekt performativer Sätze gelenkt hat, wendet er sich bereits in der zweiten Vorlesung umgehend der „Sache mit den ‚passenden Umständen‘“[67] zu, die für das glückliche Zustandebringen der sprachlichen Handlung wesentlich sind: „Wir hoffen, daß wir diese Dinge entdecken können, indem wir Fälle untersuchen und klassifizieren, in denen etwas *schiefläuft* und die Handlung – Heiraten, Wetten, Taufen, Vermachen oder was es gerade ist – deshalb mindestens zu einem gewissen Grade ein Mißerfolg ist. Wir können diese Äußerung dann nicht falsch nennen; ist ist im allgemeinen *verunglückt.* Die *Lehre davon, was bei solchen Äußerungen schiefgehen kann,* nennen wir die Lehre von den *Unglücksfällen*“[68]. Die Unglücksfälle dienen zur indirekten Stützung der Erklärung, welche sich subsumierend auf die pragmatisch korrekten Sprech- und Äußerungsakte als ihr eigentliches Anwendungsgebiet bezieht. Auch sie sind interessant nur durch ihre Beziehung auf *andere* sprachliche Formen, die sie selbst *nicht* sind. Als pragmatisch inkorrekte Äußerung verweist beispielsweise der mit einem Unkorrektheitssternchen gekennzeichnete Ausdruck

**Es regnet in Wien, aber ich weiß nicht, ob es dort regnet*[69]

auf die Aufrichtigkeitsbedingungen, die er explizit verletzt, indem er etwas als gewußt (begründbar) behauptet, für das er zugleich die Möglichkeit der Bestätigung verneint. Und eine Aufforderung wie

**Ähneln Sie Ihrem Onkel!*

ist – im Unterschied etwa zu *Ahmen Sie Ihren Onkel nach!* – unkorrekt, weil es eine Einleitungsbedingung für den Sprechakt „Auffordern" ist, daß der Hörer auch in der Lage ist, die von ihm erbetene Handlung zu vollziehen[70]. – Daß ein Sprechakt verunglücken kann, ist also *ausschließlich* deshalb bemerkenswert, weil daran die Bedingungen charakterisiert werden können, die – als Regeln systematisiert – zur Erklärung der „eigenartig generativen Kraft von Sprechakten"[71] anhand korrekter Standardbeispiele dienen. Auch die Konstruktion „abweichender" Sprechhandlungen steht ganz im Bann der erkenntnisleitenden Intentionen einer möglichen Subsumtion einzelner Ausdrücke unter allgemeine Regelsysteme. Mit der Festlegung des Blicks, Sprache *so* sehen zu müssen, daß sie über Sprechaktregeln verfügbar wird, übt die Matrix einer pragmatischen Spracherklärung ihren *„tyrannischen"* Charakter aus. Die sprechakttheoretische Orientierungsgrundlage bestimmt vorweg, wie die Sprechhandlungen gesehen, linguistisch charakterisiert und erklärt werden sollen. Mit dem Schlüsselbegriff des Glückens (differenzierbar in: Erkennbarkeit, Korrektheit, Gültigkeit und Akzeptierbarkeit) ist gleichsam *apriori* gesetzt, wie sprachliche Handlungen erfahren werden können. Die orientierende Explikation, „daß eine Sprache sprechen bedeutet, Sprechakte in Übereinstimmung mit Systemen konstitutiver Regeln zu vollziehen", erweist sich als eine Bestimmung, deren apriorische Geltung jede einzelne sprechakttheoretische Analyse als solche ermöglicht, sprachliche Handlungen notwendig in geglückte und verunglückte trennt und durch keine wie auch immer gearteten Erscheinungen einer „fremden", d. h. nichtsubsumierbaren Rede in Frage gestellt werden kann. Immer dient der „Gegenstand" allein als eine Gelegenheit, Erkenntnissystematisierungen zu exemplifizieren, die im Rahmen der sprechakttheoretischen Matrix möglich und erwünscht sind.

Das kennzeichnet auch jenen *„dogmatischen"* Charakter sprechakttheoretischer Idealisierung, den JACQUES DERRIDA der Sprechakttheorie fundamental-semiologisch vorgeworfen hat: die methodische Prämisse der pragmalinguistischen Analyse, anhand gelingender Sprechakte das ideale System des Sprachgebrauchs festzustellen und als beherrschbar zu demonstrieren, eine methodische Prämisse, die keineswegs aus der Natur der Umgangssprache folgt, führt zu einer Trennung zwischen „positiven" Sprach-Werten (der ernsthafte, normale, geglückte, wörtlich gemeinte Sprechakt) und „negativen" Abweichungen, „parasitären" Gebrauchsweisen, deren Untersuchung folglich nur einen zweitrangig-appendikalen Charakter besitzt. Übersehen wird, so DERRIDA, daß die Konzeption der Fehlschläge nur das typische Produkt einer Abstraktion ist, die sich allein wissenschaftspolitisch begründen läßt, keineswegs aber aus dem „real-life"-Objektbereich menschlichen Sprachgebrauchs selbst sich ergibt. So „erklärt" die Sprechakttheorie eigentlich nur, was aus ihrer eigenen epistemologischen Option folgt, letztlich also sich selbst. Stärker noch als AUSTIN fragt nämlich auch SEARLE nicht, „welche Konsequenzen sich aus der Tatsache ergeben, daß ein Mögliches – daß eine mögliche Gefahr – *immer* möglich ist, gewissermaßen eine notwendige Möglichkeit ist. Und, ist einmal eine solche notwendige Möglichkeit des Mißlingens zugegeben, ob diese noch ein Zufall ist. Was ist ein Gelingen, wenn die Möglichkeit des Mißlingens weiterhin seine Struktur konstituiert?"[72] Es droht eine bloß imaginäre Größe zu sein, denn rhetorisch verweist DERRIDAs Frage ja darauf, daß der Fehlschlag dem Standarddiskurs nicht einfach äußerlich sein kann, von ihm also auch nicht als parasitärer Sprachgebrauch methodisch ausgeschlossen und in den Appendix von Ausnahmen verdrängt werden kann.

5. Das Prinzip der Ausdrückbarkeit

Aus der sprechakttheoretisch-idealisierenden Intention auf die Sprache erklärt sich nun auch die „große Wichtigkeit"[73], die das *Prinzip der Ausdrückbarkeit* für SEARLEs Konzeption besitzt, ein Prinzip, das ebenfalls die schärfste Kritik DERRIDAs auf sich gezogen hat, impliziert es doch, infolge einer Identifikation von

Sagen und *Meinen*, daß der sprechakttheoretischen Totalisation *kein Rest* des sprachlichen Gebrauchs entgeht. Denn grundsätzlich soll dieses Prinzip garantieren, daß die erklärende Sprache der Theorie auf kein ihr fremdes Hindernis stoßen kann, das sie nicht zu assimilieren und unter die formulierten Regeln zu fassen vermag. „Prinzipiell" (grundsätzlich, notwendig[74]) nämlich soll es immer möglich sein, *„daß man alles, was man meinen, auch sagen kann"*[75]. (Gegenüber diesem Prinzip handelt es sich bei „jeder Grenze, die eine Sprache der Ausdrückbarkeit setzt, bei jeder Unmöglichkeit, einen Gedanken sprachlich auszudrücken, ... um eine kontingente Tatsache und nicht um eine Notwendigkeit"[76]) KANNGIESSER hat dieses Prinzip formal präzisiert und so formuliert: „Für jede Bedeutung x gilt: wenn es einen Sprecher S einer Sprachgemeinschaft P gibt, der x meint, dann ist es möglich, daß es in der in P gesprochenen Sprache einen Ausdruck gibt, der ein exakter Ausdruck von x ist"[77]. Der Zweck dieses Prinzips scheint mir klar zu sein. Es ist in keinem aufklärerischen Interesse fundiert, den möglichen Bruch zwischen einer unsagbaren, vielleicht unbewußten Intention und der sprachlichen Artikulation aufzuheben; es drückt auch nicht WITTGENSTEINs philosophischen Gedanken aus, daß man alles, was sich überhaupt sagen läßt, auch klar sagen kann[78]. Die teleologisch angestrebte Identifikation von Intentionen (Bedeutungen, Meinungen) und Ausdrücken, die real nur unter der kontrafaktischen Voraussetzung eines völlig überschaubaren und selbstbewußt verfügbaren „totalen Kontexts" möglich wäre, leitet sich vielmehr rein *forschungstechnisch* ab. Sie ist ebenfalls nur Resultat einer epistemologischen Vorentscheidung, die auf die Konstruktion erklärungsstarker Sprachmodelle zielt. Zum einen lenkt das Ausdrückbarkeitsprinzip die explanativ interessierte Sprachwissenschaft allein auf jene Fälle, in denen das Gemeinte, das für den jeweiligen Sprechakt bedeutungskonstitutiv ist[79], auch sprachlich adäquat ausgedrückt ist. Aus dem Prinzip folgt, „daß Fälle, in denen der Sprecher nicht genau sagt, was er meint – die wichtigsten Beispiele dafür sind Unaufrichtigkeit, Vagheit, Ambiguität und Unvollständigkeit – für die sprachliche

Kommunikation theoretisch unwichtig sind“[80]. Zum andern ermöglicht dieses Prinzip heuristisch eine Strategie, für welche das Gesagte eben als „Ausdruck“ von Sprechakten gilt und somit allererst der sprechakttheoretischen Analyse verfügbar wird. Die Konzentration auf das sprachlich Manifestierte kann sich deshalb als Untersuchung der „langue“ begreifen[81]. Daß im Prinzip jeder mögliche Sprechakt, den man vollzieht oder vollziehen könnte, ausgedrückt werden kann durch einen komplexen Satz (mit propositionalem Gehalt und explizitem sprachlichem Indikator seiner illokutionären Rolle), ermöglicht, die Analyse auf korrekte Sprech-Handlungen der Standardform zu beschränken. Hieraus erklärt sich die Konzentration auf die performativen Verben, an denen sich die illokutionäre Kraft möglicher Sprechakte direkt ablesen läßt. (Die große Anzahl von Verben, die eine sprechaktbezeichnende Funktion zu haben scheinen – im Lexikon lassen sich mehr als tausend finden –, ließe allerdings die Situation der *System*-Sprechakttheorie etwas „hoffnungslos“[82] erscheinen, falls man sie alle als Indikatoren jeweils verschiedener Sprechakte begreifen würde. Verschiedene *Klassifikationen*[83] sind deshalb vorgeschlagen worden, um die Zahl der „fundamentalen Sprechakte“ zu reduzieren.) „Für unsere Zwecke am wichtigsten aber ist es, daß jenes Prinzip uns erlaubt, Regeln für den Vollzug von Sprechakten mit Regeln für die Äußerung bestimmter sprachlicher Elemente gleichzusetzen, da es für jeden möglichen Sprechakt ein mögliches sprachliches Element gibt, dessen Bedeutung (im gegebenen Zusammenhang der Äußerung) gewährleistet, daß seine aufrichtige Äußerung den Vollzug genau des betreffenden Sprechaktes darstellt. Um Sprechakte wie Versprechen oder Entschuldigungen zu untersuchen, brauchen wir nur Sätze zu untersuchen, deren aufrichtige und richtige Äußerung ein Versprechen oder eine Entschuldigung bedeutet“[84]. Dieser forschungstechnische Sinn des Ausdrückbarkeitsprinzips offenbart, daß die aufrichtig-wörtliche[85] und richtige Äußerung eines Satzes, in der sich das Sprechen einer Sprache paradigmatisch zeigt, stets *nur* als Beispiel einer durch Sprechakt-Regeln erklärbaren Form gilt. Die Intention der Sprechakttheorie, versteht man sie als Theorie der Sprache („langue"), läßt eben nur einen bestimmten Blick auf sprachliche Handlungen zu. Auch der explanative Diskurs dieser Theorie verbleibt in jenem „Zirkel", der durch das Subsumtions-Modell der Erklärung impliziert wird.

§ 3 Strukturalistische Tätigkeit

1. Der strukturale Theorietyp

Nur kurz erörtert LUDWIG WITTGENSTEIN gegen Ende des „Tractatus logico – philosophicus“[1] den Status wissenschaftlicher Theorien. Die allgemeinsten Sätze einer wissenschaftlichen Theorie, man denke etwa an das Kausalitätsgesetz oder das Trägheitsgesetz der NEWTONschen Mechanik, werden von ihm nicht als Erfahrungssätze verstanden, sondern als „Einsichten *apriori* über die mögliche Formgebung der Sätze der Wissenschaft“[2]. Durch sie wird „die Weltbeschreibung auf eine einheitliche Form“[3] gebracht. Sie sind „nur“ Formen der Darstellung, durch die echte Erfahrungssätze im Rahmen der Theorie (KUHN spricht später vom Netzwerk einer disziplinären Matrix[4] ausgedrückt werden können. An einem Beispiel veranschaulicht WITTGENSTEIN diese Überlegung: wir sollen uns eine weiße Fläche vorstellen, auf der unregelmäßige schwarze Flecke sind; dieses unregelmäßige Bild können wir approximativ zu beschreiben versuchen, indem wir die Fläche mit einem entsprechend feinen quadratischen Netz bedecken und nun von jedem Quadrat sagen, ob es schwarz oder weiß ist. „Ich werde auf diese Weise die Beschreibung der Fläche auf eine einheitliche Form gebracht haben. Diese Form ist beliebig, denn ich hätte mit dem gleichen Erfolge ein Netz aus dreieckigen oder sechseckigen Maschen verwenden können.“ (T. 6.341) Vielleicht wäre sogar mit einem grobmaschigeren Dreiecks-Netz oder mit einem Mischnetz aus Drei- und Sechsecken eine genauere Abbildung möglich gewesen. Das Netz selbst, das heißt das gewählte System der Weltbeschreibung, ist nicht durch das Bild erzwungen, das es zu beschreiben ermöglicht. Deshalb ist es *„beliebig“*. Und es ist zugleich *„apriori“*, weil es überhaupt erst eine Bildbeschreibung einheitlicher Form ermöglicht und dadurch etwas über das Bild erfahrbar werden läßt: „Daß sich ein Bild, wie das vorhin erwähnte, durch ein Netz von gegebener Form beschreiben läßt, sagt über das Bild *nichts* aus. (Denn dies gilt für jedes Bild dieser Art.) *Das* aber charakterisiert das Bild, daß es sich durch ein bestimmtes Netz von *bestimmter* Feinheit *vollständig* beschreiben läßt. So auch sagt es nichts über die Welt aus, daß sie sich durch die Newtonsche Mechanik beschreiben läßt, wie dies eben der Fall ist. Auch das sagt etwas über die Welt, daß sie sich durch die eine Mechanik einfacher beschreiben läßt als durch die andere.“ (T. 6.342).

Zwar scheint WITTGENSTEINs Analogie die allgemeine Form wissenschaftlicher Theoriebildung zu kennzeichnen, besonders soweit sie deren apriorischen Elemente betrifft. Und die Mechanik NEWTONs scheint dafür ein besonders anschauliches Beispiel zu liefern. (Durch die Annahme eines apriorisch vorausgesetzten, rein geometrischen Netzwerks, durch das hindurch die Weltbeschreibung von den Gegenständen der Welt reden kann (T. 6.3431), unterscheidet sich WITTGENSTEIN von den Vertretern eines radikalen logischen Positivismus, die nicht mehr bereit sind, apriorische, gleichwohl jedoch noch auf die Welt bezogene Elemente im Aufbau wissenschaftlicher Theorien zuzulassen, und nimmt die Vorstellung eines protophysikalischen Programms vorweg, das den Apriorismus begrenzt restituiert[5].) Dennoch veranschaulicht sein Denkmodell nur einen *bestimmten Typ von Theorie.* Das skizzierte Verhältnis von Schwarzfleckenbild (= Wirklichkeit), geometrischem Netz (= apriorisches System möglicher Weltbeschreibung) und Netz-Bild (= wissenschaftliche Theorie) betrifft eine Form von Theoriebildung, die wesentlich durch die folgenden Merkmale gekennzeichnet ist: die *Wirklichkeit*, die theoretisch mehr oder weniger adäquat abgebildet werden soll, erscheint als eine beobachtbare Gegebenheit, als eine unregelmäßige Fülle physikalischer Daten; es ist eine Wirklichkeit, die – wie die unregelmäßigen schwarzen Flecken auf einer weißen Fläche – unmittelbar da ist, eine Objektivität, die man sieht und die zu ihrer Beschreibung nur eine Art „physikalistischer" Sprache zu erfordern scheint, deren intersubjektiver Charakter frei von subjektiven Zuschüssen ist; diese Realität soll durch *Sätze einer „einheitlichen Form"* beschrieben (abgebildet, dargestellt) werden; wie auch immer die Theorie konkret aussehen mag, ihre sprachlichen Bausteine sind von einer geregelten Gestalt und passen bruchlos (widerspruchsfrei) zueinander, weil sie der Form eines bestimmten „Systems der Weltbeschreibung" (T. 6.341) entsprechen; die *Form der Theorie* selbst, im strengen Sinne „beliebig", weil sie einer äußerlichen Wirklichkeit selbst äußerlich gegenübersteht, ist apriorisch konstituiert; in WITTGENSTEINs Beispiel handelt es sich um eine *rein* geometrische Struktur vor jeder Erfahrung, deren (viereckige, dreieckige oder mehreckige) Gestalt unabhängig von der tatsächlichen Erscheinungsform der Wirklichkeit ist und deshalb auch nichts über die besonderen Positionen und bestimmten Ausdehnungen der materiellen Realitätspartikel aussagen kann („Obwohl die Flecke in unserem Bild geometrische Figuren sind, so kann doch selbstverständlich die Geometrie gar nichts über ihre tatsächliche Form und Lage sagen. Das Netz aber ist *rein* geometrisch, alle seine Eigenschaften können a priori angegeben werden." [T. 6.35]); folglich spiegelt auch die *Theorie* selbst, verstanden als mehr oder weniger „nahe" Abbildung, die Wirklichkeit nur insofern wider, als diese sich in das Netzwerk der strukturellen Formen einpaßt (wobei diese Möglichkeit dadurch bedingt zu sein scheint, daß Flecke und Netz ihre „Geometrie" gemeinsam haben): als „Bild" der Wirklichkeit ist sie eine vermittelte und vermittelnde Instanz zwischen der unmittelbaren Gegebenheit und der reinen Form. Zusammengefaßt gesagt: WITTGENSTEINs Denkmodell veranschaulicht die Form und Intention einer Theorie *strukturellen* Typs. Ganz wie es besonders RUDOLF CARNAP später gefordert hat, daß nämlich alle wissenschaftlichen Aussagen als Strukturaussagen formuliert sein sollen, welche das Beziehungsgefüge einer relational zu kennzeichnenden Wirklichkeit freilegen[6], so hat WITTENGENSTEIN eine Theoriekonzeption favorisiert, derzufolge eine unregelmäßige

Objektivität wissenschaftlich nur insofern beschrieben und abgebildet werden kann, sofern sie sich in einem formal geknüpften Netz apriorisch entworfener Gestalt einfangen läßt.

2. L'activité structuraliste

Er hat damit das Bild einer *sprachwissenschaftlichen* Konzeption gezeichnet, die besonders streng innerhalb des amerikanischen *Distributionalismus* verfolgt worden ist: die sprachliche Wirklichkeit, objektiviert zum beobachtbaren Feld physikalistischer Daten, wird in ihrer formalen Relationsstruktur, verstanden als distributionelle Beziehung der einzelnen sprachlichen Elemente zueinander, abzubilden versucht durch eine formale Theorie, wobei sowohl der prozedurale Weg zur Entdeckung der Struktur als auch die Gestalt der theoretischen Abbildung selbst vorweg zu regeln und zu formalisieren versucht wurden[7]. Darüber ist schon genug gesagt worden und auch für unsere besondere Fragestellung, wie sich die Möglichkeit einer „fremden Rede" sprachwissenschaftlich begreifen läßt, ist der rigide Distributionalismus weniger interessant als jene *europäische* Variante des *Strukturalismus*, die in ROMAN JAKOBSON, ALGIRDAS J. GREIMAS und ROLAND BARTHES ihre hervorragenden Vertreter hat. Bevor ihr jeweiliger Ansatz skizziert wird, soll uns ein Aufsatz von BARTHES vorweg dazu dienen, die strukturalistische Intention auf die Sprache *allgemein* zu kennzeichnen. „Was ist der Strukturalismus?", so beginnt ein Klärungsversuch, der anhand der *„strukturalistischen Tätigkeit"* und ihrem angestrebten *Ziel* die Kriterien zu explizieren versucht, die trotz aller Wandlungen und Unterschiede „den" Strukturalismus grundsätzlich definieren[8]. „Das Ziel jeder strukturalistischen Tätigkeit, sei sie nun reflexiv oder poetisch, besteht darin, ein ‚Objekt' derart zu rekonstituieren, daß in dieser Rekonstitution zutage tritt, nach welchen Regeln es funktioniert (welches seine ‚Funktionen' sind). Die Struktur ist in Wahrheit also nur ein *simulacrum* des Objekts, aber ein gezieltes, ‚interessiertes' Simulacrum, da das imitierte Objekt etwas zum Vorschein bringt, das im natürlichen Objekt unsichtbar oder, wenn man lieber will, unverständlich blieb. Der strukturale Mensch nimmt das Gegebene, zerlegt es, setzt es wieder zusammen; das ist scheinbar wenig (und veranlaßt manche Leute zu der Behauptung, die strukturalistische Arbeit sei ‚unbedeutend, uninteressant, unnütz' usw.). Und doch ist dieses Wenige, von einem anderen Standpunkt aus gesehen, entscheidend; denn zwischen den beiden Objekten, oder zwischen den beiden Momenten strukturalistischer Tätigkeit, bildet sich *etwas Neues*, und dieses Neue ist nichts Geringeres als das allgemein Intelligible: das Simulacrum, das ist der dem Objekt hinzugefügte Intellekt"[9]. Zunächst zur *Tätigkeit* selbst. ROLAND BARTHES hat sie beschrieben als eine doppelte Bewegung, als Vollzug von *zwei Operationen*. Der Strukturalist „nimmt das Gegebene": eine Äußerung, einen Text oder ein Textteil, einen Traum, eine Modeerscheinung, einen Film oder eine Filmsequenz, eine Körperaktion, ein Kunstwerk, ein mythologisches Ereignis, eine gesellschaftliche oder ökonomische Praxis, alles „Gegebene" also, das eine Sprache (langage articulé) in dem Sinne ist, daß es aus diskreten (signifikativen und distinktiven)[10] Einheiten besteht, die systematisch verbunden, gegeneinander ausdifferenziert und hierarchisch auf verschiedenen Ebenen distributionell und integrativ[11] gestaffelt sind, er nimmt diese sprachliche Gegebenheit und versucht sie in ihre Teile zu *zerlegen*. Oberstes Prinzip dieser Zerlegung auf der Suche nach den sprachlichen Bausteinen ist das Aufspüren von Unterschieden: man zerlegt – gelenkt durch bestimmte operationale Verfahren wie Umstell- und Ersetzungsproben – das (semiologische) Objekt[12] in solche Fragmente, die sich von anderen Fragmenten *differentiell* abgrenzen lassen und in „Opposition" stehen. Die Differenz zwischen den Elementen ist entscheidend, nicht die jeweilige Bedeutung des je einzelnen Fragments in seiner Besonderheit. Die gefundenen Einheiten (was immer nun ihre im einzelnen sehr verschiedene innere Struktur und Ausdehnung auch sein mag) „haben eine signifikative Existenz einzig durch ihre Grenzen:

sowohl durch diejenigen, durch die sie von den anderen *aktuellen* Einheiten getrennt werden (das jedoch ist ein Problem des Arrangements) als auch durch diejenigen, durch die sie sich von anderen *möglichen* Einheiten, mit denen sie eine bestimmte Klasse bilden, unterscheiden"[13]. (ROMAN JAKOBSON hat diese beiden differentiellen Möglichkeiten in seiner „Zweiachsentheorie der Sprache" entfaltet.) Deshalb ist DE SAUSSURE so wichtig, weil er jenes Kriterium des Differentiellen in seiner Verkettung mit dem Konzept einer Struktur aufgezeigt hat; denn die Schwierigkeiten der Segmentierung und Elementarteilchenidentifizierung verweisen darauf, daß wir in einem (sprachlich) Gegebenen nicht von distinktiven Einheiten sprechen können, ohne gleichzeitig eine strukturelle Ordnung zwischen diesen Einheiten zu konstatieren und anzuerkennen[14]. Und deshalb steht ja auch die Phonologie auf dem ersten Platz einer strukturalen Wissenschaft; denn sie hat die Aufmerksamkeit auf das System der Phoneme als den kleinsten Bausteinen der Sprache gelenkt, deren Bedeutung auf der kombinatorischen Struktur von Elementen beruht, die selbst nicht bezeichnend sind, sondern sich in ihrer differenzierenden Funktion und differentiellen Relationalität gleichsam erschöpfen. – Die gefundenen Elemente des Gegebenen werden in einem zweiten Schritt neu arrangiert, klassifiziert, geordnet, *zusammengesetzt.* Die Zersplitterung des Gegebenen wird aufgehoben unter dem Gesichtspunkt einer Form, die den „Kampf gegen den Zufall"[15] aufgenommen hat. Freizulegen versucht wird eine „Struktur", das *System* der differentiellen Elemente, das sich in einer unabgeschlossenen Vielzahl möglicher Realisierungen zur Erscheinung bringt, das jedoch mit keiner Besonderen dieser Realisierungen in eins ist, sondern ihnen allen als eine Art von virtuellem Reservoir oder Repertoire zugrunde liegt. „Die Struktur eines Bereiches freizulegen heißt, eine ganze Virtualität der Koexistenz zu bestimmen, die vor den Wesen, den Gegenständen und den Werken dieses Gebietes existiert. Jede Struktur ist eine Vielzahl von virtueller Koexistenz"[16]. –

Damit ist nun auch das *Ziel* der strukturalistischen Tätigkeit benannt: BARTHES hat es das *„Simulacrum"* genannt: ein neues Objekt, das der tatsächlichen Gegebenheit „ähnelt", ohne sie zu kopieren, das „intelligibel" ist, weil es sich von der Realität des Gegebenen unterscheidet und aus einer theoretischen Praxis der Analyse und Synthese resultiert. Um unnötige Äquivokationen zu vermeiden, wird vom Simulacrum als *„symbolischem Objekt"* gesprochen. Denn es ist in einer dritten Ordnung angesiedelt, die weder mit der Ordnung einer *realen* Gegebenheit identisch ist, noch in den Bereich eines *Imaginären* (bloß Gedachten, Eingebildeten, Phantasierten, rein Intelligiblen) verflüchtigt werden kann. „Die Ablehnung, das Symbolische mit dem Imaginären sowie mit dem Realen zu vermengen, bildet die erste Dimension des Strukturalismus. Auch dort wieder hat alles mit der Linguistik begonnen: jenseits des Wortes in seiner Realität mit seinen klanglichen Eigenschaften, jenseits der Bilder und Begriffe, die den Wörtern assoziiert werden, entdeckt der strukturale Linguist ein Element ganz anderer Natur, das strukturale Objekt"[17]. Es ist ein Objekt, das in seiner Virtualität „real" ist, ohne mit einer aktuellen Wirklichkeit zusammenzufallen; zugleich aber auch „ideal", ohne dabei abstrakt, imaginär oder geistig zu sein. (Das „Phonem" ist weder der artikulierte Laut noch eine bloße Abstraktion; der „Satz" ist weder die gesprochene Äußerung noch der reine Gedanke). – Das Simulacrum, das strukturale Objekt, aufgespürt durch die strukturalistische Tätigkeit des Zerlegens und Arrangierens, ist nichts anderes als jenes *Netz-Bild*, von dem WITTGENSTEIN analogisierend gesprochen hat: weder deckt es sich mit der Unregelmäßigkeit der schwarzen Flecken, denn es ist Resultat einer Tätigkeit, die das Feld des Gegebenen durch Koordinaten segmentiert und die so konstituierten diskreten (geometrischen) Felder durch differentielle Werte (schwarz/weiß) bestimmt hat; noch ist es eine imaginäre Größe, ein Bild etwa, das mit dem Gegebenen nichts zu tun hat, oder ein leeres, abstraktes Netzwerk, das sich noch nicht symbolisch durch die Werte der segmentierten Realitätspartikel angefüllt hat. Es ist ein „Drittes", das weder sinnlich noch intelligibel/imaginär ist, sondern in einem topologischen und relationalen

Raum existiert, dessen Orte differentiell konstituiert sind. WITTGENSTEIN paraphrasierend ließe sich sagen: „Daß sich eine sprachliche Gegebenheit durch eine strukturalistische Tätigkeit beschreiben läßt, sagt über die Sprache *nichts* aus. (Denn dies gilt für jede Gegebenheit dieser Art.) *Das* aber charakterisiert die Gegebenheit, daß sie sich strukturell so analysieren läßt, wie dies eben der Fall ist." (Im Unterschied zum rigiden amerikanischen Distributionalismus, der sein Datenmaterial zu einem rein „natürlichen" Objektbereich verdinglicht, auf das er bestimmte „Entdekkungsprozeduren" appliziert, erscheint im Rahmen des europäischen Strukturalismus das Gegebene selbst als symbolisch strukturiert. Es ist als „semiologisches Objekt" vorausgesetzt und teilt mit dem „symbolischen Objekt" als seinem Abbild oder Simulacrum eine gemeinsame Form, ganz wie in WITTGENSTEINs Beispiel das Bild, sein Abbild und das apriorische Netz ihre „Geometrie" gemeinsam haben.) Nur dann kann ja von einem „Simulacrum" gesprochen werden, wenn es seinem Objektbild „ähnlich" ist. Die Erkenntnistheorie des Strukturalismus hat darauf insistiert, daß die strukturale Analyse semiologischer Gebilde keinem unabhängigen, objektivistischen Kriterium folgt, sondern selbst als theoretisch reflektierte Übung eines symbolischen Denkens angesehen werden muß. Daß LÉVI-STRAUSS seine strukturelle Analyse der Mythen in der Ouvertüre der „Mythologica"[18], einem Paradigma ethnologischer Bastelei ohne festes Zentrum[19], mythomorph oder mythopoetisch nennt, verweist darauf, daß der strukturelle Diskurs über die Mythen die Form dessen haben soll, worüber er spricht. Der Verzicht auf ein festes Zentrum, ein Subjekt, eine privilegierte Referenz oder einen originären Ursprung der Mythen zugunsten einer offenen Vielfalt von virtueller Koexistenz verdankt sich der Intention, die Bewegung des mythischen Denkens selbst nachzuvollziehen und die Form des Mythos selbst anzunehmen. DAN SPERBER hat es allgemein formuliert: „Das strukturale Verfahren, das fälschlich als eine von ihrem Gegenstand unabhängige Methodologie dargestellt wurde, ist in Wahrheit eben diese Heuristik, deren theoretische Tragweite die ihrem Gegenstand spezifische Wirksamkeit vermuten läßt"[20]. Und doch darf darüber das „apriorische" Element der strukturalistischen Tätigkeit nicht vergessen werden. Es besteht in der vorgängigen Überzeugung oder Hoffnung, daß sich *jede* semiologische Gegebenheit den beiden geistigen Prozeduren der Zerlegung und des Arrangements fügt, ohne daß man dazu bereits wissen müßte, wie die verketteten Einheiten und ihre jeweiligen Klassen konkret aussehen. Nicht zufällig werden die „Elemente der Semiologie" von ROLAND BARTHES so vorgestellt, daß sie keinen anderen Zweck haben, „als der Linguistik analytische Begriffe zu entlehnen, von denen man *apriori* annimmt, daß sie allgemein genug sind, um es uns zu ermöglichen, die semiologische Forschung in Angriff zu nehmen"[21].

3. Applikationen

1. Dieses Spannungsverhältnis von strukturaler Heuristik und semiologischen Gegebenheiten, auf die sie sich mit ihrem „überlegt eingesetzten Spürsinn"[22] konzentriert, um das *strukturale* Simulacrum zu entdecken, kann uns ROMAN JAKOBSONs *Zweiachsen-Theorie der Sprache* verdeutlichen[23]. Denn die zergliederndverbindende *Tätigkeit* des Strukturalisten läßt den Doppelcharakter der *Sprache selbst* manifest werden, besteht die semiologische Analyse im wesentlichen doch darin, die erfaßten Tatsachen gemäß zweier Achsen zu verteilen[24], deren „apriorische" Struktur dem Untersuchungsobjekt konstitutiv zugrundeliegen soll: die Segmentierung setzt die Möglichkeit einer *linearen* Verkettung der sprachlichen Elemente voraus, so wie die Klassifizierung der gefundenen Einheiten eine klassenmäßige Potentialität von *paradigmatischen* Ordnungen impliziert. Genau dies aber sind jene beiden Achsen der Sprache, die zunächst vom polnischen Sprachtheoretiker MIKOLAJ KRUSZEWSKI festgestellt, von DE SAUSSURE modifiziert und reformuliert und von JAKOBSON schließlich zu den generellen und konstitutiven Kennzeichen

möglicher Sprache überhaupt erklärt worden sind[25]. Auf der einen Seite stehen die Beziehungen innerhalb der Linearität und Kontiguität der wirklichen Äußerung, die kontextuellen Kombinationen, die verketteten Einheiten der *syntagmatischen Achse*. Auf der anderen Seite, gleichsam vertikal zur Horizontale der Äußerung, stehen die Relationen innerhalb der Klassen, zu denen die einzelnen, einander ähnlichen oder äquivalenten Zeichen zusammengefaßt sind, ein potentieller Vorrat also, aus dem man jeweils einzelne und bestimmte Zeichen auswählt, um sie kontextuell zu verknüpfen, eine Achse *paradigmatischer* Relationen. „Wer spricht, vollzieht vorab zwei Handlungen. Er wählt sprachliche Einheiten aus einem Arsenal zusammengehörender Einheiten aus (Selektion) und verbindet sie zu verständlichen Syntagmen (Kombination)“[26]. – Mit dieser strukturalen Zweiachsentheorie der Sprache, die für die Rationalität und den Erfolg einer Methode einsteht, die sich durch Zerteilung (des Syntagmas) und Arrangement (zum Paradigma) auszeichnet, erscheint nun eine Möglichkeit gegeben, auch Erscheinungen einer „fremden Rede“ strukturalistisch zu untersuchen. Gekennzeichnet sind sie durch auffallende Besonderheiten ihrer paradigmatischen und syntagmatischen Zeichenorganisation. Gemeint sind die beiden Erscheinungen einer (aphasischen) Unterstrukturierung und einer (poetischen) Überstrukturierung, auf die sich ROMAN JAKOBSON jahrzehntelang intensiv konzentriert hat.

Unter der Voraussetzung, daß die paradigmatische und die syntagmatische Achse das Grundgerüst der Sprache bilden, denen die beiden Aktivitäten der Selektion bzw. Kombination entsprechen, liegt die Annahme nahe, daß *Sprachstörungen* in verschiedenem Ausmaß die Fähigkeit eines Individuums zur Selektion und Kombination sprachlicher Einheiten beeinträchtigen können. Anhand der Empirie *aphasischer* Störungen hat JAKOBSON diese schon fast aprioristische Annahme plausibel machen können: aphasische Erscheinungen lassen sich tatsächlich nach *zwei Grundtypen* unterscheiden, je nachdem, welche von den beiden achsialen Fähigkeiten in der Rede mehr gestört ist[27]. Im ersten Fall spricht JAKOBSON von einer *Similaritätsstörung* (Ähnlichkeitsstörung): der Aphasiker hat die Fähigkeit verloren, frei und selektiv über die sprachlichen Einheiten zu verfügen, die aufgrund ihrer Ähnlichkeit paradigmatisch organisiert sind. Er ist kaum in der Lage, sinnbewahrend einzelne Wörter zu substituieren, Synonyme zu verwenden, metasprachliche Umschreibungen zu benutzen oder in andere Sprachen zu übersetzen. Deshalb hat für ihn der sprachliche Kontext eine unentbehrliche und entscheidende Funktion, um überhaupt noch reden zu können (was sich pragmatisch daran zeigt, daß er nur „reaktiv" sprechen kann). „Je mehr die Äußerung durch einen verbalen oder nicht-verbalen Kontext gestützt ist, desto mehr Aussicht besteht auf eine erfolgreiche sprachliche Leistung seitens eines solchen Patienten"[28]. Es überrascht deshalb nicht, daß in diesem Falle von Aphasie auch jene Wörter besonders zählebig sind, die von Natur aus kontextbezogen sind (z. B. Pronomen und Pronominaladverbien) oder zur Kontextkonstruktion dienen (z. B. Konjunktionen und Hilfszeitwörter). Es bleibt in einem solchen Fall gestörter Selektionsfähigkeit oft nur eine Art von sprachlichem Skelett übrig, das durch keine variablen Einheiten der paradigmatischen Achse mehr ausgefüllt ist: *„Ich bin doch hier unten, na wenn ich gewesen bin ich wees nicht, we das, nu wenn ich, ob das nun doch, noch, ja. Was Sie her, wenn ich, och ich wees nicht, we das war ja . . ."*[29] Im zweiten Fall spricht JAKOBSON von einer *Kontiguitätsstörung*, welche die Fähigkeit der Kombination auf der syntagmatischen Achse restringiert. Der Aphasiker wird unfähig, zusammenhängende Sätze zu bilden, die lineare Wortfolgeordnung wird chaotisch und „agrammatisch". Deshalb geht hier auch die Fähigkeit zur Verwendung solcher Wörter, die kontextuelle Funktion besitzen, zuerst verloren (während sich bei der Similaritätsstörung diese Wörter gerade am widerstandsfähigsten gezeigt haben): es bleibt eine Art von Telegrammstil übrig, gleichsam infantile Ein-Satz-Äußerungen oder Ein-Wort-Sätze unter bevorzugter Verwendung von kontextfreien Substantivwörtern[30].

Während bei der Aphasie eine Unterstrukturierung in dem

Sinne vorliegt, daß die syntagmatischen und paradigmatischen Möglichkeiten der Sprache nicht mehr vollständig beherrscht werden, haben die konkreten strukturellen Untersuchungen *poetischer Texte* JAKOBSON zu der Einsicht geführt, daß hier eine Art von *„Überstrukturierung"*[31] existiert. Im Vergleich mit der nicht-poetischen Sprache nämlich zeigt der poetische Text als syntagmatische Verkettung „mehr" Struktur, indem er zusätzliche (phonologische, morphologische, semantische und syntaktische) Geordnetheiten aufweist, die für einen rein informativ-kommunikativen (prosaischen) Zweck nicht notwendig wären. Diese Überstrukturierung auf der syntagmatischen Achse wird JAKOBSON zufolge erreicht, indem das *Prinzip der Äquivalenz*, das eigentlich nur die Zeichen auf der Vertikalen ihrer paradigmatischen Klassen organisiert, *auf die Horizontale des Syntagmas projiziert wird*[32]. So entstehen all die Figuren der Äquivalenz (von den Alliterationen und Assonanzen der phonologischen Ebene bis hin zu den syntaktischen Parallelismen), die, unabhängig von der möglichen Verletzung grammatischer Wohlgeformtheitsbedingungen, das poetische Kunstwerk überstrukturieren und dadurch unsere Konzentration und Aufmerksamkeit auf den sprachlichen Ausdruck selbst lenken[33].

2. Die strukturalistische Tätigkeit hat sich zwar bevorzugt und äußerst erfolgreich auf den Bereich der Phonologie und Morphologie konzentriert. Die Seite des sprachlichen Ausdrucks bietet den segmentierenden und klassifizierenden Prozeduren kaum Widerstand und läßt ein strukturales Relationsgefüge sichtbar werden, das nach den beiden elementaren Mechanismen der Kombination und Selektion funktioniert. (Bereits die syntaktische Ebene der Sprache offenbart eine größere Komplexität, die spezifische Transformationen als Vermittlungsinstanzen zwischen tiefenstrukturellen und oberflächenstrukturellen Relationen zu erfordern scheint[34].) Zunehmend ist jedoch auch die *Bedeutungsseite* der Sprache zum Gegenstand einer strukturalistischen Arbeit geworden. Auch der Inhalt sprachlicher Zeichen oder die intelligible Bedeutung eines Textes wird „rekonstituiert" als kombinatori-

sche Struktur von elementaren semantischen Bausteinen, die syntagmatisch und/oder paradigmatisch organisierbar sind: Das *einzelne* Zeichen erscheint auf seiner Inhaltsseite als Bündel „semantischer Merkmale“, denen besonders eine distinktive Funktion zur Unterscheidung inhaltsähnlicher Zeichen zugeschrieben wird (so haben zum Beispiel „Junge“ und „Mädchen“ die semantischen Merkmale [Lebewesen], [menschlich], [jüngere Generation] gemeinsam und unterscheiden sich durch die Merkmale [männlich] bzw. [weiblich]); und die syntagmatische *Verkettung* von Zeichen scheint, neben den zu befolgenden syntaktischen Regeln, wesentlich auf einer Rekurrenz von solchen semantischen Merkmalen zu basieren, die für die sinnvolle Textkombinatorik konstitutiv sind. In der *„Strukturalen Semantik“* von ALGIRDAS JULIEN GREIMAS sind diese Grundgedanken besonders systematisch expliziert worden[35].

Die semantischen Einheiten, die auf der *syntagmatischen* Achse für die Herstellung eines zusammenhängenden Bedeutungsgefüges verantwortlich sind, hat GREIMAS *„Klasseme“* genannt. Die syntagmatische Anschließbarkeit (die „lexikalische Solidarität“[36]) beruht auf der Rekurrenz (Wiederholung) von klassemischen Zeicheninhalten, die minimal in wenigsten zwei verketteten Einheiten vorkommen („Der Hund bellt“ wird semantisch durch das rekurrente Klassem [tierisch] verknüpft), im Maximalfall jedoch auch einen ganzen Text semantisch organisieren können (so liegt etwa einem Wetterbericht im wesentlichen das Klassem [meteorologisch] zugrunde). Die semantische Kombinatorik auf der syntagmatischen Achse hat GREIMAS mit dem Begriff *„Isotopie“* benannt: sprachliche Zeichen, die in einem Text über ein gemeinsames rekurrentes semantisches Merkmal verknüpft sind, konstituieren eine Isotopieebene. (In FRANCOIS RASTIERs „Systematik der Isotopien“[37] stellt eine solche horizontal-syntagmatische Isotopie, von ihm definiert als „wiederholtes Vorkommen“ sprachlicher Einheiten im Text, eine *„Lesart“* des Textes dar.)

Die Lektüre wird erschwert durch *komplexe Isotopien.* GREIMAS versteht darunter „das Vorhandensein mehrerer isotoper

Pläne in ein und derselben Rede"[38] und berücksichtigt damit die Tatsache, „daß die menschliche Kommunikation weder eindeutig noch unilinear ist"[39]. Ein Text ist mehrdeutig, er besitzt mehrere Lesarten, wenn *zwei oder mehrere* sich gegeneinander ausschließende Isotopieebenen *in einer* einzigen syntagmatischen Verbindung vereinigt oder *überlagert* sind[40]. Im manifesten Text sind dann, gleichsam wie in der Vertikalen paradigmatischer Klassifikation, mehrere Ebenen „plurilinear" gestaffelt. Das kann *diffus* im Falle einer mit individuellen oder sozialen *Mythen* ausgestatteten Rede geschehen (der Patient der Nervenklinik, der von sich als Napoleon spricht, überlagert geschichtliche und persönliche Isotopieebenen in einem „verrückten" Text, ähnlich wie auch unsere alltägliche soziale Kommunikation oft plurilinear charakterisiert ist durch „mythische"[41] Lesarten, die beispielsweise im Falle von „Eisbein mit Sauerkraut" auf einer durch das Klassem [deutsch] produzierten besonderen Isotopie beruht); es kann jedoch auch *gezielt* zum *rhetorischen* Verfahren erhoben werden: ganze literarische Gattungen lassen sich dann „als Spiele des Bewußtseins begreifen, die das ästhetische Vergnügen durch die Enthüllung versteckter Isotopien verschaffen sollen"[42].

Ganz auf der *paradigmatischen* Achse angesiedelt finden sich jene *vertikalen* Isotopien, die in der *Metapher* ihre ausgezeichnete rhetorische Manifestation besitzen. (Auch JAKOBSON hat die Metapher auf der paradigmatischen Achse situiert, da sie zustandekommt, indem die Bezeichnung eines Gegenstandes auf einen anderen übertragen wird, den mit dem ersten eine „Ähnlichkeit" verbindet.) Die metaphorische Isotopie resultiert aus der paradigmatischen Überlagerung verschiedener semantischer Merkmalsstrukturen: Das metaphorische „Er ist ein Löwe", das für „Er ist ein tapferer, starker Mann" steht, nutzt z. B. das semantische Merkmal [mutig] aus, das für die paradigmatische Beziehung von „Löwe" und „Mann" gleichermaßen als bedeutsam gilt[43].

3. In diesem Zusammenhang ist auch jener Begriff der *„Konnotation"* wichtig, der besonders von ROLAND BARTHES im Anschluß an LOUIS HJELMSLEV für die strukturalistische Tätigkeit

effektiviert worden ist. Die Interferenz sich paradigmatisch überlagernder Isotopieebenen wird zeichentheoretisch auf die Möglichkeit zurückgeführt, daß ein Zeichen (ARI), verstanden als integrative Relation von bezeichnendem Ausdruck A (Signifikant) und bezeichnetem Inhalt I (Signifikat), selbst wiederum zum Ausdruck einer hierarchisch höherliegenden Zeichenrelation gemacht werden kann und dort einen neuen „konnotativen" Inhalt erhält. Ein erstes System (ARI), auf das sich die Linguistik bevorzugt konzentriert hat, wird zum Ausdruck eines zweiten Systems ([ARI] RI), das prinzipiell wiederum auf einer dritten Ebene konnotativ signifiziert werden kann ([[ARI]RI]RI). Das jeweilige höherliegende System wird definiert als ein *Konnotationssystem, dessen Ausdrucksebene durch ein denotatives Bedeutungssystem gebildet wird*[44]. (LOUIS HJELMSLEV hatte mit „Denotationssprache" eine Sprache bezeichnet, von deren Ausdrucks- und Inhaltsebene keine eine Sprache ist, während eine „Konnotationssprache" eine Sprache als Ausdrucksebene besitzt. Im Unterschied zur Konnotation, die hierarchisch versetzt immer neue Inhalte hinzufügt, besteht die Möglichkeit einer *metasprachlichen* Staffelung darin, daß eine Sprache zur Inhaltsebene einer anderen Sprache gemacht werden kann, die metasprachlich immer neue Ausdrücke hinzufügt. Die Formel der Metasprache wäre also: AR(ARI)[45]) Die *Konnotationssemiologie* versucht nichts anderes als jene Signifikate/Inhalte festzustellen und zu analysieren, die sich konnotativ auf Denotationen als ihre signifikanten Ausdrücke beziehen. Das mag zunächst wie eine rekursive Spielerei aussehen. Es liefert der strukturalistischen Tätigkeit zugleich jedoch eine Orientierungsgrundlage, auf der sie konkrete Untersuchungen solcher semiologischen Gegebenheiten vornehmen kann, die sich mit ihrer *pluralen* Struktur aus der Eindimensionalität einer reinen Denotationssprache befreit haben. Exemplarisch hat BARTHES dies anhand der konnotationssemiologischen Analyse alltäglicher Mythen und literarischer Texte zu zeigen versucht.

Zwar hat BARTHES in seinen „*Mythologies*"[46], der Lektüre und Entzifferung jener Mythen des französischen Alltagslebens, die sich als scheinbar „natürliche" Erscheinungen aufdrängen, noch nicht den Begriff der Konnotation verwendet. Aber er versteht unter einem „Mythos" nichts anderes als ein *sekundäres semiologisches System,* das sich auf eine primäre denotative Sprache bezieht (diese Denotationssprache muß keine gesprochene oder geschriebene Aussage im streng linguistischen Sinn sein; es kann sich dabei um eine Fotografie handeln, einen Film, eine kulturelle Gewohnheit, ein modisches Ereignis oder ein Reklamebild; es umfaßt den neuen Citroen genauso wie den „Guide Bleu", das Pariser Strip-tease oder das französische Beefsteak mit Pommes frites). *Alles kann Mythos werden, wenn es zum signifikanten Ausdruck eines zweiten Bedeutungssystems wird,* das sich ihm semiologisch überlagert und einen neuen, mehr oder weniger offenen, unbestimmten, unbegrenzten „mythologischen" Inhalt hinzufügt. BARTHES hat die komplexe Struktur der konnotativen Mythologie unter anderem an einem Beispiel verdeutlicht, das wegen seiner trivialen und tiefgründigen Anschaulichkeit hier kurz vorgestellt werden soll: VALÉRY erinnert sich an den Beispielsatz aus einer lateinischen Grammatik: *„quia ego nominor leo"* („denn ich werde Löwe genannt"), den er als Quintaner in einem französischen Gymnasium zwecks Illustration einer bestimmten grammatischen Regel gelesen hat[47]. Wie sieht hier das formale Schema des Mythos aus? Zunächst erscheint der Satz als Element eines primären denotativen Sprachsystems. In einer Fabel von ÄSOP oder PHÄDRUS drückt er einen bestimmten Inhalt aus, der in sich komplex strukturiert sein kann und eine ganze Geschichte, eine Geographie, eine Moral, eine Zoologie und eine Literatur enthält. „Ich bin ein Tier, ein Löwe, ich lebe in jenem Land, ich komme von der Jagd, man möchte, daß ich meine Beute mit einer Färse, einer Kuh, einer Ziege teile, aber da ich der Stärkere bin, erkenne ich mir aus den verschiedensten Gründen alle Teile zu, aus Gründen, deren letzter schlicht und einfach der ist, daß *ich Löwe genannt werde*"[48]. Dieses komplexe Zeichen wird zugleich jedoch als signifikantes Ausdruckselement eines zweiten semiologischen (mythischen) Systems eingesetzt und gewinnt dadurch eine neue

Bedeutung: der Satz erscheint als bloßes Beispiel einer grammatischen Regel, die auch an ihm exemplifiziert werden kann. Der neue, konnotative Inhalt ist die *grammatische Beispielhaftigkeit* des Satzes. (Dieser *zusätzliche* Inhalt bewirkt zugleich eine Sinn*entleerung* und Deformation der ursprünglichen Aussage: der Löwe wird seiner Geschichte und all seiner Eigenschaften beraubt, die in seiner Benennung als „Löwe“ fixiert sind; es bleibt nur die Geste übrig, die den Satz als grammatisches Beispiel vorführt.) Der Satz (ARI) als Ausdruck einer grammatikalischen Exemplarität ([ARI] RI) kann auf einer dritten Ebene nun selbst wiederum als signifikanter Ausdruck eines überlagernden Systems mythifiziert werden ([[ARI]RI]RI), dessen neuer Inhalt eine *politische Struktur* ausdrückt: die grammatische Beispielhaftigkeit betrifft eine ganz bestimmte Klasse von Schülern. „Das grammatische Beispiel ruft in der Benennung des Löwen, die zuvor von ihrer Kontingenz entleert wurde, meine gesamte Existenz: die Epoche, in der ich geboren bin, in der die lateinische Grammatik gelehrt wird; die Geschichte, die mich durch zahlreiche gesellschaftliche Trennungen von den Kindern unterscheidet, die kein Latein lernen; die pädagogische Tradition, auf Grund derer dieses Beispiel aus Äsop oder Phädrus gewählt wird; meine eigenen sprachlichen Gewohnheiten, die in der grammatischen Übereinstimmung des Prädikatsnomens mit dem Subjekt ein bemerkenswertes Faktum sehen, das würdig ist, illustriert zu werden“[49]. – ROLAND BARTHES hat an zahlreichen Alltäglichkeiten aufgezeigt, wie ein scheinbar unmittelbares Faktensystem als semiologisch vermittelte Struktur funktioniert und als „Mythos“ wirksam ist. Er hat gezeigt, wie eine primäre Denotationssprache zur Beute eines deformierenden Mythos wird, indem sie auf einer konnotativen Achse verschoben wird, ohne daß die Verschiebung als solche offen vor Augen liegt. Der Mythologe entziffert die scheinbare „Natürlichkeit“, in der sich unsere Mythen eingerichtet haben, als „gesellschaftlich-historisches“ Ereignis. Die strukturalistische Tätigkeit tritt als politische Aktion einer entmystifizierenden Aufklärung auf.

In BARTHES’ detailliertester, mikrostruktureller Analyse eines *literarischen Werkes:* „S/Z", der Lektüre der Erzählung „Sarrasine" von HONORÉ DE BALZAC, besitzt der Begriff der Konnotation eine methodologische Schlüsselstellung. Der lineare Text wird in 561 einzelne signifikante Leseeinheiten, *„Lexien"*, segmentiert, die den bestmöglichen Raum bieten, „in dem man die Bedeutungen beobachten kann"[50]. Diese Bedeutungen sind *konnotativ* organisiert: in den Lexien wird kein bestimmtes, eindeutiges Signifikat denotiert; es handelt sich vielmehr um topologische Kristallisationspunkte pluraler Sinngehalte, die aus verschiedenen konnotativen Codes stammen und den Text „polysem" werden lassen. „Die Konnotation ist der Zugang zur Polysemie des klassischen Textes, zu jenem begrenzten Pluralen, das dem Text klassischer Herkunft zugrunde liegt"[51]. Die Lektüre, Schritt für Schritt den konnotativen Gehalt der einzelnen syntagmatisch verbundenen Lexien entschlüsselnd, „re-konstituiert" den Text als Schnittpunkt verschiedener paradigmatisch gestaffelter Codes, deren prinzipiell offenes Zusammenspiel von keiner einheitlichen, festen Idee mehr determiniert wird. Jede einzelne segmentierte Lexie ist „facettenartig"[52] aus einer Pluralität konnotativer Sinneffekte gebildet, die keinem Sinnzentrum mehr verpflichtet sind, sondern aus pluralen Lektürebereichen stammen. (BARTHES hat für „Sarrasine" fünf große paradigmatische Codes festgestellt, „in denen jede Lexie ihren Platz findet"[53]: einen *„hermeneutischen"* Code, der die Struktur der Rätsel und ihrer erzählerischen Auflösung bestimmt, einen *„semischen"*, der die Konnotationssignifikate zur Verfügung stellt, einen *„symbolischen"*, der die grundlegenden formalen Möglichkeiten enthält, in denen die Signifikanten sich verschieben und verdichten können, einen *„proairetischen"* Code, der die personalen Aktivitäten organisiert, und schließlich einen *„kulturellen"* Code, der das Reservoir des verfügbaren Wissens enthält.) – Die Lektüre des pluralen Textes intendiert, indem sie die Horizontale der realen Lexienverknüpfung durch die Vertikale konnotativer und codifizierter Sinnsysteme aufbricht, auf die Strukturation eines *„lesbaren* Textes", der wie ein *symbolisches Simulacrum* weder mit seiner textuellen Realisierung noch mit einer imaginären Totalität in eins fällt, sondern als etwas Drittes durch die Lektüre zum Vorschein gebracht wird. „Es geht darum, gegen jede In-differenz das Sein von Pluralität zu bestätigen, was nicht Sein des Wahren, des Wahrscheinlichen oder gar des Möglichen bedeutet. Diese notwendige Bestätigung jedoch ist schwierig, denn wenn auch niemals etwas außerhalb des Textes existiert, gibt es dennoch niemals eine *Ganzheit* des Textes (die rückwendig Ursprung einer inneren Ordnung, Versöhnung komplementärer Teile unter dem väterlichen Auge des Darstellungsmodells wäre): der Text muß zugleich von seinem Äußeren und von seiner Totalität losgelöst werden“[54]. Als symbolisches Objekt ist der *lesbare* Text somit einerseits das *„nachträgliche“* Resultat einer strukturalen Arbeit – „S/Z“ –, die jene pluralen Codes entdeckt, die andererseits den Text – „Sarrasine“ – überhaupt *entstehen* ließen und schreibbar machten. Diese Paradoxie jeder strukturalen, „re-konstituierenden“ Analyse ist auch von BARTHES ausgesagt worden. Die Lektüre als *„Post*-Skriptum“ *erzeugt* eine Form, der vom Text *gefolgt* wird[55]: „Die fünf Codes bilden eine Art Netz, eine Art Topik, durch den der ganze Text hindurchgeht (oder vielmehr: indem er da hindurchgeht, *wird er erst zum Text*) . . . Es geht in der Tat nicht darum, eine Struktur deutlich zu machen, sondern, so weit es geht, eine *Strukturation zu produzieren*“[56].

4. Die strukturale Paradoxie

Damit hat BARTHES noch einmal das primäre Kriterium genannt, durch das der Strukturalismus gekennzeichnet ist. Von den phonologischen Untersuchungen JAKOBSONs, der das paradigmatische System von Phonemen herausarbeitet im Hinblick auf ihre differenzierende Funktion hinsichtlich bedeutsamer syntagmatischer Zeichenverkettungen, über die strukturale Semantik von GREIMAS bis hin zu einer strukturalen Lektüre, welche die „Strukturation“ lesbarer Texte zu „produzieren“

versucht, indem sie die einzelnen Lexien als arrangierte Schnittpunkte pluraler konnotativer Codes entschlüsselt – : immer geht es um eine Aktivität, eine Arbeit, die durch das Arrangement differentieller Bausteine ein symbolisches/intelligibles/strukturales Objekt (Simulacrum, Abbild) herzustellen versucht, das die semiologische Wirklichkeit weder so wiedergibt, wie sie aufgegriffen wurde, noch eine begriffliche Totalität ist, die jede Erscheinung unter sich als Erklärungsinstanz subsumiert. *Strukturale Paradoxie:* das strukturale Objekt ist keine Umschrift oder Widerspiegelung einer realen, bereits präsenten Gegebenheit; es ist ein Arrangement, das durch die „activité structuraliste" einer Wirklichkeit *„nachträglich"* hinzugefügt wird, um zu demonstrieren, was diese *immer schon benötigt,* um überhaupt funktionieren zu können. „Alles fängt mit der Reproduktion an. Immer schon, das heißt Niederschlag eines Sinns, der nie gegenwärtig war, dessen bedeutete Präsenz immer ‚nachträglich', im Nachhinein und zusätzlich rekonstruiert wird. Das Aufgebot des Nachtrags ist hier ursprünglich und untergräbt das, was man nachträglich als Präsenz rekonstruiert. Der Nachtrag, das, was sich gleichsam wie eine Fülle einer Fülle hinzufügt, ist auch das, was ergänzt"[57]. Das strukturale Objekt *„supplementiert"* mit der ganzen Mehrdeutigkeit des Wortes: es liefert *nachträglich* einen *ergänzenden* symbolischen *Zusatz,* ohne den das reale semiologische Spiel (jede Aktualität einer Praxis also, die mit Zeichen arbeitet) nicht funktionieren könnte.

5. Ingenieur und Bastler

Im Unterschied zu den Intentionen einer *„generativen Erklärung"* oder *„sprechakttheoretischen Analyse"*, die sich mit ihren *Begriffen* über die sprachliche Wirklichkeit stellen, die sie unter sich zu subsumieren versuchen, bleibt die strukturalistische Tätigkeit dem Spiel der *Zeichen* immanent: sie reorganisiert, ordnet, arrangiert und baut sich ein Objekt zusammen, das der

Strukturation seiner Materialien „ähnlich“ ist. Sie subsumiert nicht, sondern bastelt. Niemand hat besser als CLAUDE LÉVI-STRAUSS die kulturelle Dimension dieser Unterscheidung aufgezeigt: während das zivilisatorische, wissenschaftliche Denken, das mit Begriffen arbeitet, unter das es die Erscheinungen explanativ zu subsumieren versucht, im *Ingenieur* sein Subjekt besitzt, kultiviert die strukturalistische Tätigkeit eine Form des *„Wilden Denkens“*, dessen Subjekt der *Bastler* ist: „die Welt seiner Mittel ist begrenzt, und die Regel seines Spiels besteht immer darin, jederzeit mit dem, was ihm zur Hand ist, auszukommen, d. h. mit einer streng begrenzten Auswahl an Werkzeugen und Materialien, die überdies noch heterogen sind, weil ihre Zusammensetzung in keinem Zusammenhang mit dem augenblicklichen Projekt steht, wie überhaupt zu keinem besonderen Projekt, sondern das zufällige Ergebnis aller sich bietenden Gelegenheiten ist, den Vorrat zu erneuern und zu bereichern oder ihn mit den Überbleibseln von früheren Konstruktionen oder Destruktionen zu versorgen“[58]. Der Bastler werkelt mit Mitteln, „die ihm zur Hand sind“, deren er sich bedienen kann, die schon da sind, auch wenn sie nicht für sein besonderes strukturales Projekt entworfen wurden, für das sie nun in der Bastelei verwendet werden. „All diese heterogenen Gegenstände, die seinen Schatz bilden, befragt er, um herauszubekommen, was jeder von ihnen ‚bedeuten‘ könnte. So trägt er dazu bei, ein Ganzes zu bestimmen, das es zu verwirklichen gilt, das sich aber am Ende von der Gesamtheit seiner Werkzeuge nur durch die innere Disposition der Teile unterscheiden wird“[59]. Das „Wilde Denken“ und die strukturalistische Aktivität, die nichts anderes als dessen kultivierte intellektualisierte Form ist, erarbeitet Strukturen, indem es Ereignisse oder fragmentarische Überreste von Ereignissen ordnet und so strukturierte Gesamtheiten „rekonstituierend“ arrangiert, die ihm etwas *zu zeigen* ermöglichen. Deshalb haben die tatsächlichen Materialien, die Zeichen, mit denen der semiologische Bastler arbeitet, ja auch ihren eigentümlich doppeldeutigen Status: *sie haben gedient* als Zeichen einer artikulierten Rede, die vom Strukturalisten so zerlegt und demontiert wird wie es auch der Bastler tut, wenn er sein altes Auto in seine Bestandteile zerlegt; und sie *können noch dienen* zu einer neuen strukturalen Tätigkeit, die ein Simulacrum herstellt, das nichts „erklärt", aber etwas supplementiert und dadurch in seinem Funktionieren offenbart[60]. Auch „S/Z" von ROLAND BARTHES (gleichgültig dagegen, ob sein „interpretatorischer Ertrag" „den Standard einer hinreichend breit angelegten und interdisziplinär kompetenten texthermeneutischen Auslegung klassischen Stils"[61] nirgends überschreitet oder vielleicht doch) ist nichts anderes als das strukturale Arrangement von Bruchstücken, die in der geformten Rede von BALZACs Erzählung „Sarrasine" als Elemente *gedient* haben und jetzt in ihrer *dispositionellen* Funktion für einen schreib*baren* und les*baren* Text, der in „S/Z" eins seiner möglichen Simulacra besitzt, freigelegt werden. – Demgegenüber geht der *Ingenieur* von einem Plan aus, *unter* den er die Ereignisse zu subsumieren versucht. Er arbeitet mit *Begriffen,* die ihm den Weg zu einer Erklärung eröffnen, indem sie sich über die Realitäten stellen und diese nur in dem Rahmen als bedeutsam erfahren lassen, in dem sie sich als bloße Teile oder Exempel einer begrifflichen Allgemeinheit begreifen lassen. Das wilde, strukturalistische Denken, „dieser Bastler erarbeitet Strukturen, indem er Ereignisse oder vielmehr Überreste von Ereignissen ordnet, während die Wissenschaft, ‚unterwegs' allein deshalb, weil sie sich stets begründet, sich in Form von Ereignissen ihre Mittel und Ergebnisse schafft, dank den Strukturen, die sie unermüdlich herstellt und die ihre Hypothesen und ihre Theorien bilden"[62]. Im Idealfall taucht das imaginäre Bild eines Wissenschaftlers auf, der mit jeder Bastelei gebrochen hat und seine gegenständlichen „Mittel und Ergebnisse" aus den begrifflichen Strukturen „schafft", die seine wissenschaftliche Erklärungsmaschinerie am Laufen halten: der tatsächlich jede sprachliche Gegebenheit aus dem einen quasi-axiomatischen Begriff „S" zu generieren vermag oder jeden möglichen Sprechakt durch die Regeln „konstituiert", über die er theoretisch verfügt. („Der Ingenieur, der Lévi-Strauss dem Bastler entgegensetzt, müßte dann aber seinerseits die Totalität seiner Sprache, Syntax und Lexik, konstruieren. In diesem Sinne ist der Ingenieur ein Mythos: ein Subjekt, das der absolute Ursprung seines eigenen Diskurses wäre. Ein derartiges Subjekt, welches das Ganze seines Diskurses ‚aus einem Stück' erzeugte, wäre der Schöpfer des Wortes, das Wort selbst"[63].)

So ist es also kein Zufall gewesen und auch keine Nachlässigkeit, daß in der Skizzierung des strukturalistischen Ansatzes weder von sprachlicher *Wohlgeformtheit* und sprachlichem *Gelingen,* noch von *Abweichungen* und *Unglücksfällen* gesprochen wurde: für den Strukturalisten, der semiologische Gegebenheiten auseinandernimmt und wieder zusammensetzt, kann es keine solchen „Abweichungen" geben, wie sie im Rahmen einer generativen oder sprechakttheoretischen Erklärung als komplementäre Erscheinung des subsumtiven Anspruchs notwendig impliziert werden. Weil die semiologischen Mittel des Bastlers nicht im Hinblick auf ein subsumierendes Projekt – eine Theorie, eine Gesetzeshypothese, ein erklärendes Modell – bestimmbar sind, sondern nur durch ihren dispositionalen Charakter als mögliche Elemente für das strukturale Arrangement, bemißt sich auch die „Wahrheit" des strukturalen Objekts nicht daran, ob es alle wohlgeformten Gegebenheiten und nur diese abbildet, sondern ob es zu zeigen und sichtbar zu machen vermag, wie das gegenständliche Objekt, das es als Reservoir seiner Bastelei verwendet, „funktioniert". Das wilde Denken ist nicht imperialistisch wie das des „zivilisierten" Ingenieurs. Zwar geben seine Produkte die Zeichenwirklichkeit nicht so wieder, wie sie aufgegriffen wurde; aber diese Veränderung bleibt gleichsam *unter* der signifikanten Wirklichkeit, *über* die sich der explanative Diskurs des Ingenieurs urteilend zu stellen versucht, um seinen Zweck zu erreichen. – Auch WITTGENSTEINs Netz, das sich in seiner „Beliebigkeit" und „reinen" Geometrie auf ein Bild bezog, das es in seinen apriorisch geknüpften Maschen einzufangen versucht hat, ließ dessen „Unregelmäßigkeit" unangetastet. Es versuchte, etwas zu zeigen, ohne es zu erklären durch die Subsumtion unter eine Form, die gesetzmäßige

Regelmäßigkeiten favorisiert und Abweichungen abspaltet. WITTGENSTEIN paraphrasierend ließe sich der epistemologische Grundsatz des Strukturalismus allein durch eine paradoxe Formulierung kennzeichnen: „Wenn es ein strukturalistisches Gesetz gäbe, so könnte es lauten: ‚Es gibt strukturale Objekte'. Aber freilich kann man das nicht sagen: es zeigt sich." (T. 6.36) Denn es gibt keinen anderen *Beweis* für die Möglichkeit und den Sinn einer strukturalistischen Tätigkeit „als die Qualität und die Ausdauer ihrer Systematik; anders gesagt: als ihr Funktionieren"[64].

§ 4 Psychoanalytische Übersetzung

1. Die Übersetzung ins latent Normale

Alle materialbezogenen Überlegungen SIGMUND FREUDs unterliegen *einer einzigen* Intention. Gleichgültig, ob es sich um einen Traum, einen Witz, eine Fehlleistung, ein Kunstwerk, einen Glaubensinhalt, ein neurotisches Symptom, eine Kindheitserinnerung oder ein psychotisches Dokument handelt, immer geht es um das Gleiche: das vorliegende, gegebene, *manifeste* Material wird nicht wörtlich als das akzeptiert, als das es sich vorstellt, sondern gilt als Ausdruck einer *anderen* Bedeutung, die sich in ihm auftut und zugleich verbirgt. Auf diese *latente* Bedeutung intendiert die Psychoanalyse als eine Deutungswissenschaft: „Man könnte die Deutung, d. h. das Erhellen der latenten Bedeutung eines Materials, als das Charakteristikum der Psychoanalyse bezeichnen“[1]. Die *Deutung* eines Traums, schrieb FREUD, bestehe darin, seine *Be-deutung* zu bestimmen[2], die weder das einem Signifikanten intersubjektiv zugeordnete Signifikat ist noch eine Sache oder ein Sachverhalt, auf die sich ein Zeichen referentiell bezieht. Es ist gleichsam eine Bedeutung zweiten Grades, die einen ersten, wörtlichen, manifesten Sinn überlagert. Die Beziehung der manifesten zur latenten Bedeutung ist das ausgezeichnete Feld der psychoanalytischen Deutungsarbeit. Die *„Traumdeutung“* (1900), FREUDs Jahrhundertbuch, ist ihre erste große Begründung.

Der Ausdruck *manifester Inhalt* bezeichnet zunächst (in der „Traumdeutung“) all das, woran der Träumer sich nach dem Aufwachen bewußt erinnert. Es ist gewissermaßen das, was der Traum erzählt[3]. Für den Analytiker stellt es sich als *deskriptive Erzählung* dar: weder ist der manifeste Inhalt das nächtliche

Schauspiel des Träumens selbst, von dem wir nichts wissen können, noch sind es die Gedächtnisspuren (Bilder, Gefühle u. a.), an die sich der Träumer bewußt erinnert. Es ist bereits ein *Text*, der erzählt worden ist. (Deshalb kann in einem weiteren Sinn von jeder verbalisierten Produktion, von der geschilderten Phantasie bis zum literarischen Werk, als manifestem Inhalt/Text gesprochen werden.) Diese Manifestation ist in der Regel mehr oder weniger unzusammenhängend, verworren, sinnlos, unverständlich oder gar absurd. Nur deshalb interessiert sie ja den Analytiker und fordert seine Deutung heraus! (Der Begriff der „Manifestation" bezeichnet nicht neutral alles sprachlich Gegebene. Er lebt aus der Differenz zum Begriff des „Latenten" und wird in diesem Zusammenhang von FREUD als psychoanalytische Kategorie eingeführt. Am manifesten Inhalt müssen also bereits besondere Eigenschaften sichtbar sein, die überhaupt eine psychoanalytische Deutung anzuregen fähig sind.) Es sind Eigenschaften, welche die Traumerzählung einem *Rebus* vergleichbar machen, einem Bilderrätsel, dessen äußere Zeichenfigurationen *sinnlos* sind, wenn man sie unmittelbar „nach ihrem Bilderwert"[4] lesen wollte, das heißt als direkten Ausdruck einer Bedeutung oder Tatsache. Der manifeste Diskurs muß, als Material psychoanalytischer Deutung, sich apriori paradox darstellen: als einziges Feld mit zwei Feldern, „ohne ein Jenseits, es sei denn in sich selbst"[5]. Es ist die Identität (die *eine* Erzählung) von Identität und Nicht-Identität (manifeste Aussage *und* verborgene Bedeutung), welche den manifesten Inhalt psychoanalytisch interessant sein läßt.

FREUDs Analogie – „Der Trauminhalt ist gleichsam in einer Bilderschrift vor mir, deren Zeichen einzeln in die Sprache der Traumgedanken zu übertragen sind"[6] – verweist darauf, daß die Deutungsarbeit des Analytikers „nicht auf der Würdigung des manifesten Trauminhalts beruht"[7]: auch das Bilderrätsel ist ja nur vordergründiger Anlaß, um nach dem Sinnspruch zu suchen, der in ihm versteckt ausgedrückt ist und entdeckt werden will. Es ist der *latente Gedanke,* der festgestellt werden soll und das eigentliche Interesse des Psychoanalytikers für sich beansprucht. Er ist das „Verborgene", das „Unzugängliche", das „Eigentliche", die wesentliche Bedeutung des scheinbar Sinnlosen. Immer wieder insistiert FREUD darauf, daß sich seine Arbeit auf den latenten Inhalt bezieht, welcher „hinter" der Fassade einer manifesten Erzählung entdeckt werden kann. Diese Entdeckung allein ist es ja auch, welche die Psychoanalyse (nicht nur des Traums) als solche definiert. Sie hat „die Beziehungen des manifesten Trauminhalts zu den latenten Gedanken zu untersuchen und nachzuspüren, durch welche Vorgänge aus den letzteren der erstere geworden ist"[8]. Thematisiert werden können diese Beziehungen in komplementär entgegengesetzter Richtung: während der Träumer vom latenten Gedanken ausgeht und *traumarbeitend* zur manifesten Erzählung gelangt, geht der *traumdeutende* Analytiker von dieser aus, um den latenten Gedanken zu rekonstruieren. „Die Deutungsarbeit will die Traumarbeit aufheben"[9]. (Wir wollen es hier offen lassen, was konkret unter „latenten Gedanken" zu verstehen ist: im engeren Sinn die vorbewußten Tagesreste, die im Traum verarbeitet werden, im weiteren Sinn alle Elemente des Traums, von den aktuellen Wünschen bis zu infantilen Triebregungen, die nicht manifest sind, sondern erst durch die Deutung lesbar werden.)[10] Bemerkt werden soll nur, daß von FREUD der (verborgene, unzugängliche) latente Gedanke als ein „vollgültiger, sinn- und wertvoller psychischer Akt"[11] geachtet wird, dessen Inhalt vielleicht anstößig oder unannehmbar sein mag, jedoch *korrekt gebildet*[12], ohne weiteres *verständlich*[13] und *„normal"*[14]. Im Unterschied zum unzusammenhängenden und unverständlichen „Brecciagestein" des manifesten Inhalts ist der latente Gedanke eine kohärente Einheit, deren Elemente sich ausgezeichnet zusammenfügen und verständlich verketten[15].

Überraschenderweise gehört der Begriff der *„Übersetzung"* nicht zum Vokabular der psychoanalytischen Theorie. Dabei ist doch das die Psychoanalyse konstituierende Verhältnis von latentem und manifestem Text im strengen Sinn nichts anderes als eine Übersetzung! Ob man dabei vom latenten Gedanken als dem sinnvollen Original ausgeht, das in die verworrene und befremdliche Sprache des manifesten Traumtextes übersetzt wird; oder vom Gegebenen, das verständlich gemacht wird, indem man die Verwirrungen und Entstellungen rückgängig macht und den ursprünglichen latenten Gedanken freilegt: sowohl die Traumarbeit als auch die sie aufhebende Deutung lassen sich als Übersetzung begreifen. „Traumgedanken und Trauminhalt liegen vor uns wie zwei Darstellungen desselben Inhalts in zwei verschiedenen Sprachen, oder besser gesagt, der Trauminhalt erscheint uns als eine Übertragung der Traumgedanken in eine andere Ausdrucksweise, deren Zeichen und Fügungsgesetze wir durch die Vergleichung von Original und Übersetzung kennen lernen sollten“[16], heißt es in der „Traumdeutung“ und auch umgekehrt wird eine (Traum) Deutung mehrmals als mühselige Übersetzungsarbeit bestimmt. Durch diese Rück-Übersetzung des Traums in sein latentes Original wird jene Ausdrucksweise sichtbar gemacht, die uns „ohne weiteres verständlich ist“[17] und letztlich eben auch für den „Sinn“ eines manifesten Inhalts verantwortlich ist, der sich zunächst, würden wir ihn wörtlich nehmen und auf eine Deutung verzichten, gegen unser Verständnis sperrt: „denn ‚einen Traum deuten‘ heißt, seinen ‚Sinn‘ angeben, ihn durch etwas ersetzen, was sich als vollwichtiges, gleichwertiges Glied in der Verkettung unserer seelischen Aktionen einfügt“[18]. Es ist eine *„Übersetzung ins Normale“*[19].

2. Traum-Texte

Übersetzungen sind regelgeleitet. Nichts kann die Arbeit unserer Psyche und die Deutungen ihres Analytikers besser kennzeichnen als die Übersetzungsregeln, denen bei der Transformation von latentem und manifestem Material gefolgt wird. Pointiert ließe sich sagen, daß die „Traumdeutung“ – wie fast alle anderen Schriften FREUDs auch – nichts anderes versucht, als die Übersetzungsregeln zu explizieren und plausibel zu machen, denen die psychoanalytische Deutung unterliegt, um die Arbeit ihres „Gegenstandes“ komplementär aufzuheben. *Zwei Textbeispiele* (ein Wissenschaftlertraum und eine frühe Kindheitserinnerung) sollen dies verdeutlichen: es handelt sich dabei um zwei Texte, die auch FREUD als manifeste Formulierungen vorfand, ohne das schreibende Subjekt gekannt zu haben und sich auf dessen Assoziationen stützen zu können. Es sind also Textanalysen im strengen Sinn, wobei allein der jeweilige Kontext und FREUDs eigene assoziative Kapazität verfügbar waren, um den latenten Gedanken auf die Spur zu kommen.

1. Durch „einen Kreis von Männern, denen es als ausgemacht gilt, daß die wesentlichsten Rätsel des Traumes durch die Bemühung des Verfassers gelöst worden sind“[20], hat FREUD sich anregen lassen, auch einen Traum zu analysieren, der von einem Dichter geschaffen und erfundenen Personen im Zusammenhang einer Erzählung beigelegt worden ist. So entstand FREUDs erste[21] Psychoanalyse eines literarischen Werkes. 1907 erschien „Der Wahn und die Träume in W. Jensens *Gradiva*“, die Deutung einer Erzählung, in der es um das glücklich endende Liebesschicksal eines jungen Dozenten der Archäologie, Doktor Norbert Hanold, geht: dieser Archäologe, völlig distanziert gegenüber dem weiblichen Geschlecht, hat sein ganzes Interesse auf seine altertümlichen Materialien konzentriert; besonders fasziniert, fast wie besessen, ist er durch das antike Reliefbild einer jungen schreitenden Frau (von ihm „Gravida“, die Schreitende, genannt); auf einer Reise in das antike Pompeji, zu der er sich durch eine unbenennbare Empfindung angetrieben fühlt, glaubt er schließlich dieser Gradiva in leiblich wiederbelebter Gestalt zu begegnen; nach einigen wahnhaften Verwirrungen und hintergründigen Abenteuern löst sich dann das Rätsel, die junge Frau in Pompeji entpuppt sich als „Fräulein“ Zoe Bertgang, die vergessene Kindergeliebte; die Ehe besiegelt schließlich ihre wiedergefundene Liebe, die im Reliefbild des Archäologen ja nur eine steinerne Ersatzfigur besaß, der Wahn, in Pompeji die Gradiva selbst gefunden zu haben, ist geheilt: nicht das archäologische Objekt ist belebt worden, sondern die verschüttete Liebe zur Jugendfreundin freigelegt, gleich-

sam „ausgegraben“. – In Pompeji, im Höhepunkt seines Wahns, hat Hanold einen „merkwürdig unsinnigen“[22] *Traum.* Sein manifester Inhalt:

„Irgendwo in der Sonne sitzt die Gradiva, macht aus einem Grashalm eine Schlinge, um eine Eidechse darin zu fangen, und sagt dazu: ‚Bitte, halte dich ganz ruhig – die Kollegin hat recht, das Mittel ist wirklich gut, und sie hat es mit bestem Erfolge angewendet –‘ “[23].

Selbst Norbert Hanold „kam’s im Traum zum Bewußtwerden, das sei in der Tat vollständige Verrücktheit, und er warf sich herum, um von ihm loszukommen“[24]. Gegen dieses Vorurteil, der Traum sei etwas Sinnloses und Verrücktes, setzt FREUD, unterstützt durch die dichterische Erzählung und ihre Konstruktion, seine Deutungsarbeit. Um ihn als „vollgültigen psychischen Akt“[25] zu erweisen, wendet er zunächst eine „Technik“ an, „welche als das reguläre Verfahren der Traumdeutung bezeichnet werden kann. Es besteht darin, sich um den scheinbaren Zusammenhang im manifesten Traum nicht zu bekümmern, sondern jedes Stück des Inhalts für sich ins Auge zu fassen und in den Eindrücken, Erinnerungen und freien Einfällen des Träumers die Ableitung desselben zu suchen“[26]. Obwohl Hanolds Assoziationen nicht verfügbar sind, liefert der erzählte Kontext doch alle nötigen Hinweise. *Irgendwo in der Sonne sitzt die Gradiva:* drei Hinweise lassen uns *Sonne* besser verstehen. Es ist zunächst die heiße Sonne am Himmel über Pompeji, die nicht wenig dazu beigetragen hat, den Archäologen aus dem Norden zu verwirren und seinen Wahn ausbrechen zu lassen; zweimal hat er bereits die Gradiva in der heißesten Zeit des Tages getroffen und ihr Bild sonnenüberflutet in sich aufgenommen. Im Bild des In-der-Sonne-Sitzens klingt zugleich ein anderer wichtiger Eindruck des Tages an: irgendwo war Hanold einem älteren, schon graubärtigen Herrn begegnet, der „an einem heißbesonnten Abhang eine Nachspürung anzustellen schien.“[27] Mit einer aus einem Grashalm hergestellten Schlinge versucht er die Eidechse zu fangen, deren bläulich schillerndes Köpfchen aus einer schmalen Felsenritze hervorsah[28] (dieser Eidechsenfänger gibt sich später als der Vater seiner Jugendgeliebten zu erkennen und mehrere Indizien sprechen dafür, daß Hanold ihn auch schon bei dieser ersten Begegnung als solchen erkannt hat, ohne daß es ihm bewußt geworden wäre). Und drittens verweist *Sonne* auf ein ebenfalls entscheidendes Erlebnis des Tages: auf seiner Wanderung in Pompeij hatte Hanold einen versteckten Gasthof entdeckt, den *„Albergo del Sole"*. Durch einige Hinweise, die jedoch seinen Wahn noch nicht zu durchbrechen vermochten, hätte er erkennen können, daß die Gradiva alias Zoe Bertgang sich in diesem Gasthof aufhält. Im Spiel mit Worten, in der Doppeldeutigkeit von Gasthofnamen und Sonnenbezeichnung, verbirgt sich die Ahnung, daß die gesuchte Geliebte keine durch die Sonnenhitze unterstützte Halluzination ist, sondern tatsächlich die junge Zoe, die mit ihrem Vater im Gasthof zur Sonne wohnt. Auch der Name *Gradiva* für die antike Relieffigur erweist sich als sinnvoll gewähltes Wortspiel: am Ende des Wahns werden wir durch Hanold selbst darüber aufgeklärt, daß der Familienname „Bertgang" mit Gradiva „gleichbedeutend ist und ‚die im Schreiten Glänzende' bezeichnet"[29]. Daß diese Gradiva *aus einem Grashalm eine Schlinge macht, um eine Eidechse darin zu fangen,* ist nicht überraschend. Deutlich ist die Begegnung mit „Gradivas" Vater, dem Zoologieprofessor Bertgang, wiederzuerkennen. Der Vater ist träumend durch die Tochter ersetzt worden. „Die Ersetzung des Eidechsenfängers durch die Gradiva im Trauminhalt ist also die Darstellung für die im Unbewußten erkannte Beziehung der beiden Personen"[30]. Die Tochter besitzt die Geschicklichkeit des Vaters. Was aber bedeutet dabei *Eidechse?* Zunächst scheint sie nichts anderes zu sein als ein Verbindungsglied zwischen Vater und Tochter, wobei wohl die Geschicklichkeit „im Fangen" das gemeinsame Merkmal ist. FREUD erinnert uns jedoch auch an eine Entdeckung, die Hanold tagsüber, während er die Gradiva durch die Straßen Pompejis verfolgt hat, machen konnte: es ist ein Spalt in der Mauer, der „immerhin breit genug war, um eine Gestalt von ungewöhnlicher Schlankheit"[31] durchschlüpfen zu lassen. Damit wäre eine Erklärung für das geheimnisvolle Verschwinden der Gradiva gefunden, das an das

Verhalten von Eidechsen erinnert. „Verhält sich die Gradiva dabei nicht selbst wie ein flinkes Eidechslein?“[32] Interessanterweise hat FREUD eine andere Assoziation nicht offen ausgesprochen, obwohl durchaus erkennbar ist, daß auch er sie entdeckt hat: Denn er selbst sieht im *Eidechsenfangen* eine „Übersetzung“ der Idee der Liebeswerbung[33]. Geschickt fängt die Frau die Eidechse, die mit Vorliebe sich in schmalen Ritzen zu verstecken sucht. Was liegt hier näher, als die Eidechse mit dem Mann, besonders seinem genitalen Erkennungszeichen, zu identifizieren? Darauf deutet auch der zunächst unverständliche Spruch des Traums hin: *„Bitte halte dich ganz ruhig – die Kollegin hat recht, das Mittel ist wirklich gut, und sie hat es mit bestem Erfolg angewendet–“*. Vordergründig rezitiert er die Aussage des väterlichen Eidechsenfängers, der den jungen Archäologen mit den Worten angesprochen hatte: „Das vom Kollegen Eimer angegebene Mittel ist wirklich gut, ich habe es schon mehrfach mit bestem Erfolg angewendet. Bitte halten Sie sich ganz ruhig“[34]. Warum diese Rede träumend der Tochter in den Mund gelegt worden ist, wurde bereits gesagt. Es bleibt noch die Bedeutung der Veränderungen des Zitats zu klären. Warum ist der Kollege Eimer durch die Kollegin ersetzt worden? Zur Beantwortung dieser Frage liefert der Text wieder selbst den auflösenden Hinweis: am Tage vor dem Traum waren zwei neue Gäste in Hanolds Hotel gekommen, ein junges Liebespaar, das der weltfremde Archäologe zunächst irrtümlich für ein Geschwisterpaar hält, obwohl er bereits dunkel ahnt, daß eine rote Rose am Kleid der jungen Frau Zeichen ihrer Verliebtheit ist. FREUD deutet: „Die rote Rose wird dann zum Symbol der Liebesbeziehung; Hanold versteht, daß die beiden das sind, wozu er und die Gradiva erst werden sollen, der Eidechsenfang bekommt die Bedeutung des Männerfanges, und die Rede der Gradiva heißt etwa: Laß mich nur machen, ich verstehe es ebenso gut, mir einen Mann zu gewinnen, wie dies andere Mädchen“[35]. (Schließlich stellt sich nachträglich dann auch noch heraus, daß es sich hier tatsächlich um eine Freundin von Zoe Bertgang gehandelt hat, die sich mit ihrem Mann auf Hochzeitsreise befindet.) – Daß das *mehr-*

fach des väterlichen Textes getilgt worden ist, ergibt sich zwanglos: Das Mittel des Männerfangs soll eben nur einmal, an ihm selbst, angewendet werden. – Und auch die *Umkehrung der Satzfolge* zieht aus dieser Bedeutung ihren Sinn: während der Vater seinen Bekannten nur auffordert, sich ruhig zu halten, damit er den Fang der Eidechse nicht vereitelt, bittet ihn die Tochter, *sich* nicht zu bewegen, um *ihn* selbst besser fangen zu können. – Damit sind die einzelnen Elemente des manifesten Traums in ihrer jeweiligen „Bedeutung" weitgehend aufgeklärt. Es bleibt nur noch der kohärente Sinn des ganzen Traums festzuhalten, sein latenter Gedanke, sein „normaler" Text, der uns „ohne weiteres verständlich" sein soll. „Und nun möchten wir den Versuch wagen, den ‚merkwürdig unsinnigen' Traum Hanolds durch die hinter ihm verborgenen, ihm möglichst unähnlichen, unbewußten Gedanken zu ersetzen. Etwa so:

‚Sie wohnt ja in der Sonne mit ihrem Vater, warum spielt sie solches Spiel mit mir? Will sie ihren Spott mit mir treiben? Oder sollte es möglich sein, daß sie mich liebt und mich zum Manne nehmen will?'

Auf diese letztere Möglichkeit erfolgt wohl noch im Schlaf die abweisende Antwort: das sei ja die reinste Verrücktheit, die sich scheinbar gegen den ganzen manifesten Traum richtet"[36]. Der *Spott*, den FREUD als Moment des latenten Gedankens festgestellt hat, ergibt sich gerade aus dieser manifesten Einschätzung des Traums als Verrücktheit. Das Element der *Absurdität im Trauminhalt* ist selbst bedeutungsvoll und kann nur vordergründig die Fehleinschätzung unterstützen, „im Traum nichts anderes als ein sinnloses Produkt einer reduzierten und zerbröckelten Geistestätigkeit zu sehen"[37]. Psychoanalytisch gesehen ist sie Ergebnis der Traumarbeit und bringt einen verborgenen, latenten Spott und Hohn zur verschlüsselten Erscheinung. „Der Traum wird also dann absurd gemacht, wenn in den Traumgedanken als eines der Elemente des Inhalts das Urteil vorkommt: *Das ist ein Unsinn*, wenn überhaupt Kritik und Spott einen der unbewußten Gedankenzüge des Träumers motivieren"[38].

Die Übersetzung ist abgeschlossen. Das textuelle „Original" des

Traums, sein latenter, im Unbewußten eingeschriebener Gedanke, ist freigelegt. Der Traum ist gedeutet: Es geht um den verborgenen Wunsch eines jungen Wissenschaftlers, von der wiedergefundenen Jugendfreundin noch geliebt und geschickt zur Ehe verführt zu werden. Wieder einmal ist die allgemeine psychoanalytische Erkenntnis: „Der Traum stellt einen gewissen Sachverhalt so dar, wie ich ihn wünschen möchte; *sein Inhalt ist also eine Wunscherfüllung, sein Motiv ein Wunsch*“[39] an einem Beispiel plausibel gemacht worden, an einem Traum, hinter dem motivational der *männliche* Wunsch steht, von einer Frau, die *man* über der wissenschaftlichen Arbeit zu vergessen drohte, trotzdem noch geliebt und, wie eine Eidechse, in die Schlinge der Ehe gefangen zu werden, wobei besonders das sexuelle Interesse der Frau für den Mann reizvoll und wünschenswert zu sein scheint. (Nur kurz sei angemerkt, daß der Wissenschaftler FREUD zu dieser Traumdeutung durch einen „Kreis von Männern“ angeregt worden war, die seine Arbeit bewunderten, und daß er den „Gradiva“-Essay hauptsächlich seinem Freund C. G. JUNG „zu Gefallen“ geschrieben hat[40]. Weniger der Traum als gerade *diese Deutung dieses Traums* scheint also hinter dem Rücken des psychoanalytischen Übersetzers für die Fruchtbarkeit des Postulats zu bürgen, in „unbewußten Wünschen“ das „Original“ jener Manifestationen zu entdecken, in denen ein verborgener Sinn durchscheint.)

2. Durch einen Patienten, der die gleiche Konstitution, jedoch nicht das Genie eines LEONARDO DA VINCI zu haben schien, hat FREUD sich dazu anregen lassen, den Versuch einer psychoanalytisch orientierten Biographik zu unternehmen[41]. (Es blieb sein einziger.) Es geht um das Leben eines der größten *Männer* der italienischen Renaissance, besonders um die Motive seiner genialen Schaffenskraft, die sich, zunächst unerklärbar, mit „Hemmungen“ seines Sexuallebens und seiner künstlerischen Tätigkeit eigentümlich verbindet. Auf FREUDs ausführlich entwikkelte Deutung dieser Lebensgeschichte kann hier nicht näher eingegangen werden: es geht um die zärtliche Verführung durch

eine Mutter, die den Sohn unehelich zur Welt gebracht und zu sexueller Frühreife emporgeküßt hat, um die Sublimierung der frühen sexuellen Wißbegierde zu allgemeinem Wissensdrang; um die Verdrängung der Liebe zur Mutter, die einen Rest libidinöser Energie als homosexuelle Einstellung und „ideelle" Knabenliebe erscheinen läßt; um das Schicksal der Triebe im Leben und in der Arbeit des Forschers und Künstlers; auch jetzt wieder um das nämliche Problem des „Gradiva"-Essays: *„Man hat geforscht, anstatt zu lieben"* . . .[42] Für FREUDs Interpretation spielt dabei eine *frühe Kindheitserinnerung* LEONARDOs eine wesentliche und aufschlußreiche Rolle. Um hinter der Biographie des Künstlers und Forschers das geheime Schicksal seiner libidinösen Triebe zu entschlüsseln, darf diese Kindheitserinnerung allerdings nicht wörtlich verstanden werden. Sie ist nur die manifeste Erzählung eines unbewußt-latenten Gedankens. Wieder handelt es sich darum, „diese Phantasie aus der ihr eigentümlichen Sprache in gemeinverständliche Worte zu übersetzen"[43]. Bewundern wir ein zweites Mal FREUDs Übersetzungsarbeit: „Ein einziges Mal, soviel mir bekannt ist, hat Leonardo in eine seiner wissenschaftlichen Niederschriften eine Mitteilung aus seiner Kindheit eingestreut. An einer Stelle, die vom Fluge des Geiers handelt, unterbricht er sich plötzlich, um einer in ihm auftauchenden Erinnerung aus sehr frühen Jahren zu folgen.

‚Es scheint, daß es mir schon vorher bestimmt war, mich so gründlich mit dem Geier zu befassen, denn es kommt mir als eine ganz frühe Erinnerung in den Sinn, als ich noch in der Wiege lag, ist ein Geier zu mir herabgekommen, hat mir den Mund mit seinem Schwanz geöffnet und viele Male mit diesem Schwanz zwischen meine Lippen gestoßen'[44].

Eine Kindheitserinnerung also, und zwar höchst befremdender Art. Befremdend wegen ihres Inhaltes und wegen der Lebenszeit, in die sie verlegt wird"[45]. Nachdem FREUD diese Erinnerung zunächst als eine „Phantasie" eingeschätzt hat, die sich, angeregt vielleicht durch nachträgliche Erzählungen der Mutter vom „Besuch des großen Vogels bei ihrem Kinde"[46], später gebildet hat und in die früheste Kindheit versetzt worden ist, setzt er unmittelbar und provokativ am sexuellen Gehalt dieser Phantasie und ihrem Schlüsselwort ein: „Die Übersetzung zielt dann aufs Erotische. *Schwanz, ,coda'*, ist eines der bekanntesten Symbole und Ersatzbezeichnungen des männlichen Gliedes, im Italienischen nicht minder als in anderen Sprachen"[47]. Durch diese schockierende Übersetzung der Vogelfedern in den Penis – „möge der Leser nun an sich halten und nicht in aufflammender Entrüstung der Psychoanalyse die Gefolgschaft verweigern, weil sie schon in ihren ersten Anwendungen zu einer unverzeihlichen Schmähung des Andenkens eines großen und reinen Mannes führt"[48] – gewinnt die erinnerte Szene den Charakter eines sexuellen Aktes. Das *Öffnen der Lippen* und das *Stoßen zwischen den Lippen* evoziert die Vorstellung einer Fellatio, deren passiver Charakter seitens des männlichen Kindes auf homoerotische Nebenbedeutungen hinweist. (Auch daß LEONARDO sich zu seiner Erinnerung an einer Stelle anregen läßt, die vom *Fluge des Geiers* handelt, ist deshalb nicht überraschend und willkürlich: das Fliegen oder Vogelsein gilt psychoanalytisch, motiviert durch mehr als eine sprachliche und sachliche Brücke[49], in der Regel als Verhüllung des Wunsches, „geschlechtlicher Leistungen fähig zu sein".) Diese Fellatio, „die in der bürgerlichen Gesellschaft zu den abscheulichen sexuellen Perversionen gerechnet wird"[50], läßt jedoch auch eine durchaus harmlose Ableitung zu, die durch eine zweite Übersetzung des Geierschwanzes deutlich gemacht wird: daß LEONARDO seine Erinnerung in die Säuglingszeit, *in die Wiege*, verlegt, macht es plausibel, daß der Schwanz die Brustwarze der Mutter meint, die Fellatio folglich die erste lustvolle Erfahrung des Gesäugtwerdens. Mit dieser Deutung ist nun eine andere Ersetzung impliziert: der *Geier* bedeutet die Mutter. „Woher rührt dieser Geier, und wie kommt er an diese Stelle? Ein Einfall bietet sich dar, so fernab liegend, daß man versucht wäre, auf ihn zu verzichten"[51]. Es geht um die ägyptische Mythologie. Nicht nur wird in der heiligen Bilderschrift der Ägypter die Mutter mit dem Bilde des Geiers geschrieben; auch wurde eine mütterliche Gottheit verehrt, die geierköpfig war und deren Name „Mut" ausgesprochen wurde.

(Nicht ohne Witz fragt FREUD, „ob die Lautähnlichkeit mit unserem Worte ‚Mutter' nur eine zufällige ist?"[52]) So abwegig dieser Rekurs in die Mythologie zunächst scheint, so gewinnt er doch an Überzeugungskraft durch das griechisch und römisch überlieferte, aus Ägypten stammende „wissenschaftliche Märchen", daß der Geier deshalb als Symbol der Mütterlichkeit galt, weil man glaubte, es gäbe überhaupt nur weibliche Geier (die während des *Fluges* durch den Wind befruchtet werden), ein Märchen, das besonders von christlichen Kirchenvätern eifrig aufgegriffen worden war, um gleichsam naturkundlich den Zweifel an der Möglichkeit der jungfräulichen Geburt des Christusknaben zu zerstreuen[53]. Es verwundert also auch nicht, daß LEONARDO, das uneheliche Kind, das sich die ersten Jahre seines Lebens mit der Mutter allein gefunden hat, gerade dieses Märchen für seine Kindheitserinnerung einsetzte – auch er selbst sei ja so ein Geierkind gewesen, das eine Mutter, aber keinen Vater gehabt habe –, wobei die Identifikationsmöglichkeit mit Christus zusätzlich reizvoll sein mußte. So bleibt nur noch ein letztes großes Rätsel zu lösen: die Umarbeitung des Erinnerungsinhalts in eine passiv homosexuelle Situation, *die Ausstattung der Mutter mit dem phallischen Abzeichen der Männlichkeit.* FREUD liefert zwei aufschlußreiche Hinweise. Zunächst verweist er *kulturgeschichtlich* darauf, daß die ägyptische geierköpfige mütterliche Göttin meistens phallisch dargestellt wurde, mit einem männlichen Glied im Zustand der Erektion, und sich dadurch einreiht in die Kette zahlreicher altertümlicher Gottheiten, deren androgyne Bildung die Idee ausdrücken sollte, daß erst die Vereinigung von Männlichem und Weiblichem eine „würdige Darstellung der göttlichen Vollkommenheit"[54] ergeben könne. Diese kulturelle Imagination hat in der *infantilen Sexualtheorie* ihre ontogenetische Entsprechung. „Es hatte allerdings eine Zeit gegeben, in der das männliche Genitale mit der Darstellung der Mutter vereinbar gefunden wurde. Wenn das männliche Kind seine Wißbegierde zuerst auf das Rätsel des Geschlechtslebens richtet, wird es von dem Interesse für sein eigenes Genitale beherrscht. Es findet diesen Teil seines Körpers zu wertvoll und zu wichtig, als daß es glauben könnte, er würde anderen Personen fehlen, denen es sich so ähnlich fühlt. Da es nicht erraten kann, daß es noch einen anderen, gleichwertigen Typus von Genitalbildung gibt, muß es zur Annahme greifen, daß alle Menschen, auch die Frauen, ein solches Glied wie er besitzen"[55]. Die androgyne Bildung mütterlicher Gottheiten, der Schwanz des Geiers in LEONARDOs Phantasie und die infatile Annahme des mütterlichen Penis: ihre Ähnlichkeit liefert zahlreiche Möglichkeiten der Verschiebung, Substitution und Ersetzung. Auch die Verwandlung des Gesäugtwerdens in eine Situation von *homosexuellem* Charakter kann hier ansetzen: die intensive erotische Bindung an die Mutter bleibt zwar verdrängt vorhanden, aber der männliche Heranwachsende liebt sich selbst und seinen Penis viel zu sehr, um die Penislosigkeit der Mutter wirklich zu akzeptieren; narzißtisch setzt er sich also selbst an ihre Stelle und nimmt „seine eigene Person zum Vorbild, in dessen Ähnlichkeit er seine neuen Liebesobjekte auswählt"[56]. – Nach diesen Übersetzungen der einzelnen Elemente der manifesten Erinnerung, die als solche zunehmend bedeutungslos wurde, läßt sich auch hier wieder alles zu einer neuen kohärenten Einheit zusammenfügen. Die Kindheitsphantasie wird uns verständlich als Ausdruck eines latenten Gedankens, der im Anschluß an FREUDs einzelne Ableitungen etwa so formuliert werden kann:

> Durch die erotische Bindung zur Mutter – damals, als sich meine zärtliche Neugierde auf die Mutter richtete und ich ihr noch ein Genitale wie mein eigenes zuschrieb – bin ich ein Homosexueller geworden[57].

Ich will dieses zweite Beispiel von FREUDs psychoanalytischer Übersetzungskunst nicht abschließen ohne den Hinweis, daß der Vogel seiner Kindheitsphantasie in LEONARDOs Notizbüchern „un *nibio*" heißt, also kein Geier war, sondern ein *Milan*. Einige deutsche *Übersetzungen*, die FREUD benutzt hat, scheinen ihn auf die falsche Spur gelockt zu haben![58]

3. Übersetzungsregeln

FREUDs Grundsatz, keine menschliche Äußerung, möge sie auch noch so sinnlos, merkwürdig, verrückt, fremd oder wertlos erscheinen, unbeachtet zu lassen, hat einen doppelten Effekt zur Folge: auf der einen Seite scheint alles klarer zu werden, die Rätsel werden gelöst, die verrückte Rede wird „in die ohne weitere Nachhilfe verständliche Ausdrucksweise unserer Denksprache“[59] übersetzt, gleichgültig, wie „peinlich“ das Ergebnis auch sein mag, Unsinn transformiert sich zu Sinn, unbewußte Wünsche geben sich in sprachlicher Eindeutigkeit zu erkennen und wie bei einem Rebus können sich die schönsten Sinnsprüche einstellen, „eigentlich“, in der Latenz des verborgenen Gedankens, ist alles klar, deutlich und „normal“; auf der anderen Seite findet eine grandiose und wundersame Verwirrung statt, alles manifest Begegnende ist hintergründig, voller Überraschungen, kaum etwas kann wörtlich verstanden werden, Gesagtes und Gemeintes sind auseinandergefallen, die Signifikanten „bedeuten“ nicht mehr ihre Signifikate, fast alles verweist auf etwas anderes und hat in diesem komplexen Spiel seine Identität verloren, „es drängt sich die Vorstellung eines unaufhörlichen Gleitens des Signifikats unterhalb des Signifikanten auf“[60]. Beide Effekte werden durch die komplementären psychoanalytischen Übersetzungsaufgaben zu kontrollieren und zu bewältigen versucht, die in der „Traumanalyse“ ihr großes Paradigma besitzen: Wir haben den manifesten in den latenten Traum umzuwandeln (Traumdeutung als Technik) und anzugeben, wie im Seelenleben des Träumers der letztere zum ersteren geworden ist (Theorie der Traumarbeit)[61]. Es ist dieser zweifache Weg der Übersetzung, der für die psychoanalytische Technik und Theorie kennzeichnend ist. Die beiden referierten Übersetzungsversuche haben die *Regeln* bereits exemplifiziert, denen dabei gefolgt wird. Sie sollen hier nur kurz systematisiert werden.

Vom Manifesten zum Latenten: Die Technik der Deutung. Sie vollzieht sich in *drei* großen Schritten. Gelassen und aufmerksam,

„ohne dabei unser Nachdenken in Bewegung zu setzen“[62], nimmt man den manifesten Text zur Kenntnis, der in einer unendlichen Mannigfaltigkeit auftreten kann. Im Wissen darum, daß es sich dabei nicht um das gesuchte Unbewußte, den latenten Gedanken, handelt, kümmert man sich kaum um das, „was der Traum zu besagen scheint, sei er verständig oder absurd, klar oder verworren“[63]. In einem zweiten Schritt geht es dann um die Verfolgung einzelner Spuren. Weder wird dabei, wie vor FREUD, der Trauminhalt als Ganzes ins Auge gefaßt und durch einen irgendwie analogen Inhalt ersetzt, noch wird, ähnlich einer Chiffriermethode, jedes einzelne Element in ein anderes bekannter Bedeutung übersetzt. Vielmehr befreit man sich vom Eindruck des manifesten Textes, richtet seine Aufmerksamkeit vom Ganzen weg auf die einzelnen Teile und überläßt sich seinen freien Assoziationen: „man beschränke die Arbeit darauf, zu jedem Element die Ersatzvorstellungen zu erwecken, denke nicht über sie nach, prüfe sie nicht, ob sie etwas Passendes enthalten, kümmere sich nicht darum, wie weit sie vom Traumelement abführen“[64]. Die Einfälle können reichen von erinnerten, vorbewußten Tagesresten über sprachliche Assoziationen bis hin zu den Geheimnissen der Mythologie. Alles ist zulässig, denn alles ist Einfall zu den Elementen des manifesten Textes, auf den dabei ein neues Licht zu fallen beginnt. Legitimiert durch seine Erfahrungen und Kenntnisse kann der Analytiker dabei gezielt eingreifen, Andeutungen können vervollständigt werden, „unabweisbare Schlüsse“[65] können gezogen werden und das nur Gestreifte kann offen ausgesprochen werden. Schließlich bleibt noch der dritte Schritt zu tun: „man warte ab, bis sich das verborgene, gesuchte Unbewußte von selbst einstellt“[66]. Es gibt hier keine erzwingbar richtige Lösung. Der Schritt zum latenten Gedanken, die Formulierung eines kohärenten, „allgemein verständlichen“ Textes, kann weder induktiv folgernd noch deduktiv ableitend vollzogen werden. Es ist immer, wie FREUD anläßlich seiner Deutung des Eidechsen-Traumes gesagt hat, ein „gewagter Versuch“, dessen Erfolg sich an der Qualität, Prägnanz, integrierenden Lakonizität oder sinnreichen Schönheit des latenten Textes zeigt, ohne jemals ganz zwingend zu sein.

Vom Latenten zum Manifesten: Die Theorie der Traumarbeit. „Warum sagt der Traum nicht direkt, was er bedeutet?"[67] Warum kommt der Wunsch nur entstellt zum Ausdruck? Auf diese Fragen gibt FREUDs Konzeption der Traum*zensur* eine Antwort: in der Regel ist der latente Gedanke irgendwie zu anstößig oder zu unangenehm, um offen geäußert oder auch nur als eigener Gedanke anerkannt werden zu können. Im Zustand des Schlafs ist diese Zensur zwar nicht aufgehoben, jedoch soweit herabgesetzt, daß der unbewußte Wunsch zumindest in einer Art kompromißhafter Veränderung manifest wird. Die Traumarbeit ist nichts anderes als dieser Vorgang der *Kompromißbildung*, der entstellenden Übersetzung ins Manifeste[68]. Auch dafür gibt es einige Regeln. Sie betreffen, in FREUDs Theorie, *vier* Vorgänge, die sich im konkreten Fall allerdings nur selten klar voneinander trennen lassen: die Verdichtung, die Verschiebung, die Rücksicht auf Darstellbarkeit/Verbildlichung und die sekundäre Bearbeitung.

„Zwischen" dem manifesten Text und dem zentralen enträtselten Gedanken (sie liebt mich und will mich heiraten; durch die erotische Beziehung zu meiner Mutter bin ich homosexuell geworden) spielt sich am assoziativ gefundenen Material aller möglichen Einfälle die Arbeit des Traums ab. Vergleicht man den Umfang des Traums mit all dem, was zu ihm einfällt und sich „hinter" ihm verbirgt, so ist unübersehbar, daß hier eine großartige *Verdichtungsarbeit* geleistet worden sein muß. Der manifeste Traum ist knapp, armselig, lakonisch im Vergleich zu dem Umfang und zur Reichhaltigkeit der Traumgedanken[69]. „Die Verdichtung kommt dadurch zustande, daß 1. gewisse latente Elemente überhaupt ausgelassen werden, 2. daß von manchen Komplexen des latenten Traumes nur ein Brocken in den manifesten übergeht, 3. daß latente Elemente, die etwas Gemeinsames haben, für den manifesten Traum zusammengelegt, zu einer Einheit verschmolzen werden"[70]. Man vergegenwärtige sich nur, daß in dem einen Signifikanten *Geier* latente Elemente verdichtet sind wie:

Mutter, Erotik des Fliegens, die ägyptische Gottheit Mut, der Geier als Vogel, zugleich als Zeichen von Eingeschlechtlichkeit und jungfräulicher Geburt, göttliche Androgynität; oder daß in *Schwanz* Gedanken verschmolzen sind an: die Schwanzfedern des Vogels, den Phallus weiblicher antiker Gottheiten als supplementäres Zeichen der Vollkommenheit, den männlichen Penis als geliebtes Objekt, den imaginierten Penis der Mutter, ihre Brust, Zunge oder küssenden Lippen; oder daß in der *Eidechse* des Archäologentraums sich die Gedanken an Gradiva selbst, den Penis als begehrtes Objekt, die Geschicklichkeit des Fangens und die Eidechsen Pompejis verdichtet haben. Die einzelnen manifesten Signifikanten sind wahre *„Knotenpunkte“*[71], in welchen zahlreiche komplexe Gedankengänge zusammentreffen. Sie sind semantisch „überdeterminiert“, energetisch gesprochen: „überbesetzt“, da in ihnen sich die ganzen Energien anhäufen, die an die verschiedenen verdichteten Assoziationsketten und -elemente gebunden sind. Es sind *polyseme* Zeichen, in denen sich eine Fülle bedeutsamer Elemente vereint haben[72].

Die zweite Leistung der Traumarbeit ist die *Verschiebung*. Besonders sie dient der Überlistung der Zensur. Sie äußert sich als Anspielung, indem ein latentes Element durch etwas Entfernteres ersetzt wird, besonders jedoch als eine Art von „Akzentverlagerung“: „Was in den Traumgedanken offenbar der wesentliche Inhalt ist, braucht im Traum gar nicht vertreten zu sein. Der Traum ist gleichsam *anders zentriert*, sein Inhalt um andere Elemente als Mittelpunkt geordnet als die Traumgedanken“[73]. So ist weder im Traumtext Norbert Hanolds vom Wunsch nach der Liebe Zoe Bertgangs die Rede, vom Begehren nach ihrem Begehren, noch taucht in Leonardos Kindheitserinnerung die liebende Mutter selbst auf. Die psychischen Wertigkeiten sind umgewertet, die Bedeutungen verlagert, die Akzente verschoben.

Psychologisch und sprachtheoretisch am interessantesten ist die dritte Leistung der Traumarbeit. Sie besteht in der Umsetzung von Gedanken in (visuell ausdrückbare) sprachliche Bilder aus *Rücksicht auf Darstellbarkeit*. Im Unterschied zur ent-stellenden

Funktion von Verdichtung und Verschiebung sorgt die Darstellbarkeit besonders dafür, daß der latente Gedanke für seine Übersetzung ins Manifeste überhaupt *brauchbar* wird, indem er in eine *„bildliche Sprache“*[74] umgeformt wird. „Der Vorteil, und somit die Absicht dieses Ersatzes, liegt auf der Hand. Das Bildliche ist für den Traum darstellungsfähig, läßt sich in eine Situation einfügen, wo der abstrakte Ausdruck der Traumdarstellung ähnliche Schwierigkeiten bereiten würde, wie etwa ein politischer Leitartikel der Illustration“[75]. (Die Übersetzung besteht hier nicht darin, einen in Worte gefaßten Gedanken in sprachlose Bilder zu transformieren, sondern solche sprachlichen Formen zu finden, die noch voll bildlichem Gehalt sind. Auch die „Rücksicht auf Darstellbarkeit“ spielt innerhalb der Sprache und ist weit davon entfernt, in einer rein bildhaften Figürlichkeit aufzugehen.) Diese sprachgelenkte Verbildlichung kann sich über eine Art *fester* lexikalischer Ersetzungsregeln vermitteln: über die „elementare Grundsprache“ der *Symbolik.* Nicht nur FREUD hat gezeigt, wie besonders einige für den Menschen schon immer wichtige Dinge (Körper, Eltern, Geburt und Sterben, Genitalien und Sexualität) eine „konstante“ symbolische Darstellung finden, die kulturgeschichtlich weit zurückreicht und universellen Charakter besitzt[76]. Meistens jedoch vollzieht sie sich *„okkasionell“*, gewissermaßen nach Bedarf: die Idee der Liebeswerbung wird durch die Vorstellung „sie will mich fangen“ ausgedrückt, um dann als Eidechsenfang mit der Schlinge geträumt zu werden; die Entdeckung, daß Gradiva in einem bestimmten Hotel wohnt, wird durch die Ausnutzung der Homophonie von „Sonne“ bildsprachlich ins „sie sitzt in der Sonne“ transformiert; der Name „Bertgang“ wird etymologisch rückübersetzt und ins Bild einer „Gradiva“, einer Schreitenden, umgesetzt, deren Bewegung Hanold fasziniert und wahnhaft irritiert; der komplexe Gedanke, durch die erotische Bindung zur Mutter homosexuell geworden zu sein, wird konkretisiert: sie hat mich geküßt, sie hat mich gesäugt, sie hat auch einen Penis, um so schließlich als anschauliche Kindheitsphantasie vom Geierschwanz dargestellt werden zu können. „Unter den verschiedenen Nebenanknüpfungen an die wesentlichen Traumgedanken wird diejenige bevorzugt werden, welche eine visuelle Darstellung erlaubt“[77].

Nur kurz erwähnt sei abschließend noch die *sekundäre Bearbeitung* als viertes Moment der Traumarbeit. Auch sie dient einer bestimmten „Rücksicht“, und zwar der auf „Verständlichkeit“[78]. Die verschiedenen Produkte aus der Gedankenfabrik der Traumarbeit werden so bearbeitet, daß sie sich zu etwas Ganzem, ungefähr Zusammenpassendem verbinden lassen[79]. Beziehungen und Verbindungen werden hergestellt, um die drohende Zusammenhanglosigkeit und Unverständlichkeit des bearbeiteten Materials zugunsten bestimmter Erwartungsvorstellungen an Sinn zu bewältigen. Die sekundäre Bearbeitung zielt auf eine „gute Komposition“[80] und entspricht in etwa komplementär jenem Moment der Traumdeutung, durch das die Fülle der entdeckten Gedanken und Gedankenverbindungen sich zum Ganzen des zentralen Traumgedankens „wie von selbst“ zusammenfügen.

4. Präsenz und Repräsentation des Unbewußten

FREUD ist nicht nur der Autor der „Traumdeutung“ und seiner anderen Schriften. Er hat nicht nur den Eidechsentraum des jungen Archäologen, die Kindheitsphantasie des Genies und die ungeheure Fülle anderer manifester „Texte“ analysiert. Er hat mit seiner Arbeit zugleich die unbegrenzte Möglichkeit zu einem Diskurs geschaffen, der in dem Maße „psychoanalytisch“ ist, in dem er jede Äußerung etwas anderes bedeuten läßt, das ihr als latente Bedeutung zugrundeliegt. Die „Traumdeutung“ ist der Akt einer folgenreichen *Diskursivitätsbegründung*[81], die durch das eine Prinzip oder Postulat der *Übersetzung* gekennzeichnet ist. Literarische Untersuchungen[82], biographische Rekonstruktionen, kulturgeschichtliche Aufklärungen, therapeutische Maßnahmen oder linguistische Analysen: jede dieser Arbeiten ist insofern *„psychoanalytisch“*, als sie die gegebenen, phänomenologisch als merkwürdig, befremdlich, bruchstückhaft, unsinnig oder widersprüchlich beurteilten Erscheinungen menschlichen Lebens nur als das vordergründige Schillern einer Oberfläche begreifen, hinter der sich, mehr oder weniger entstellt, eine kohärente Einheit verbirgt. Auf diese Kohärenz, auch wenn sie im einzelnen Fall nur als imaginäre Approximationsgröße aufscheint, ohne ganz gefunden werden zu können, intendiert jede psychoanalytische Übersetzung. Die „latenten" Ausgangspunkte sollen entdeckt werden, um die „manifesten" Verwirrungen, Widersprüche und Unstimmigkeiten in den Griff zu bekommen. Verfolgt man FREUDs Technik der Deutung, so hat sich dieser Wunsch nach der Kohärenz eines „normalen, ohne weiteres verständlichen Gedankens" als heuristische Aufgabe gestellt. „Technisch" aber wurde dabei ja nur aufzuheben versucht, was als Arbeit der „Gedankenfabrik"[83] theoretisch bestimmt worden war. Die psychoanalytische Heuristik legitimiert sich *theoretisch* durch die Annahme einer latenten Größe, die durch Verschiebungen, Verdichtungen, Verbildlichungen und sekundäre Bearbeitungen durch und durch verändert, variiert und modifiziert worden ist, bevor sie dann im wahrnehmbaren (bewußten) Ausdruckskörper sich entäußert. „Man muß sie wohl annehmen, um sie zu rekonstruieren, und nur, wenn man ihr weit und lange genug nachgegangen ist, wird man sicher sein, sie gefunden zu haben"[84].

Metapsychologisch hat FREUD seine Übersetzungsarbeit mit dem Konzept des *Unbewußten* zu begründen versucht. Denn die naheliegenden und unaufschiebbaren Fragen mußten beantwortet werden: welche Legitimation besitzt überhaupt diese permanente Suche nach dem anderen Text, dieses ständige Zerschlagen der Aussageverkettungen und ihre Versetzung in die Zweitrangigkeit; welche Art von Realität kann dieser latenten Bedeutung zugeschrieben werden; ist sie mehr als eine imaginäre, zu immer neuen Diskursen anregende Illusion? Die Freudsche Entdeckung, zusammenfaßbar in dem einen Wort des „Unbewußten"[85], scheint nichts anderes zu sein als eine Begründung für die Möglichkeit und den Sinn analytischer Übersetzungen: Denn Übersetzungen, auch wenn sie nicht „Wort für Wort“ und nach einem feststehenden Code geschehen, sondern sich über ein äußerst komplexes Netzwerk vermitteln, das je nach Fall unterschiedlich konstruiert ist, *setzen* etwa *voraus*, das (arbeitend) bzw. in das (deutend) *übersetzt* werden kann. Das Prädikat „unbewußt“ dient hier zur Legitimation psychoanalytischer Heuristik (anstatt von verborgenen, unzugänglichen oder latenten Gedanken spricht FREUD von „unbewußten“: „Der Gebrauch des Wortes ‚unbewußt‘ als einer zutreffenden und leicht verständlichen Beschreibung ist tadellos“[86].) Der Schritt zur theoretischen Kategorie ist nur kurz. Und so ist es nicht überraschend, daß FREUD im letzten Kapitel der „Traumdeutung“ das *Substantiv* „Unbewußtes“ einführt, um damit die Möglichkeit der Übersetzung zu *erklären* und den Raum des Latenten begrifflich zu fixieren[87]. Die Denkbewegung führt von einem deskriptiven Sinn, wo „unbewußt“ noch adjektivisch oder adverbial verwendet wird, zu einem systematischen Begriff, der schließlich, verkürzelt zum *Ubw*, seinen beschreibenden Charakter aufgegeben hat. Bemerkenswert ist die stattgefundene Umkehrung: nicht mehr das Verfahren der Übersetzung muß nun legitimiert werden, vielmehr erscheint sie als *„via regia“, als Königsweg*[88] zu einem Sein, das gegenüber den Erscheinungen des Bewußtseins seine königliche Rolle eingenommen hat: „Wie sollen wir zur Kenntnis des Unbewußten kommen?“ Mit dieser Frage *beginnt* FREUDs Aufsatz über „Das Unbewußte“. Die Antwort liegt auf der Hand: „Wir kennen es natürlich nur als Bewußtes, nachdem es eine Umsetzung oder Übersetzung in Bewußtes erfahren hat. Die psychoanalytische Arbeit läßt uns alltäglich die Erfahrung machen, daß solche Übersetzung möglich ist“[89]. In dieser substantivierenden Erhöhung des Unbewußten liegt das Neue und Herausfordernde der Psychoanalyse gegenüber allen Phänomenologien des Seelenlebens und allen anderen Humanwissenschaften, die dritte große Kränkung des Menschengeschlechts nach den Entdeckungen des KOPERNIKUS und DARWIN. „Während alle Humanwissenschaften nur mit ihm zugewandtem Rücken zum Unbewußten gehen und darauf warten, daß es sich in dem Maß enthüllt, in dem sich gewissermaßen rückwärtsschreitend die Analyse des Bewußtseins vollzieht, zielt die Psychoanalyse direkt und mit Überlegung auf das Unbewußte und nicht auf das, was sich allmählich in dem fortschreitenden Beleuchten des Impliziten aufhellt, sondern auf das, was da ist, sich entzieht, was mit der stummen Festigkeit einer Sache, eines in sich selbst geschlossenen Textes oder einer freien Stelle in einem sichtbarem Text existiert und was sich dadurch verteidigt“[90].

Die Diskussion über das, *was als Unbewußtes da ist*, ist noch immer im vollen Gange. Man denke nur an die aktuelle Auseinandersetzung ALFRED LORENZERs, der das Unbewußte als desymbolisiertes, klischeebestimmtes Verhalten *„szenisch“* aus bestimmten Interaktionsformen zu verstehen sucht, die es sprachlich zu rekonstruieren gilt[91], mit der französischen Schule um JACQUES LACAN, für die das Unbewußte *wie eine Sprache* strukturiert ist und sich in den metaphorischen und metonymischen Eigentümlichkeiten einer „signifikanten Kette“ zeigt[92]. Freud selbst scheint die Gefährlichkeit des Begriffs „Übersetzung“, der das Unbewußte als ortbaren, anderswo präsenten Text impliziert, geahnt zu haben. Nicht umsonst spricht er im letzten Kapitel der „Traumdeutung“ die Warnung aus, nicht den metaphorischen oder gleichnishaften Charakter des Übersetzungsbegriffs zu übersehen. „Wenn wir also sagen, ein unbewußter Gedanke strebe nach Übersetzung ins Vorbewußte, um dann zum Bewußtsein durchzudringen, so meinen wir nicht, daß ein zweiter, an neuer Stelle gelegener Gedanke gebildet werden soll, eine Umschrift gleichsam, neben welcher das Original fortbesteht; und auch vom Durchdringen zum Bewußtsein wollen wir jede Idee einer Ortsveränderung sorgfältig ablösen“[93].

Vielleicht ist hier mit dem Wort *„Umschrift“* bereits das Stichwort gegeben worden, das uns eine Klärung näherbringt. Denn mit diesem Begriff hat FREUD von Anfang an, also bereits schon in seinem „Entwurf einer Psychologie“[94], darauf hingewiesen, daß die Geschichte des Subjekts keinem einfachen zeitlich-linearen

Determinismus und Ablauf, sondern einer ständigen Umarbeitung seitens des Subjekts selbst unterliegt, das seiner eigenen Vergangenheit *„nachträglich"* immer wieder einen neuen Sinn, oft einen pathogenen, zu verleihen sucht. Am 6. 12. 1896 schreibt er an WILHELM FLIESS, seinen Freund: „Du weißt, ich arbeite mit der Annahme, daß unser psychischer Mechanismus durch Aufeinanderschichtung entstanden ist, indem von Zeit zu Zeit das vorhandene Material von Erinnerungsspuren eine *Umordnung* nach neuen Beziehungen, eine *Umschrift* erfährt. Das wesentlich Neue an meiner Theorie ist also die Behauptung, daß das Gedächtnis nicht einfach, sondern mehrfach vorhanden ist, in verschiedenen Arten von Zeichen niedergelegt ... Wie viele solcher Niederschriften es gibt, weiß ich nicht"[95]. Selektiv wird besonders das, was im erlebten Augenblick nicht vollständig in einen Bedeutungszusammenhang integriert werden konnte, immer wieder nachträglich umgearbeitet. Dieses lebens*geschichtliche* Verhältnis von Präsenz und Nachträglichkeit kann für die Klärung des „Übersetzungsproblems", für die Beantwortung der *systematischen* Frage nach der Relation von manifestem und latentem/unbewußtem Text fruchtbar gemacht werden. JACQUES DERRIDA hat die Richtung angegeben.

FREUDs Konzeption der Traumdeutung und Traumarbeit als Übersetzung zwischen manifestem Ausdruck und latentem Gedanken scheint zunächst darauf zu verweisen, daß die unbewußte Bedeutung irgendwo und irgendwie *präsent* ist, zeichentheoretisch etwa fixierbar als ein *Signifikat*, das in verschiedenen Signifikanten sich verschlüsselt artikuliert und ausdrückt. „Übersetzung und Übersetzungssystem gibt es nur, wenn ein feststehender Code die Ersetzung oder Transformation der Signifikanten und die Bewahrung desselben Signifikats erlaubt, das immerfort *präsent* ist, ungeachtet der Abwesenheit dieses oder jenes bestimmten Signifikanten"[96]. Es ist nun gerade diese Idee einer vorausgesetzten Prä-senz, die erschüttert und in Frage gestellt werden muß[97]. Denn das Bewußtwerden der unbewußten Gedanken darf nicht dazu verleiten, „einen schon daseienden, unbeweglichen Text von der gelassenen Präsenz einer Statue, eines beschriebenen Steins oder Archivs“[98] vorauszusetzen, „deren bedeuteten Inhalt man ohne Schaden in das Element einer Sprache, das des Vorbewußten oder Bewußten überträgt“[99].

Der Begriff der Übersetzung ist nur eine Metapher. Denn die entschlüsselte Bedeutung ist kein präsentes Original des Unbewußten, das in einen bewußten Text übersetzt wird. Einen solchen „anderswo geschriebenen und präsenten Text“ in der Gestalt des Unbewußten gibt es für DERRIDA, der sich dabei auf FREUDs eigene Skrupel gegenüber einer topischen Beschreibung psychischer Tatsachen stützen kann, nicht. „Eine unbewußte Wahrheit ist daher nicht auffindbar, weil sie anderswo eingeschrieben wäre“[100]. Wie aber dann? Was bleibt möglich, wenn sich der latente Gedanke nicht in der ursprünglichen oder einer modifizierten Form der Präsenz denken läßt? Hier erweist sich nun FREUDs Vorstellung einer „nachträglichen Umschrift“ der Lebensgeschichte als hilfreich. Die Vorbehalte gegenüber einem präsenten Signifikat, das der dechiffrierenden Übersetzung vorausgesetzt gedacht werden will, führen zu der „unlogisch“ erscheinenden Annahme, *daß die Nachträglichkeit jedem Konzept der Präsenz vorausgeht.* Der unbewußte Text ist ein „nirgendwo präsenter Text, der aus Archiven gebildet ist, die *immer schon* Umschriften sind. Ursprüngliche Stiche. Alles fängt mit der Reproduktion an. Immer schon, das heißt Niederschlag eines Sinns, der nie gegenwärtig war, dessen bedeutete Präsenz immer ‚nachträglich‘, im Nachherein und zusätzlich (*supplémentairement*) rekonstituiert wird. Das Aufgebot des Nachtrags ist hier ursprünglich und untergräbt das, was man nachträglich als Präsenz rekonstituiert“[101]. Es gibt keine präsente Stütze des psychischen Apparats, kein unbewußtes präsentes Signifikat, keinen originären, ursprünglichen Text. Die Lektüre und Übersetzung beginnt mit einer nachträglichen Verspätung. Als *Post*-Scriptum erzeugt (rekonstituiert) sie die Gegenwärtigkeit des latenten, unbewußten Gedankens, *der ihr folgt.*

5. Die Sprache des Anderen

Nachträglich hat der psychonanalytische Interpret die Traumerzählung Hanolds umgeschrieben, um mit dem neuen Text das Unbewußte zu re-konstituieren; nachträglich hat er die Kindheitserinnerung Leonardos in einen „nirgendwo präsenten Text" transformiert, den er hinzufügt, um so dem unbewußten Geheimnis seiner Lebensgeschichte auf die Spur zu kommen. Immer ist die Präsenz des Ubw nicht ursprünglich, sondern als „Post-scriptum", als Appendix nachgeschrieben. Die Applikation der Psychoanalyse enthüllt sich als *supplementäre* Bewegung in der Doppeldeutigkeit dieses Wortes[102]. Denn „supplémentaire" bedeutet einerseits: etwas *hinzufügen*, etwas äußerlich addieren, eine neue Umschrift als bereicherndes Surplus, als Zu-Satz hinzutun. Es betont andererseits aber auch, daß noch etwas *fehlt* und dieser Mangel nicht von selbst behoben werden kann. Der manifeste Text, dem die sinnvolle und normale Kohärenz einer klaren, verständlichen Aussage *mangelt*, wird *ersetzt* durch einen neuen (latenten) Text, der sich supplementierend *an seine Stelle setzt.* Statt vom Eidechsenfang wird von Liebe und Ehe geschrieben, statt vom Besuch eines Geiers (der ein Milan war) von Homosexualität und Mutterliebe. Der unbewußte Text ist nichts anderes als eine nachträgliche Addition zu einem Text, dessen Mangel durch ein Supplement aufgehoben werden soll. Diese *doppelt verletzende* Bewegung der psychoanalytischen Übersetzung (die den originellen Text verletzt, indem sie ihn als „nicht vollwertig" beurteilt und seinen Mangel durch sich selbst zu beheben beansprucht) vollendet sich schließlich in jener bemerkenswerten *Umdrehung*, durch die die FREUDsche Theorie einer Metaphysik der Präsenz verhaftet bleibt. Die Verhältnisse scheinen auf dem Kopf zu stehen: nicht mehr der manifeste Text erscheint als Ausgangspunkt einer supplementierenden Ergänzung, sondern nur noch als die äußerliche, zweitrangige Ausdrucksgestalt einer vorausliegenden Latenz des Unbewußten, die als Original den signifikanten Spielen der Sprache präsent ist und ihr Funktionieren beherrschen soll.

Daß die *andere* Schrift des Supplements auch die des *Anderen* ist („Das Unbewußte ist die Sprache des Anderen“[103]), ist zuletzt unübersehbar geworden, als der soziale Sprachabstand[104] zwischen Analytiker und Patienten soweit gewachsen war, daß die terminologisierte Übersetzungssprache des Psychoanalytikers sich nicht mehr mit der Sprache des Patienten vor dem gemeinsamen Hintergrund bürgerlicher Herkunft und gymnasialer Bildung bruchlos vermitteln konnte. Als Einwand findet sich diese Einsicht jedoch bereits bei den phänomenologischen Kritikern einer ontologischen Kategorie des Unbewußten. GEORGE POLITZER etwa hat bereits 1929 gegen das Unbewußte und seine latenten Inhalte als präsentem Original Einspruch erhoben: „Nachdem einmal das Unbewußte negiert ist, brauchen wir uns nicht mehr zu fragen, wie sein Inhalt zu verstehen sei. *Diesen Inhalt gibt es nicht.* Das Subjekt hat geträumt: das ist alles, was es zu tun hatte. Um den Sinn des Traumes weiß es nicht; als simples Subjekt muß es ihn nicht kennen, denn für diese Erkenntnis ist der Psychologe zuständig; kurz gesagt, den latenten Inhalt, d. h. das Wissen um den Sinn des Traumes kann es *vor der Analyse* weder bewußt noch unbewußt geben: es gibt ihn nicht, da das Wissen allein aus der Arbeit des Gelehrten resultiert“[105]. Und MAURICE MERLEAU-PONTY hat ähnlich darauf hingewiesen, daß alle unbewußten Phänomene, die FREUD supplementär zu rekonstituieren bestrebt war, nichts erfordern als „die Möglichkeit eines fragmentierten Bewußtseinslebens, das noch nicht in allen seinen Momenten zu einer einheitlichen Bedeutung gefunden hat ... Das angebliche Unbewußte des Komplexes reduziert sich zur Ambivalenz unmittelbaren Bewußtseins“[106]. Immer ist es der Andere (der Übersetzer), der das Spiel der Substitutionen spielt und die Kette möglicher Supplemente in der Klarheit und Kohärenz eines unbewußten Textes enden lassen will. *Es muß diesen Anderen geben,* der sich gegen und über das „simple Subjekt“ (Politzer) und sein „unmittelbares Bewußtsein“ (MERLEAU-PONTY) stellt, *um das Unbewußte zuschreiben zu können.* FREUDs Unterstellung, „daß der Träumer es doch weiß, was sein Traum bedeutet, *nur weiß er nicht, daß er es weiß, und glaubt darum, daß er es nicht weiß*“[107], weiß von dieser Notwendigkeit eines Anderen als transzendentaler Voraussetzung des Unbewußten. Nur ist für ihn dieser Andere auch „im“ Subjekt selbst. Er ist die Verdoppelung oder Vervielfältigung des Einen, der nicht länger „eins“ und „unmittelbar“ ist. Territorial ist das Unbewußte für das Ich „inneres Ausland“[108], in dem man *sich selbst* als *Anderer* zu orientieren lernen muß: „Geht man so vor, so muß man sagen, alle die Akte und Äußerungen, die ich an mir bemerke und mit meinem sonstigen psychischen Leben nicht zu verknüpfen weiß, müssen beurteilt werden, als ob sie einer anderen Person angehörten“[109]. Das ist der eigentliche „Skandal“ der psychoanalytischen Übersetzung, daß sie das eine Ich vervielfältigen muß, um ihren eigenen Text supplementieren zu können, daß sie es „spalten“[110] muß in eins der manifesten und eins/mehrere der latent-unbewußten Schrift, deren königlicher Macht das bewußte Ich unterworfen ist, um Sub-jekt zu sein.

§ 5 Literarisches Verstehen

1. Hermeneutische Supplemente

Es mag willkürlich erscheinen, das (literarische) *Verstehen* jetzt durch einen *nachträglichen Rückblick* auf die bereits behandelten Erkenntnis(un)möglichkeiten einzuführen. Daß das Verstehen nicht als eine für sich seiende Methode, sondern aus der Spannung zu den bisher rekonstruierten Verfahren charakterisiert wird, hat jedoch sachliche Gründe: indem das Verstehen gleichsam differentiell als Nachtrag hinzugefügt wird, erscheint es nämlich als das Supplement eines bestimmten Mangels, mit dem die bisher vorgestellten Versuche behaftet waren, das Phänomen verrückter oder befremdlicher Texte generativ erklären, pragmatisch analysieren, strukturell abbilden oder psychoanalytisch übersetzen zu wollen. Als Nachtrag verweist es *zunächst* auf eine bestimmte Leerstelle *in* jenen anderen Konzeptionen, denen es jetzt addiert wird, auch wenn es *schließlich* anders als diese sein wird und als eigenständige Möglichkeit thematisiert werden kann. Das Verstehen lebt aus dieser Spannung: einerseits fügt es sich kritisch hinzu, um jene Lücken zu kennzeichnen und zu füllen, welche die anderen Verfahren gleichsam nicht „voll" werden ließen, und setzt sich andererseits selbständig dann als eine besondere Möglichkeit an deren Stelle, um den sprachlichen Gegenstand umfassend begreifen zu können.

a) In der disziplinären Matrix *generativer Erklärung* hat sich die Problematik des Verstehens an mehreren Stellen eingenistet. Nur deshalb haben paradoxerweise explanatorische Erkenntnissystematisierungen überhaupt Aussicht auf begrenzten Erfolg! Erklärungen funktionieren aufgrund eines Mangels, den sie selbst nicht aufheben können, obwohl er für sie konstitutiv ist. Die Konstruktion eines generativen Regelmechanismus, der die untersuchte Sprache unter die abstrakte Allgemeinheit eines idealen Satz-Begriffs, symbolisiert im Zeichen „S“, zu subsumieren bestrebt ist, arbeitet nur infolge bestimmter Voraussetzungen, die insofern „hermeneutisch“ sind, als sie auf die Notwendigkeiten eines „Verstehens“ verweisen, das erklärend nie eingeholt werden kann. Auch wenn die *Wissenschaftstheoretiker des Erklärens*[1] immer wieder zu begründen versucht haben, daß durch die Subsumtion einzelner Ereignisse unter allgemeine Regeln/Gesetze bereits alles gesagt sei, was sich überhaupt wissenschaftlich sinnvoll sagen läßt (wobei dem Verstehen allenfalls eine bestimmte „heuristische“[2] Funktion im Vorfeld wissenschaftlicher Argumentation zugestanden worden ist), daß die Methode des Verstehens weder notwendige noch zureichende Bedingungen für die Erkenntnis sozialer Phänomene sei[3], daß es, wenn überhaupt, nur um die Erklärung des Verstehens als eines psychologisch interessanten Faktums gehen könne, keinesfalls jedoch um ein Verstehen des Erklärens, so haben doch die *kontroversen hermeneutischen* Überlegungen, die in den letzten Jahren etwa von KARL-OTTO APEL[4], JÜRGEN HABERMAS[5], HANS-GEORG GADAMER[6], PAUL RICOEUR[7] oder EMILIO BETTI[8] besonders hinsichtlich sprachlicher Tatsachen angestellt worden sind, deutlich gezeigt, daß die explanatorische Anstrengung einem unvertretbaren und unhaltbaren Reduktionismus unterliegt, wenn sie weder die Sinnstruktur ihres Gegenstandes noch die ihrer eigenen Konzeptualisierungen verstehend beachtet. Die Vertreter einer wissenschaftstheoretisch universalisierten Erklärung haben, pointiert gesagt, das Verstehen des Erklärens nicht verstanden, das auch *im* Erklären selbst wirksam ist und seitens der Hermeneutik als universelles Moment jeder sinnbezogenen Erkenntnis favorisiert wird. Nur locker können hier einzelne „Leerstellen“ des (generativen) Erklärens hermeneutisch supplementiert werden. Da ist zunächst der *Objektbereich.* Gerade die methodologische Reflexion des generativen Anspruchs hat zeigen können, daß die sprachwissenschaftlichen Daten nicht voraussetzungslos „gegeben“ sind, sondern durch einen sinnhaften Akt konstituiert, der als solcher verstanden werden muß: ein „Satz“ zum Beispiel als Explanandum generativer Ableitung ist kein unmittelbares factum brutum, sondern *als* Satz vorgängig verstanden. Das Material ist immer eine *als* sinnhafte Ausdrucksform interpretierte Tatsache[9]. (Auch die Feststellung grammatisch abweichender Konstruktion, psycholinguistisch analysierbarer Fehler und poetischer Deviationen ist nur möglich, weil diese Phänomene als solche beurteilt werden müssen, bevor sie als exemplarische Anwendungsfälle der generativen Intention erklärt werden können.) Sprachliche (soziale) Gegenständlichkeit ist – wie JÜRGEN HABERMAS prägnant formuliert hat – „symbolisch vorstrukturiert“[10]. Nicht nur ihre Wahrnehmung ist interpretativ vermittelt[11], sondern sie selbst ist als solche „vorinterpretiert“; man weiß vorweg, daß es sich um soziale Tatsachen handelt, deren lebensweltlichen Sinn man, wenn auch nur „vage“, bereits vorverstanden haben muß, wenn man sie in ihrer phonologisch-syntaktisch-semantischen Struktur derivativ erklären will. – Ist aber der Zugang zu den Daten nicht durch distanzierte oder kontrollierte Beobachtung vermittelt, sondern durch ein meist intuitives Vorverständnis ihrer symbolisch-sinnhaften Struktur, so können auch die *theoretischen* Begriffe nicht „von außen“ appliziert werden. Weder kann die generative Beobachtungssprache, die in der Beurteilung: „Das ist (k)ein grammatisch wohlgeformter Satz“ ihre standardisierte Aussage hat, sich auf rein objektivistische Meßverfahren stützen, noch können die theoretischen Prädikate, an ihrer Spitze das alles dominierende „S“ als abstrakt-allgemeinster Signifikant, äußerlich auf einen Gegenstandsbereich bezogen werden, mit dem sie nicht bereits durch einen tentativen Vorbegriff, der sprachpraktisch-hermeneutisch wirksam ist, verbunden sind[12]. Der Linguist muß immer schon verstehend an den vorwissenschaftlich akkumulierten Erfahrungen teilnehmen, bevor er sich von ihnen erklärend zu distanzieren versucht, um sie dann als „Daten“ aus der Theoretizität eines generativen Kategorienapparates ableiten zu können. – So lenkt das hermeneutische Bewußtsein die Aufmerksamkeit also auf die doppelte Spannung zwischen *vorwissenschaftlichem* Wissen und *wissenschaftlicher* Objektivität, die durch keine saubere Trennung von Genesis und Geltung[13] außer Kraft gesetzt werden kann. Denn zum einen knüpfen die kategorial organisierten Regeln, mit denen die sprachlichen Daten linguistisch erklärt werden sollen, an unsere vorwissenschaftliche Erfahrung mit Sprache an, die wir in der alltäglichen Lebenspraxis der Verständigung oder ihres Mißlingens machen können; ohne diese vorwissenschaftliche Verankerung wäre die Erklärung nicht in der Lage, überhaupt etwas über die Sprache sagen zu können. (Besonders die „Grammatikalitätsexperimente"[14] haben deutlich werden lassen, daß der Sinn theoretischer Konstrukte nicht durch operationale Meßverfahren determiniert ist, sondern sich an der „kommunikativen Erfahrung" des sozialen Gegenstands in ihrer Relevanz beweisen und so einer vorwissenschaftlichen Bewährungsprobe standhalten muß.) – Zum anderen gewinnt auch die komplementäre Bewegung zunehmend gesellschaftliche Aktualität: folgenreiche wissenschaftliche Informationen und Erkenntnisse, die sich nicht mehr bruchlos mit unserem Sprachbewußtsein vermitteln lassen, müssen in die Sprache der sozialen Lebenswelt rückübersetzt werden, um verstanden werden zu können. Nicht nur muß generell (auch für den Wissenschaftler selbst) verstehbar sein, was überhaupt mit dem Anspruch wissenschaftlicher Erklärung auftritt; auch muß, worauf besonders GADAMER hingewiesen hat, alle sozialwissenschaftliche Erkenntnis, die praktisch werden will, mit dem allgemeinen vorwissenschaftlichen Bewußtsein vermittelt werden, sie muß verstanden werden können, um nicht als bloße Spielerei ihrem eigenen „Feld" fremd und äußerlich entgegenzustehen. „Das kann man – mit Wittgenstein – so ausdrücken: Die ‚Sprachspiele' der Wissenschaft bleiben auf die Metasprache, die die Muttersprache darstellt, bezogen. Die von der Wissenschaft gewonnenen Erkenntnisse gehen über die modernen Informationsmittel und in gehöriger (manchmal ungehörig großer) Verspätung über Schule und Erziehung in das gesellschaftliche Bewußtsein ein. So artikulieren sie die ‚soziolinguistischen' Wirklichkeiten"[15]. Zumindest kann eine hermeneutisch reflektierte Linguistik nicht akzeptieren, daß eine Art soziolinguistischer Sozialtechnologe, der das Funktionieren der gesellschaftlichen Kommunikationsmaschine betreut, von der Wirklichkeit abgespalten ist, der er als Sprach-Wissenschaftler zugehört. Das Verstehen des Erklärens fordert, das verwertbare Wissen zum praktischen Bewußtsein der Lebenswelt in Beziehung zu setzen. Auch für diese Forderung steht die Hermeneutik mit ihrem „Universalitätsanspruch" ein[16].

b) Diese Restitution eines sinnhaft Verständlichen gegenüber dem wissenschaftlichen Anspruch auf subsumtives Erklären, die den Objektbereich, die empirische und theoretische Wissenschaftssprache, sowie das Verhältnis von vorwissenschaftlichem Wissen und wissenschaftlicher Erkenntnissystematisierung betrifft, läßt sich auch gegenüber der *„sprechakttheoretischen Analyse"* begründen. In dem Maße, in dem sie sich als disziplinäre Matrix des gleichen Typs wie eine generative Erklärung zu erkennen gibt, ist sie auch den gleichen Reflexionen eines hermeneutisch geschärften Bewußtseins ausgesetzt. Auch im Falle pragmalinguistischer Analysen sprachlicher Handlungen ist das „Verstehen" supplementierend am Werk. Die parallelisierenden Hinweise brauchen hier wohl nicht näher ausgeführt zu werden. Sie scheinen mir auf der Hand zu liegen.)

c) *Strukturalismus und Hermeneutik.* Zunächst sah es ganz so aus, als habe der Strukturalismus den traditionellen Anspruch des literarisch-hermeneutischen Verstehens endgültig „aufgehoben": die *strukturalistische Tätigkeit*, deren Ziel ROLAND BARTHES zufolge allgemein darin besteht, ein „semiologisches Objekt" derart zu re-konstituieren, daß zutage tritt, nach welchen Regeln es funktioniert, schien damit den hermeneutischen Anspruch einzulösen, ohne sich dabei in die Fallen eines idealistischen Verstehens geistiger Gehalte oder reiner Signifikate zu verstrikken: die strukturale Analyse (Zerlegen des gegebenen Objekts) und Synthese (Zusammenfassung seiner Bausteine zum „Simulacrum" als jenem „symbolischen Objekt", das weder real noch imaginär ist, sondern die intelligible Struktur des Textes selbst abbildet) intendiert auf die signifikante Ausdrucksgestalt des Textes, nimmt die Schrift ernst, ohne sie gegenüber dem Sinn ins Derivat zu verdrängen, und rekonstituiert den „Sinn“ als die Intelligibität der sprachlichen Materialität. Das strukturale Verfahren macht mit der (scheinbar trivialen) Einsicht Ernst, daß jeder schöpferische Akt, durch welchen ein Autor (s)einen Sinn auszudrücken versucht, grundsätzlich gezwungen ist, sich einer strukturierten semiologischen Form einzuschreiben, in der allein er zugänglich ist. Die hermeneutische Frage nach dem Sinn (unabhängig davon, ob man sie psychologisch oder semantisch versteht) scheint strukturell in dem Maße beantwortet werden zu können, wie es gelingt, jene simulacre Einheit diskreter (systematisch verbundener, gegeneinander ausdifferenzierter und hierarchisch gestaffelter) Bedeutungselemente zu synthetisieren, die „im natürlichen Objekt unsichtbar oder, wenn man lieber will, unverständlich blieb“[17] und traditionell als das verstanden werden sollte, was der Autor „im Sinne hatte“. – Orientiert an der linguistischen Poetik ROMAN JAKOBSONs und seiner strukturalen Analyse der Wortkunst von Gedichten[18] hat besonders ELMAR HOLENSTEIN darauf hingewiesen, *daß der Strukturalismus die vorläufig letzte Etappe einer hermeneutischen Bewegung ist*, die das Verstehen sprachlichen Sinns zu explizieren versucht hat. In dieser Perspektive erscheint wesentlich die strukturelle Herausarbeitung der wechselseitigen Abhängigkeit verschiedener sprachlicher Ebenen (Phonologie, Morphologie, Syntax, Semantik) und die Feststellung der Relation von Einzelnem und Ganzem als aktuelle Verwirklichung des hermeneutischen Prinzips. „Die Sprache ist ein Ganzes von mehreren ineinandergreifenden Schichten ... Man kann den Sinn vor allem eines poetischen Textes nicht ohne Rückgriff auf seine phonologische und grammatische Struktur freilegen. Dies gilt speziell für seine mögliche Mehrdeutigkeit, die der Hermeneutik so teuer ist. Die Mehrdeutigkeit ist keine letzte, ‚nichthintergehbare‘ Eigentümlichkeit der dichterischen Sprache. Sie ist das Resultat der poetischen Textgestaltung“[19]. Die strukturanalytische Aufhebung der literarischen Hermeneutik würde schließlich zu einer Position führen, „die heute vom Strukturalismus besetzt wird, zu einer Position, die man als die vierte Phase[20] der hermeneutischen Bewegung ausgeben kann. Das Ganze, im Hinblick auf das ein Einzelnes verstanden wird, ist jetzt ein System oder ein Kode mit einer universalen Basis und mit einem konvertiblen Aufbau, der nach formalisierbaren Gesetzen entwickelt wird. *Etwas ist dann verstanden* und aufgeklärt, wenn der ihm gemäße Platz in diesem polymorphen und polyvalenten Universalkode ausgemacht ist, wenn feststeht, welches Teilsystem dieses Gesamtkodes zu seiner Konstitution aktualisiert werden muß"[21].

Diese Revision des Verstehensbegriffs erscheint dabei nicht nur als methodologische Neuerung. Sie scheint auch *sachlich* gefordert und legitimiert zu sein. Denn die strukturalistische Tätigkeit begreift sich selbst als theoretisch reflektierte Übung einer semiologischen Arbeit, die besonders in der *modernen Poesie selbst* die Aufmerksamkeit (Einstellung) vom Sinn weg auf die Texthaftigkeit des Ausdrucks zu lenken versucht[22]. Das Wort oder der Text erscheint auch in der Literatur immer weniger als bloßes Instrument oder als re-präsentierendes Transportmittel eines vorgängig sprachlosen Sinns, Gefühls oder Gedankens. Der moderne Schriftsteller behandelt, paradox gesagt, sein eigenes Instrument, die Sprache, und begreift sie als das relevante Material, das er kunstmäßig bearbeitet[23]. Die signifikant gestellte Schrift ist gewissermaßen zu ihrem eigenen Zweck geworden. Indem also die wahrnehmbare und strukturierbare Textgestalt kaum noch auf eine ihr vorgegebene Bedeutung oder Sinnhaftigkeit befragt werden kann, weil sie selbst als semiologisches Objekt inszeniert wird, scheinen die hermeneutisch überlieferten und kultivierten Methoden der „Interpretation" vom Gegenstand selbst in Frage gestellt worden zu sein[24]. Das hat auch PETER SZONDI gemeint, als er auf das Erfordernis einer neuen Methodenlehre der philologischen Hermeneutik hinwies angesichts der zunehmenden Einsicht in die sprachliche Bedingtheit von Literatur: „Aus der Konzeption der sprachlichen Bedingtheit von Literatur folgt, daß die literarische Hermeneutik den Gegenstand des Verstehens nicht jenseits der Sprache ansetzen kann, wobei der Akt des Verstehens einer bloßen Dechiffrierung gleichkäme, sondern in der Sprache selbst“[25]. Hauptsächlich avantgardistische Texte, die ihren Reiz selbst aus dem strukturalen Spiel mit sprachlichen Signifikanten gewinnen, lassen jene klassischen Interpretationsverfahren scheitern, die den Sinn *hinter* den sprachlichen Zeichen und Zeichenkombinationen entziffern wollen. Jetzt geht es darum, die „hermeneutische“ Synthese im „Netz der sich verschiebenden Strukturen und Aussagen der literarischen Schrift“[26] selbst nachzuvollziehen: „Mit dem Symbolismus, mit Mallarmé, entsteht eine Literatur, die das Funktionieren der Wörter, das Spielen der sprachlichen Strukturen aus ihrer Ausnutzung und Verdeckung durch die Priorität des Gedankens befreit, die von der einfachen Relation Signifikant-Signifikat zu einer fast endlosen Interrelationalität auf der Ebene der Signifikanten übergeht. Dieser Übergang verändert die Voraussetzungen der Interpretation, indem er die sympathetische Nähe der Sprache der Literatur und der Sprache der Interpretation, auf die die Möglichkeiten der synthetischen Operationen aufbauten, nachhaltig stört ... Was lange Zeit unproblematisch war, wird angesichts dieser Literatur zum Problem: die Interpretation ist ein relativ grobes Raster. Eine Literatur, die ihre Kraft nicht mehr vorrangig aus der Repräsentation schöpft, fällt durch dieses Raster hindurch“[27].

Und *trotzdem* kann die strukturlinguistische Analyse von Texten, die Ermittlung ihrer „Textualität“[28] und sprachlichen Kodifizierung, nicht von der Anstrengung suspendieren, den Lesbarkeits-Charakter sinnhaft orientierter Schrift *verstehen* zu müssen. Sicher kann man sich als Leser gleichsam vom sinnhaften Weltbezug eines Textes weitgehend freimachen und ihn als geschlossenes Zeichensystem zu untersuchen versuchen. Dafür stehen besonders die Gedicht-Analysen ROMAN JAKOBSONs ein. Die „Bedeutungsfunktion“[29] kann gleichsam auf das strukturale Arrangement der Textelemente reduziert werden. Aber in Wirklichkeit bescheidet sich doch kein Leser mit einem derart formalen

Begriff des Textes, wie es die strukturalistische Tätigkeit restriktiv zu fordern versucht. Fast läßt es sich als Retour-Kutsche formulieren: so sehr eine semiologisch spielende Literatur durch das Raster eines Sinnverstehens fällt, das die Struktur des sprachlichen Ausdrucks unbeachtet lassen will, um sich den Sinn gleichsam „rein" vor Augen zu führen, so sehr muß in der strukturalen Analyse gerade jene besondere Art und Weise durch die Maschen algebraischer Zerlegung und Synthese fallen[30], in der ein Autor mit vorfindlichen sprachlichen Mitteln eine bestimmte sinnhafte Weltansicht ausdrückt, die wir uns verstehend aneignen sollen. (Was wir uns in der Lektüre zu eigen machen sollen ist nicht die fremde Erfahrung des Autors als Person, sondern das Ergebnis einer Lektüre (Interpretation), die in der Tiefensemantik des Textes angedeutete Welt bewußt zu verstehen.) Wäre es nicht dieser *nicht-subsumierbare* Sinn[31], der sich aus keinem Gesamtkode deduzieren läßt, welcher gelesen werden soll, so wäre die strukturale Analyse nur ein steriles Spiel. In ihrer radikalen Durchführung würden Text *und* Leser „tot" bleiben, „d. h. in ihrem radikalsten Potential, ihrer konzentrierten und in den Akten kommunikativer Aneignung sich wechselseitig mobilisierenden Subjektivität unberührt"[32]; mit diesem Hinweis entgegnet HANS KÜGLER der strukturalen Herausforderung ROLAND BARTHES' und auch gegen JAKOBSONs linguistische Poetik ist mit der alten hermeneutischen Einsicht opponiert worden, daß eine Theorie und Analyse von Poesie immer „Reflexion über vorgängige kommunikative Erfahrung von Poesie"[33] ist. Ohne Fundierung in dieser Erfahrung würde die strukturale Arbeit völlig blind sein; sie könnte ja nicht einmal wissen, ob sie es überhaupt mit einem poetischen Text zu tun hat. „Kann man die strukturale Methode von jedem hermeneutischen Verstehen abtrennen?" fragte PAUL RICOEUR bereits 1969 in Richtung linguistischer Objektivitätsansprüche[34].

Die Frage muß wohl verneint werden. Die Diskussion des letzten Jahrzehnts hat gezeigt, „daß eine streng strukturalistische Analyse einzelner Texte zu viele Sinn-Phänomene nicht in den

Blick bringt, um als Alternative gegen einen Texthermeneutik sich durchsetzen zu können (was nicht schon heißt, daß man zu den von ihr in Umlauf gesetzten traditionellen Rezepten zurückzukehren habe)"[35]. Nicht nur bleiben notwendigerweise alle Spuren der Arbeit des Sinns, „d. h. alle Stilphänomene und Symbole einer nicht-regulierten Individualität"[36], unbeachtet, gewissermaßen der individuelle Beisatz[37] des Textes, der ihn stilistisch unverwechselbar und unwiederholbar macht; es ist wesentlich der *sinnhafte Bezug* jedes (literarischen) Textes auf eine mögliche Welt, der sich einer strukturalen Analyse entzieht und in der verständigen Lektüre deutend erschlossen wird. Das strukturelle Arrangement kann hier nur eine Zwischenstufe sein in einer hermeneutischen Bewegung, die letztlich auf das intendiert, von dem der Text handelt: „Was wir deshalb verstehen wollen, ist nicht etwas *hinter* dem Text, sondern etwas, was offen zutage liegt. Was verstanden werden soll, ist nicht die ursprüngliche Situation des Diskurses, sondern der Verweis auf eine mögliche Welt. Verstehen hat nur wenig zu tun mit dem Autor und seiner Situation. Es möchte die durch den Text eröffneten Weltdeutungen begreifen. *Einen Text verstehen heißt*, seiner Bewegung vom Sinn zum Bezug, von dem, was er sagt, zu dem, wovon er handelt, folgen. In diesem Prozeß kann die *Vermittler*rolle der strukturalen Analyse sowohl der Rechtfertigung dieses objektiven Ansatzes wie der Korrektur des subjektiven Ansatzes dienen. Wir werden dann endgültig davor bewahrt, das Verstehen mit irgendeiner Art von intuitivem Erahnen der dem Text unterliegenden Intention zu verwechseln"[38]. Die Lesbarkeit des Textes basiert darauf, daß er, wie verfremdet und sprachspielerisch auch immer, von einer möglichen Welt spricht und von einer möglichen Weise der Orientierung in ihr. Auch wenn es im modernen Text kein „transzendentales Signifikat" mehr geben mag, das als geistiges Zentrum das Feld der Signifikanten kohärent zu organisieren vermag, so bleibt die interpretatorische Analyse dem sinn-haften *Aufforderungscharakter* jedes Textes verhaftet, der als solcher von seinem Leser erwartet, ihn „als Ausgangspunkt einer neuen Weltsicht zu nehmen und in einer bestimmten Weise zu denken“[39]. Und nur an solchen Texten, die an-sprechen, hat das literarische Verstehen ja seinen herausfordernden Gegenstand.

d) Ähnlich komplex ist das Verhältnis zwischen *psychoanalytischer Übersetzung* und hermeneutischem Verstehen. – Im letzten § 4 war die psychoanalytische (Traum) Deutung als text-analytische Übersetzungsarbeit rekonstruiert worden, wobei das hermeneutische Moment des Verstehens (gegenüber einer theoretischen „Erklärung“) deutlich Priorität besaß. Die systematische Erklärung psychischer Traumvorgänge im VII. Kapitel der „Traumdeutung“, die FREUD besonders mittels der Kategorie des Unbewußten versucht hatte, steht nicht zufällig erst am Ende einer Lektürearbeit, die sich deutend auf den Sinn ihrer textlichen Gegenstände bezog. Die Psychoanalyse stellt sich ursprünglich als ein kritischer Hinweis auf den *Sinn* des scheinbar Unsinnigen oder bloß Somatischen vor: „Ich habe mir vorgesetzt, zu zeigen, daß Träume einer Deutung fähig sind . . . Mit der Voraussetzung, daß Träume deutbar sind, trete ich sofort in Widerspruch zu der herrschenden Traumlehre, ja zu allen Traumtheorien mit Ausnahme der Schernerschen, denn ‚einen Traum deuten‘ heißt seinen Sinn angeben, ihn durch etwas ersetzen, was sich als vollwichtiges, gleichwertiges Glied in die Verkettung unserer seelischen Aktionen einfügt“[40]. Auch die beiden anderen Beispiele (der Wissenschaftlertraum Dr. Norbert Hanolds und die Kindheitsphantasie Leonardo da Vincis) ließen deutlich werden, daß diese „Ersetzung“ eine „Übersetzung“ im strengen Sinne ist, durch die ein manifester Text auf einen latenten Sinnspruch bezogen wird. – Wieder ist es besonders PAUL RICOEUR gewesen, der das *hermeneutische* Moment dieser Übersetzung herausgearbeitet hat: sein „Versuch über Freud“ steht unter dem Titel: „Die Interpretation“[41] und bestimmt den psychoanalytischen Standort im *semantischen* Feld des Doppelsinns, der eine besondere Leistung des Verstehens herausfordert. Die psychoanalytische Übersetzung bewegt sich „von einem Sinn zu einem anderen Sinn“[42], spielt also bereits in einem Bereich der Sprache, „der sich als der Ort komplexer Bedeutungen ankündigt, wo in einem unmittelbaren Sinn ein *anderer* Sinn sich auftut und zugleich verbirgt; diese Region des Doppelsinns wollen wir Symbol nennen"[43]. (Offensichtlich durch die Psychologismuskritik der Hermeneutik beeinflußt, steht für RICOEUR nicht der Wunsch als psychischer Zustand im Mittelpunkt der Analyse, sondern seine Sprache. Sinnverstehen richtet sich interpretatorisch auf die „Semantik des Wunsches"[44], d. h. auf bereits symbolisierte Zusammenhänge, nicht einfühlend auf eine irgendwie geartete psychische Unmittelbarkeit.) Deutung ist Verstehen des Doppelsinns, der sich FREUD zufolge aus der Überlagerung manifester und latenter Bedeutungselemente ergibt. Interpretatorisch wird die (mehrdeutige) Überdeterminierung des manifesten Sinns aufgelöst, indem jener erste Sinn entschlüsselt wird, der in seiner Eindeutigkeit „ohne weiteres verständlich" ist. Das symbolische Textmaterial der psychoanalytischen Interpretation wird gelesen als Beziehungsgefüge von Sinn zu Sinn, als Artikulation eines sprachlichen *Dualismus*, der weder derjenige von sinnlichem Ausdruck (Signifikant) und ausgedrückter Bedeutung (Signifikat) ist, noch der zwischen einem bilateralen Zeichen und benannter Gegenständlichkeit. „Ich möchte sagen, daß es dort Symbole gibt, wo der linguistische Ausdruck aufgrund seines Doppelsinns oder seines vielfachen Sinns zu einer Interpretationsarbeit Anlaß gibt. Diese Arbeit wird angeregt *durch eine intentionale Struktur, die nicht im Verhältnis von Sinn und Sache besteht, sondern in einer Architektur des Sinns, in einem Verhältnis von Sinn zu Sinn, von zweitem und erstem Sinn, ob es sich nun um ein Analogieverhältnis handelt oder nicht, ob der erste Sinn den zweiten verschleiert oder enthüllt*"[45]. FREUDs Übersetzungen als Auflösungen ambiger Überdeterminierung von Symbolen gelten RICOEUR also ganz als Applikationen einer *hermeneutischen* Methode, die insofern *psychoanalytisch konkretisiert* erscheint, als sie in ihren sprachlichen Materialien die Semantik des *Wunsches* zu erhellen bestrebt ist. Dem Analytiker, der die Schwierigkeiten der Deutung überwunden hat, geht es wie jenem Wanderer, der „einen engen Hohlweg passiert hat und plötzlich auf einer Anhöhe angelangt ist". Er steht im Licht der „Klarheit einer plötzlichen Erkenntnis"[46], die ihn den scheinbar sinnlosen Text nach vollendeter Deutungsarbeit als „Wunscherfüllung" sehen läßt.

Dem steht die *Eingrenzung des hermeneutischen Universalitätsanspruchs* entgegen, wie sie zuletzt von JÜRGEN HABERMAS gerade durch Hinweis auf die psychoanalytische Sinnkritik unternommen worden ist. Denn ihm zufolge ist die psychoanalytische Interpretation gerade *kein* (wunschorientiertes) Exempel eines hermeneutischen Sinnverstehens; vielmehr *übersteigt* die Psychoanalyse jedes hermeneutische Bewußtsein, indem sie die Differenz zwischen normaler und pathologischer („systematisch verzerrter") Kommunikation durch Rekurs auf die Ausgangsbedingungen der Genesis von Unsinn auch theoretisch zu *„erklären"* anstrebt. Gegen das hermeneutische Bewußtsein, sofern es letztlich immer auf einen kommunikativen Sinnkonsens zielt, steht der *explanatorische* Anspruch einer *tiefenhermeneutischen Sprachanalyse*, die mehr und anderes will als bloß die interpretatorische Auflösung einer semantischen Überdetermination in allgemein verständlichen Sinn. „Tiefenhermeneutisch" geht es um die theoretische Bahnung eines Zugangs zu einem „pathologisch verschütteten Sinnzusammenhang"[47], der HABERMAS zufolge jenseits der Grenzen hermeneutischen Sinnverstehens liegt. – Bereits gegen Ende von „Erkenntnis und Interesse" (1968) hat HABERMAS die Psychoanalyse als Deutungswissenschaft gegen DILTHEYs Verstehen geistiger Gebilde, sofern dieses auf etwas bewußt Intendiertes und nur durch „externe Einwirkungen" Bedrohtes zielt[48], profiliert, indem er auf den „systematischen Stellenwert" hinwies, den die Auslassungen, Entstellungen, Verwirrungen und Verstümmelungen der manifesten Texte infolge *interner Einwirkungen* besitzen. „Die Verstümmelungen haben *als solche* einen Sinn. Ein verdorbener Text dieser Art kann in seinem Sinn zureichend erst dann erfaßt werden, nachdem es gelungen ist, den Sinn der Korruption selber aufzuklären: das bezeichnet die eigentümliche Aufgabe einer Hermeneutik, die sich auf die Verfahrensweise der

Philologie nicht beschränken kann, sondern *Sprachanalyse mit der psychologischen Erforschung kausaler Zusammenhänge vereint*"[49]. Gegen die philologische Sinn-Hermeneutik DILTHEYs steht eine „Tiefenhermeneutik", die jene Symbolzusammenhänge, „in denen ein Subjekt sich über sich selbst täuscht"[50], explanatorisch verstehend aufzudecken versucht. Um jene Texte verstehen zu können, die an bestimmten Stellen aufgrund interner Störungen durch unverständliche Symbole durchbrochen sind, bedarf es mehr als eine Übersetzung in den Horizont eines allgemeinen sprachlichen Weltverständnisses. Erst die begriffliche Konstruktion der drei Instanzen „Ich", „Es" und „Über-Ich" im psychoanalytischen *Strukturmodell* und die *allgemeine Interpretation* gesetzmäßiger Bildungsprozesse (als systematisch verallgemeinerte Historie frühkindlicher Entwicklung) ermöglichten ein tiefenhermeneutisches Verstehen, das die Funktion der *Erklärung* jener Desymbolisierungen[51] übernimmt, die nur in dem Maße *verstanden* werden können, „als die allgemeinen Bedingungen der Pathologie umgangssprachlicher Kommunikation erkannt sind"[52]. – In seiner Untersuchung zum „Universalitätsanspruch der Hermeneutik" hat HABERMAS diese Überlegung weiter ausgeführt. Das traditionelle Selbstverständnis der Hermeneutik wird erschüttert durch den Hinweis auf Muster systematisch verzerrter Kommunikation, die auch in der normalen, „pathologisch unauffälligen Rede"[53] auftreten können und insofern eine Situation hermeneutischer Grenzerfahrung darstellen. Dem hermeneutischen Bewußtsein, das sich nicht tiefenhermeneutisch-explanatorisch anreichert, ist es unmöglich, einen wirklichen kommunikativen Konsens von einem nur *pseudokommunikativen* Einverständnis zu unterscheiden. Das hermeneutische Sinnverstehen verfügt über kein Kriterium, „das uns festzustellen erlaubte, wann wir im falschen Bewußtsein einer pseudonormalen Verständigung befangen sind und etwas, das in Wahrheit der systematischen Erklärung bedürfte, bloß für hermeneutisch aufzuklärende Schwierigkeiten halten"[54]. Um die mögliche Scheinhaftigkeit eines „Konsensus" zu durchschauen, erweist sich die Entfaltung eines explanatorischen

Strukturmodells der Psyche und einer allgemeinen Theorie (normaler) kommunikativer Kompetenz[55] als erforderlich. Dazu hat die Psychoanalyse entscheidende und wegweisende Vorarbeit geleistet. Sie hat gezeigt, daß die hermeneutisch „geübte Anwendung natürlich erworbener kommunikativer Kompetenz"[56] nicht ausreicht, um den Verwirrspielen des Unbewußten zu entkommen; und hat einen kategorialen Rahmen entworfen, dessen explanatorische Kraft hinsichtlich der Entstehung von „Unsinn" die hermeneutische Kunst des Verstehens übersteigt. – Streng genommen läßt sich deshalb die *Tiefenhermeneutik* auch *nicht* – wie das einfache hermeneutische Verstehen – *„nach dem Modell der Übersetzung fassen"*[57]. Denn: „die Struktur umgangssprachlicher Kommunikation, die jeder Übersetzung zugrunde liegt, ist als solche betroffen. Das tiefenhermeneutische Verstehen bedarf deshalb eines systematischen Vorverständnisses, das sich auf Sprachen im ganzen erstreckt, während das hermeneutische Verstehen jeweils von einem traditionsbestimmten Vorverständnis ausgeht, das sich innerhalb sprachlicher Kommunikation bildet und verändert"[58].

2. Hermeneutik des Übersetzens

Anstatt nun diesen *tiefen*hermeneutischen Bezug auf ein *systematisches* Vorverständnis, das letztlich in der grundlegenden Idee eines herrschaftsfreien, wahren Konsensus terminiert[59], wiederum einer abermaligen *hermeneutischen* Reflexion auszusetzen, die auf jenes gesellschaftliche Bewußtsein zielen würde, „in welchem sich der Analytiker, ebenso wie sein Patient, mit allen anderen versteht; denn die hermeneutische Reflexion lehrt uns, daß soziale Gemeinschaft bei allen Spannungen und Störungen immer wieder auf ein *soziales* Einverständnis zurückführt, durch das sie existiert"[60], anstatt also auch in der explanatorischen Matrix der Tiefenhermeneutik das hermeneutische Supplement nachzuweisen, soll das Phänomen der *Übersetzung* in hermeneutischer

Perspektive vorgestellt werden. Denn nicht zufällig hat HABERMAS darauf hingewiesen, daß sich die Psychoanalyse dem Modell der Übersetzung entziehen soll. Übersetzung nämlich ist *das* Paradigma, an dem sich die hermeneutische Erfahrung als sprachlich vermittelt vorstellt und begründet. Die „ontologische Wendung der Hermeneutik am Leitfaden der Sprache", das heißt ihre *Veränderung vom Supplement zur Theorie des Verstehens*, setzt ein mit dem Hinweis auf jene erschwerte Situation der Verständigung, in der eine Übersetzung einander *fremder* Sprachen notwendig und möglich ist.

Ein (durch Übersetzung ermöglichtes) *Gespräch* in zwei einander fremden Sprachen verweist auf die Besonderheit hermeneutischen Sinnverstehens, insofern es das unmittelbar (naive) Verstehen transzendiert, wie es sich lebenspraktisch in der unproblematischen Verständigung herstellt. „Wo Verständigung ist, da wird nicht übersetzt, sondern gesprochen"[63]. Richtige Sprachbeherrschung als Moment eines eingespielten Lebensvollzugs funktioniert ohne Übersetzung. Ein Gespräch verläuft unter der stillschweigenden und unproblematischen Voraussetzung, daß die Gesprächspartner die gleiche Sprache sprechen und sich in ihr wechselseitig verstehen. Demgegenüber verweist das Angewiesensein auf eine Übersetzung darauf, daß der verstehbare Sinn des Gesprächs erst *verständlich gemacht* werden muß, indem er aus der einen Sprache in die andere Sprache „hinübergetragen" wird, um in einer neuen Sprachwelt dennoch als der gleiche ausgedrückt und verstanden zu werden. Ein intersubjektives Einverständnis über die mitgeteilte Sache soll hergestellt werden, indem durch die Übersetzung sprachlicher Sinn fremdsprachlich verschoben wird. „Der Fall der Übersetzung macht also die Sprachlichkeit als das Medium der Verständigung dadurch bewußt, daß dieses erst durch eine ausdrückliche Vermittlung kunstvoll erzeugt werden muß. Solche kunstvolle Veranstaltung ist gewiß nicht der Normalfall für ein Gespräch"[64]. Aber sie enthüllt als Grenzfall deutlich jenes hermeneutische Problem, das in der rechten Verständigung über die Sache besteht, die im Medium der Sprache fixiert ist. –

Das wird deutlicher noch, wenn es um das *Verstehen fremdsprachlicher Texte* geht. Sowohl zeigt sich dabei, daß die Nachbildungsaufgabe des Übersetzers sich nicht prinzipiell von der eines hermeneutischen Interpreten unterscheidet, der den Sinn textlichen Ausdrucks zur Sprache zu bringen versucht, als auch, daß das Verständlichmachen des Fremden ganz im Medium der Sprachlichkeit verläuft: „Hier kann niemand zweifeln, daß die Übersetzung eines Textes, mag der Übersetzer sich noch so sehr in seinen Autor eingelebt und eingefühlt haben, keine bloße Wiederentdeckung des ursprünglichen seelischen Vorgangs des Schreibens ist, sondern eine Nachbildung des Textes, die durch das Verständnis des in ihm Gesagten geführt wird. Hier kann niemand zweifeln, daß es sich um Auslegung handelt und nicht um bloßen Mitvollzug"[65]. So wie jede interpretatorische Auslegung die richtige Sprache finden muß, wenn sie wirklich den Sinn ihres Textes erhellen will, so ist jeder Übersetzer auch Interpret, der kunstvoll zwischen dem Fremden und dem Eigenen vermitteln und deren Kluft überwinden muß. Er muß das eigenständige Recht der eigenen Sprache, in die er übersetzt, festhalten und dabei zugleich das Fremde des übersetzten Textes und seiner Ausdrucksform bei sich gelten lassen. „Nur ein solcher Übersetzer wird wahrhaft nachbilden, der die ihm durch den Text gezeigte Sache zur Sprache bringt, d. h. aber: eine Sprache findet, die nicht nur die seine, sondern auch die dem Original angemessene Sprache ist"[66].

Daß wir prinzipiell aus jeder Sprache in jede Sprache übersetzen können, ohne doch jemals die fremde Sprache in ihrer Einzigartigkeit ganz in die eigene Sprache transformieren zu können, spiegelt die *beiden Momente* jeder hermeneutischen Erfahrung wider: intersubjektive Allgemeinheit und distanzierte Gebrochenheit des Sinns. *Zum einen* besitzt jede *einzelne Sprache* ihre ganz besondere (grammatische) Struktur, über die sich ihre signifikante Ausdrucksseite mit den artikulierbaren Bedeutungsgehalten vermittelt. In der Konzeption einer generativen Grammatik, in der phonologische, syntaktische und semantische Ebenen je einzelner

Sprachen systematisch aufeinander bezogen werden, hat die sprachphilosophische Relativitätstheorie[67], derzufolge jede Sprachform eine ihr korrespondierende Weltansicht besitzt, ihre wissenschaftliche Ausprägung erhalten. Der „Individualismus" der jeweiligen Einzel-Sprachen scheint eine „wirkliche" Übersetzung zu verhindern. Der Einheit von Signifikant und Signifikat in einer anderen Sprache Gehör zu verschaffen, wird oft genug eher einen neuen Text als eine Übersetzung im landläufigen Sinn erfordern. „Wer in einer Sprache lebt, ist von der unübertrefflichen Angemessenheit der Worte, die er gebraucht, zu den Sachen, die er meint, erfüllt. Es scheint wie ausgeschlossen, daß andere Worte fremder Sprachen dieselben Sachen ebenso angemessen nennen können. Das treffende Wort scheint immer nur das eigene und immer nur ein einziges sein zu können, so gewiß die gemeinte Sache jeweils eine ist. Schon die Qual des Übersetzens beruht zuletzt darauf, daß die Originalworte von den gemeinten Inhalten unablösbar scheinen, so daß man, um einen Text verständlich zu machen, ihn oft weitläufig auslegend umschreiben muß, statt ihn zu übersetzen[68]. Die innige Einheit von Signifikant und Signifikat erscheint als hermeneutisches Skandalon. *Zum anderen* aber verweist gerade diese Resignation vor der „Unübersetzbarkeit" noch auf den legitimen Sinn des Anspruchs, mittels einer auslegenden Übersetzung die fremde Sprache verstehen zu wollen und auch in ihrer Fremdheit den eigensprachlichen Verständnismöglichkeiten zu assimilieren. Daß Sprachen ineinander übersetzbar sind, läßt den radikalen Relativismus als Schein durchschauen. Allein der sinnvolle Versuch des Übersetzens verweist darauf, daß die Einzelsprachen in sich das Potential einer *universalsprachlichen Allgemeinheit* besitzen, „die, in der Besonderheit einer bestimmten Grammatik sich aussprechend, deren Grenzen zugleich reflektiert und als besondere negiert. Die stets in Sprache eingebundene Vernunft[69] ist über ihre Sprachen auch immer schon hinaus: nur indem Vernunft die Besonderungen der Sprach*en*, durch die sie allein sich verkörpert, vernichtet, lebt sie in der Sprache"[70]. Die hermeneutische Erfahrung möglicher Übersetzung ist das Korrektiv zur Resignation, in der Vielfalt und Mannigfaltigkeit verschiedener Einzelsprachen einen Grund ihrer unüberbrückbaren Fremdheit zu sehen.

3. Auf der Suche nach dem (verlorenen) Sinn

Übersetzen wäre unmöglich, wenn sich die einzelnen Sprachen gänzlich fremd wären. Es wäre unnötig, wenn in ihnen nichts fremd wäre[71]. In dieser Spannung kann Übersetzen als Extremfall hermeneutischer Möglichkeit reflektiert werden. Was in *jeder* Auslegung geschieht, zeigt sich hier in *besonders* hellem Licht: neue (eigensprachliche) Signifikanten werden *an die Stelle* der fremdsprachlichen gesetzt, um *deren* Bedeutung verständlich zu machen. – GADAMER hat die transzendentale Bedingung möglicher Übersetzung als *Vernunft* fixiert. Sie ist gewissermaßen der allgemeinste Nenner, über dessen Universalität sich die Fähigkeit, aus jeder in jede Sprache übersetzen zu können, konstituiert. Die verschiedenen Sprachen haben teil an der Universalität der einen menschlichen Sprache, die „mit der Universalität der Vernunft Schritt" hält[72]. So bleibt das verstehende und auslegende Bemühen (des Übersetzers) sinnvoll. „Darin demonstriert sich die überlegene Allgemeinheit, mit der sich die Vernunft über die Schranken jeder gegebenen Sprachverfassung erhebt"[73]. Aller Verschiedenheiten der Sagweisen und Schriftformen zum Trotz orientiert der Hermeneutiker auf jene logosartige Einheit, die es grundsätzlich erlaubt, jede Sprache (übersetzend) verstehen zu können. – Konkretisiert hinsichtlich des Verstehens *schriftlicher Texte der eigenen Sprache* transformiert sich die „Vernunft" einschränkend zum *„Sinn"*: das hermeneutische Bewußtsein richtet sich angesichts eines Textes, dessen partielle Fremdheit seine Auslegung provoziert, auf den zu restituierenden Sinn, der in einer neuen interpretatorischen Sprache transpositorisch deutlicher zur Geltung kommen soll, ohne dabei jedoch ein anderer zu werden[74]. Der interpretierende Text versucht jenen *präsenten* Sinn neu auszudrücken, dessen originale Identität paradoxerweise gerade durch die *re-präsentierende* Transposition ins sprachlich Nicht-Identische besser verstanden werden soll, als es mittels seines Primärtextes möglich gewesen ist. Was aber bleibt bei dieser supplementierenden Bewegung eigentlich das Gleiche, um dessen authentische Repräsentanten es der Hermeneutik zu tun ist? Die Geschichte der Hermeneutik ist die Geschichte möglicher Antworten, die alle durch *eine* zentrale *Metapher* beherrscht werden: Seit dem 17. Jahrhundert wird das hermeneutische Verfahren reflektiert anhand der *räumlichen* Konstruktion eines *Innen* und eines *Außen*, in der das Identische des Sinns wie das Nicht-Identische des Ausdrucks ihren Ort haben sollen. Das Verstehen reflektiert sich als *Weg nach Innen*. Das Feld einer Wissenschaft wird durch ein Raster abgebildet, das uns in seinem Bann hält.

Allerkürzeste stichwortartige Anmerkung zur Geschichte des hermeneutischen Bewußtseins[75]: Die exakten Naturwissenschaften begründen sich zu Beginn des 17. Jahrhunderts durch den Verzicht auf ein *Von-innen-Verstehen* der Natur. An die Stelle eines sympathetischen Einfühlens *in* die Natur tritt zunehmend der Versuch einer Erklärung, die *von außen* an die „Sinnesdaten" herangetragen wird, welche als empirisches Material keinerlei Phänomene des Ausdrucks eines Inneren oder Sinns mehr involvieren[76]. DESCARTES hat das zerreißende Prinzip von Innen und Außen, Intelligibilität und Körperlichkeit, res *cogitans* und res *extensa* philosophisch fundamentalisiert[77]. Nicht nur hat er deren Differenz ontologisch installiert, sondern auch methodologisch geregelt: mit der Gleichsetzung von Körperlichkeit und Ausdehnung ist die Natur ausschließlich der vermessenden Erkenntnis „von außen" zugänglich gemacht worden. – Dagegen suchen sich (besonders seit Beginn des 19. Jahrhunderts) jene um Philologie und Historik angesiedelten Wissenschaften methodologisch und erkenntnistheoretisch zu profilieren, die später als „*Geistes*wissenschaften" kontrastiv gegen die Naturwissenschaften gestellt werden. Für HEGEL hat es die Intelligenz im *sprachlichen* Zeichen mit einem Dasein zu tun, „welches das Produkt der Intelligenz selbst ist, – einem solchen *Auswendigen*, welches in das Inwendige der Intelligenz eingeschlossen bleibt und nur *innerhalb ihrer selbst* deren auswendige, existierende Seite hat“[78]. Im Rückgriff auf SCHLEIERMACHERs[79] und BOECKHs[80] Begründung der Hermeneutik von *Text*interpretationen hat JOHANN GUSTAV DROYSEN die *„Historik“* dann durch ein Verstehen begründet, das sich im gelingenden Rückschluß vom Äußeren auf das Innere beweist: „Die Möglichkeit des Verstehens besteht in der uns kongenialen Art der Äußerungen, die als historisches Material vorliegen. Sie ist dadurch bedingt, daß die sinnlich-geistige Natur des Menschen jeden *inneren* Vorgang zu sinnlicher Wahrnehmbarkeit *äußert*, in jeder *Äußerung innere* Vorgänge spiegelt“[81]. „Die einzelne *Äußerung* wird verstanden als eine *Äußerung des Innern* im Rückschluß auf dies Innere; dies *Innere* wird verstanden in dem Beispiel dieser Äußerung, als eine *zentrale* Kraft, die, *in sich eins und gleich*, wie in jeder ihrer peripheren Wirkungen und Äußerungen, so in dieser sich darstellt“[82]. Das Sprach-Verstehen erscheint als bevorzugtes Paradigma. Wir verstehen die Äußerungen eines Anderen, indem wir sie als Äußerung seines Inneren thematisieren. Die eigentliche Kontroverse zwischen Erklären und Verstehen[83] beginnt dann mit DILTHEYs „Einleitung in die Geisteswissenschaften“ (1883). Während die Naturwissenschaften Tatsachen zu ihrem Gegenstand haben , „welche im Bewußtsein als *von außen*, als Phänomene und einzeln gegeben auftreten“, manifestieren sich diese in den Geisteswissenschaften originaliter *„von innen* als Realität und als lebendiger Zusammenhang“[84]. Unter dem Eindruck einer neukantianischen Psychologismuskritik[85] am Verstehen, derzufolge zwischen psychischem Material und „irrealem Sinn“ differenziert werden muß, hat DILTHEY später diese innere Seite nicht mehr als psychologischen Gegenstand verstanden, sondern als *„geistiges Gebilde* von einer ihm eigenen Struktur“[86]. In den Geisteswissenschaften geht es ums Verstehen symbolischer Zusammenhänge („Sinngebilde“), in denen sich Geistiges verobjektiviert hat. Indem wir eine geistige Objektivation verstehen, enthält sie als verstandene „überall die Beziehung des Äußeren zum Inneren“[87]. „Die Naturwissenschaften ordnen (die Erscheinungen) ihren Konstruktionsmitteln unter, indem sie durch Abstraktion die Gleichartigkeit der einzuordnenden Erscheinungen mit diesen Konstruktionsmitteln herbeiführen. Die Geisteswissenschaften dagegen ordnen ein, indem sie zu allererst und hauptsächlich die sich unermeßlich ausbreitende geschichtlich-gesellschaftliche Wirklichkeit, wie sie nur in ihrem äußeren Erscheinen oder in Wirklichkeit oder als bloßes Produkt, als objektivierter Niederschlag von Leben uns gegeben ist, *zurückübersetzen in die geistige Lebendigkeit*, aus der sie hervorgegangen ist. Dort also Abstraktion, hier umgekehrt Zurückübersetzen in die volle ganze Lebendigkeit durch eine Art von *Transposition*“[88]. Das hermeneutische Verstehen erscheint als (transpositorische) Rückübertragung der geistigen Objektivation ins nachvollziehende Erleben eines inneren Sinns. Besonders anhand der *Schrift* als „dauernd fixierter Lebensäußerungen“[89] hat es sich kunstmäßig-philologisch entwickelt und ausgeformt: „Das kunstmäßige Verstehen dauernd fixierter Lebensäußerungen nennen wir *Auslegung*. Da nun das geistige Leben nur in der Sprache seinen vollständigen, erschöpfenden und darum eine objektive Auffassung ermöglichenden Ausdruck findet, so vollendet sich die Auslegung in der Interpretation der in der *Schrift* enthaltenen Reste menschlichen Daseins. Diese Kunst ist die Grundlage der Philologie. Und die Wissenschaft dieser Kunst ist die Hermeneutik“.

Hieran hat HANS-GEORG GADAMER angeknüpft, um die Hermeneutik am Leitfaden der Sprachlichkeit „ontologisch zu wenden“[90]. In der *schriftlichen* Überlieferung nämlich kommt für ihn die Sprachlichkeit als Bestimmung des hermeneutischen Gegenstands erst zu ihrer vollen Geltung: Verschriftet hat sich die Sprache von ihrem unmittelbaren Vollzug (im Reden) abgelöst und als Material literarischer Überlieferung verobjektiviert. „So ist schriftlichen Texten gegenüber die eigentliche hermeneutische Aufgabe gestellt. Schriftlichkeit ist Selbstentfremdung. Ihre Überwindung, das Lesen des Textes, ist also die höchste Aufgabe des Verstehens“[91]. Die *Idealität des Sinns*, der sich in der Stimme noch verlautend zu vernehmen vermag, hat sich entfremdet ins *Nicht-identische* eines exteriorisierten schriftlichen Ausdrucks (Sinn → Rede → Schrift), in dem sie tradierbar vergegenständlicht, dabei zugleich jedoch auch der Gefahr ausgesetzt ist, verloren zu gehen und unlesbar zu werden. Ist es einerseits also die sinnhafte Idealität des Wortes, die alles Sprachliche über die endliche und vergängliche Bestimmung eines sinnlosen Ausdrucks hinaushebt, so ist das Verstehen andererseits nichts anderes als die stete Rückverwandlung der Schriftspur in den intelligiblen Sinn (Schrift → Lesen → Sinn). Die hermeneutische Arbeit ist stets auf der Suche nach einem *präsenten inneren* Sinn, der sich in der äußerlichen Schrift vom Schreiber ebenso abgelöst und entfremdet hat wie er auch gegenüber dem Leser ein eigenes Dasein besitzt. Hermeneutik ist sinnzentriert und von dem Wunsch angetrieben, das logosartige Signifikat sich rein vor Augen zu führen, ohne sich je vom repräsentierenden Derivat der Schrift wirklich lösen zu können. „Was schriftlich fixiert ist, hat sich sozusagen vor aller Augen in eine Sphäre des Sinnes erhoben, an der jeder gleichen Anteil hat, der zu lesen versteht. Gewiß scheint Schriftlichkeit gegenüber der Sprachlichkeit ein sekundäres Phänomen. Die Zeichensprache der Schrift bezieht sich ja auf die eigentliche Sprache der Rede zurück. Daß aber Sprache schriftfähig ist, das ist für das Wesen der Sprache durchaus nicht sekundär. Vielmehr beruht diese Schriftfähigkeit darauf, daß das Sprechen selber an der reinen Idealität des Sinnes Anteil hat, der sich in ihm mitteilt“[92]. Deshalb ist Verstehen auch keine „psychische“ Transposition. Denn in der Schrift geht es um die abstrakte Idealität der Sprache. Verstehen kann deshalb nur sein: *Rückverwandlung von Schrift in Rede und in Sinn*. „Weil durch die Schriftlichkeit dem Sinn eine Art von Selbstentfremdung widerfahren ist, stellt sich diese Rückverwandlung als die eigentliche hermeneutische Aufgabe“[93].

4. IN DEN FLÜSSEN nördlich der Zukunft

Alles Schriftliche bedarf einer transpositorischen Rückverwandlung in lesbaren Sinn. Nur so kann GADAMER zufolge die Sache, die ein schriftlicher Text meint, zur Sprache gebracht werden. „Der Sinn des Gesagten soll neu zur Aussage kommen, rein aufgrund des durch die Schriftzeichen überlieferten Wortlauts“[94]. Was der extreme Fall der Fremdsprachlichkeit zeigen sollte, läßt sich besonders deutlich auch an jenen eigensprachlichen Texten dokumentieren, deren Sinn nicht unmittelbar erfaßt werden kann, bei denen also der Akt des Lesens nicht mit dem des Verstehens zusammenfällt. Das hermeneutische Verstehen hat im *hermetischen* Gedicht seinen herausforderndsten Gegenstand. Ein Gedicht, das sich weigert und eine problemlose Klarheit nicht gewährt, will dennoch verstanden werden – und sei es auch gerade *als* verschlüsseltes, „weil es nur als solches das Gedicht ist, das es ist“[95]. Das hermetische Gedicht ist wie ein Schloß, „das immer wieder zuschnappt, die Erläuterung darf es nicht aufbrechen wollen“[96]. An ihm versucht sich das literarische Verstehen als eine Möglichkeit, das zunächst Fremde sich deutend zu eigen zu machen, ohne dabei seine Identität und Besonderheit zu zerstören. – Mit seinen Kommentaren zu PAUL CELANs Zyklus „Atemkristall“ aus dem Gedichtband „Atemwende“ (1967) hat HANS-GEORG GADAMER diesen hermeneutischen Vollzug exemplifiziert. Es sind Versuche, die „Erfahrungen eines Lesers in Worte zu fassen“[97], den die Gedichte CELANs wie eine Flaschenpost mit fast unleserlich gewordenen Schriftzeichen erreicht haben. Wie GADAMER in diesen dunklen Schriftzügen „Sinn“ gefunden und entziffert zu haben meint, soll kurz an einem einzelnen Gedicht-Kommentar verdeutlicht werden.

IN DEN FLÜSSEN nördlich der Zukunft
werf ich das Netz aus, das du
zögernd beschwerst
mit von Steinen geschriebenen
Schatten.

Es kann nicht die Aufgabe des Interpreten sein, diesem Gedicht eine entschlüsselte Aussage an die Seite zu stellen. Weder kann irgendein Eindeutiges des vom Dichter Gemeinten festgestellt werden, noch ein anderer, eigentlicher Sinn, in den, wie im Falle psychoanalytischer Text-Analyse, deutend rück-übersetzt wird. Das Wortkunstwerk muß verstanden werden, ohne daß es an etwas Anderem, Vorgegebenem, eigentlich (latent) Gemeintem hinter seiner manifesten Wörtlichkeit gemessen werden kann. Es gibt nur dieses Gedicht, dessen Sinn uns offen vor Augen liegt, auch wenn wir ihn nicht zu lesen vermöchten. Und doch läßt sich *zu* diesem Gedicht etwas sagen, eine Interpretation scheint möglich und sinnvoll, eine Verstehensbemühung erforderlich. Der interpretierende Kommentar will sagen, was im Gedicht eigentlich schon gesagt worden ist, und will deutend etwas heraus-holen, was in der hermetischen Schrift eingeschlossen ist und unverständlich zu sein scheint. Er hat die paradoxe Aufgabe, „das *schließlich* zu sagen, was *dort* schon verschwiegen artikuliert war"[98]. Auch wenn diese Anstrengung nie zu einem festen und endgültigen Wissen gerinnen kann (unendlich viele Kommentare scheinen möglich, weil es hier kein Feststellen eines verborgenen Sinns geben kann, den es unabhängig von der Interpretation „gibt" und nur noch forschend aufzufinden gilt), so ist sie doch weder willkürlich und beliebig, noch bloß subjektiv impressionistisch. Sie erhebt den Anspruch, ein *Verständnis* dessen zu ermöglichen, was das hermetische Gedicht *selbst* sagt, auch wenn sie etwas *anderes* kommentierend hinzufügt. Verstehen erschöpft sich ja nicht im Rezitieren – und auch nicht im einverständigen Feststellen, daß CELANs Sprache unverständlich und kryptisch ist. GADAMER verweist demgegenüber auf eine alte hermeneutische Regel: „Wessen es bedarf, ist nicht eine kritische Beurteilung, die feststellt, daß man nicht mehr versteht, sondern dort anzusetzen, wo man zum Verständnis vorzudringen vermag, und dann zu sagen, wie man versteht"[99].

GADAMER setzt zunächst bei einzelnen Worten an. Aus ihnen (und nicht aus Gefühlen) besteht das Gedicht. Sie sind das Material, das durch die hermeneutische Anstrengung des Interpreten gleichsam „aufgefüllt" wird, um das „offene Geheimnis" der Poesie zu erkennen. Das allererste ist natürlich das Verstehen des denotativen Sinns, das für jeden, der die deutsche Sprache beherrscht, problemlos ist. Schwieriger und unkontrollierter ist die Feststellung konnotativer Bedeutungsgehalte. Sie vermittelt sich meist durch ein semantisches Wissen, in dem eine Fülle eigener Erfahrungen fixiert ist[100]. Vor der Gefahr bloß subjektiver Assoziationen aber schützt, daß auch die Konnotationen letztlich in einem gesellschaftlichen Universum von Sinn verankert sind, das für die Plausibilität der Interpretation verantwortlich ist. – *Schatten*, ein Wort, das sich als Schlußzeile des Gedichts so schwer senkt wie das, was es bedeutet. Schatten werden geworfen, aber wo sie fallen und verdunkeln, ist immer auch Licht mit da, „und wirklich, es wird hell in diesem Gedicht. Was es evoziert, ist Klarheit und Kälte eisnahen Gewässers. Die Sonne durchscheint das Wasser bis auf den Grund. Die Steine, die das Netz beschweren, sind es, die die Schatten werfen"[101]. Ein *Netz* wird *ausgeworfen*: eine Handlung reiner Erwartung; jetzt muß gewartet werden, ob man etwas fängt, ob der Fang gelingt. Die Plätze, die Fang verheißen, liegen *in den Flüssen nördlich der Zukunft*: „d. h. noch weiter draußen, außerhalb der gewohnten Wege und Fahrten, dort, wo keiner mehr fischt"[102]. Die (ungrammatikalische) Verbindung von Raum- und Zeitangabe („nördlich der Zukunft") hebt die sinnliche Konkretion des Vorgangs ins kunstvoll Poetische. Als sinnlich uneinlösliche Wortfügung verknüpft sie die Klarheit eisnahen Fanggrundes mit der Erwartung des Zukünftigen. *Zögernd beschwert* wird das Netz von einem *Du*, das durch sein Zögern weniger Unentschiedenheit oder Zweifel auszudrücken scheint als vielmehr eine erforderliche Vorsicht, um das Netz ins „stehende" Gleichgewicht zu bringen und dem Fang Erfolg zu ermöglichen („Wer das Netz beschwert, darf nicht zuviel tun und nicht zuwenig, nicht zuviel, damit das Netz nicht absinkt, und nicht zuwenig, damit es nicht obenhin treibt".)[103]. Nicht weniger einlösbar als die Verbindung „nördlich der Zukunft" ist die kühne

Metapher[104] der *geschriebenen Schatten*. Gerade die Auflösung und Irritation der sinnlich-konkreten Anschauung jedoch bezeugt hier so etwas wie Sinn: „Was geschrieben ist, läßt sich entziffern. Es bedeutet etwas und ist nicht einfach der dumpfe Widerstand des Schweren"[105]. Der Wurf in die Zukunft wird beschwert durch eine Schrift, in der gemachte Erfahrungen aufbewahrt sind. Der Fang, der glücken soll, bleibt der sprachlichen Tradition verhaftet.

Diese konnotative Kommentierung der einzelnen Worte und Syntagmen bliebe im Vagen stecken, wenn sie nicht auf eine *Sinneinheit* zu zentrieren versucht würde, die trotz aller Dunkelheit, Spannung oder Brüchigkeit als *„kohärent"* verstanden werden will. Die Konnotationen, die unüberschaubar zu werden drohen, suchen gleichsam nach einem Halt, für den das Gedicht als eine sprachliche Einheit einen gewissen Kohärenzkredit gewährt (auch wenn, streng genommen, diese Kohärenz „nur" das Ergebnis der Interpretation ist). Dieser kohärente *Sinn-Halt* muß nicht von strenger Eindeutigkeit sein. Gerade CELANs Gedichte sind im Vieldeutigen zu Hause. Aber die Forderung nach Kohärenz der konnotativen Bahnungen verhindert doch, daß die interpretatorische Wortauffüllung beliebig wird, und zeigt der Interpretation eine mögliche Richtung: „Die Logik der Konnotationen hat ihre eigene Strenge. Gewiß hat sie nichts von der Eindeutigkeit von Schlußprozessen oder deduktiven Systemen, aber auch nichts von der Willkür privater Assoziationen. Man spürt sie, wo Verständnis gelingt. Alles strafft sich im Text, der Kohärenzgrad steigt unübersehbar an und die allgemeine Verbindlichkeit der Interpretation ebenso"[106]. GADAMER glaubt einer solchen Sinneinheit von CELANs Gedicht nahezukommen, indem er den *Fang, von* dem das Gedicht spricht, als *das Gedicht selbst* interpretiert. Das „mag" nur eine interpretatorische Hypothese sein. Sie bietet jedoch *eine* Möglichkeit, die Konnotationen auf eine verborgene Einheit zu zentrieren, die das Gedicht zusammenhält. „Der Fang, der glücken soll, mag das Gedicht selbst sein. Der Dichter mag sich selbst darin meinen, daß er das Netz dort auswirft, wo Klarheit und Unberührtheit die Gewässer der Sprache ungetrübt findet und ihn erwarten läßt, daß das über alles Herkömmliche Hinausgehende seiner Kühnheit ihm einen Fang gewährt"[107]. Das Gedicht meint das eigene Gelingen dichterischer Existenz. Nicht nur ließe sich diese Interpretation GADAMER zufolge durch einen großen weltliterarischen Zusammenhang stützen („der den dichterischen Fund gern aus dunkler Tiefe, eines Brunnens oder eines Sees, hervorholen läßt"[108]), auch CELANs Intention auf die Sprache, die sich vor dem eitlen Worttreiben der Zeit zu bewahren versucht, scheint ihr entgegenzukommen. „So ist durchaus berechtigt, auch in unserem Gedicht das ganze Geschehen vom Dichter und seiner Erwartung des Wortes, das ihm gelingt, her zu verstehen"[109].

5. Vom Zirkel des Verstehens

Entgegen der tiefenhermeneutischen Kritik, die JÜRGEN HABERMAS am Universalitätsanspruch des Verstehens durch den Hinweis geübt hat, daß die psychoanalytische Sinnkritik sich im Unterschied zum hermeneutischen Verstehen „nicht nach dem Modell der Übersetzung" fassen läßt, hat sich uns das Verhältnis gerade umgekehrt zu erkennen gegeben: Während die psychoanalytische Textinterpretation eine Übersetzung im strengen Sinne ist, weil sie einen anderen unbewußten Text an die Stelle des manifest Gesagten/Geschriebenen zu setzen versucht, zielt die hermeneutische Anstrengung (für die eine fremdsprachliche Übersetzung nur der Extremfall ist) auf einen Sinn des Textes, der nirgends anders als in ihm selbst vorfindlich ist. Der hermeneutische Kommentar ist der Akt einer *Transposition*, der vom Traum einer maskierten Wiederholung des bereits Gesagten durchdrungen ist. CELANs Gedicht ist ja nicht übersetzt worden. Sein Sinn, der zum Ausdruck gekommen ist, ohne doch unmittelbar verstanden werden zu können, wurde zu *entziffern* versucht vermittels der Erfahrungen und Fähigkeiten eines Interpreten, der es „einigermaßen verstanden zu haben glaubt". GADAMER, dem das Gedicht noch nicht „ins Unentzifferbare versunken ist", hat dort eingesetzt, „wo man ein erstes, halbwegs sicheres Verständnis besitzt"[110]. Dieses *Vor-Verständnis* hat er entfaltet, um sich das Gedicht transpositorisch in seiner Sprache zu eigen zu machen. „Man wird nicht vom Text auf eine in ihrer Kohärenz vertraute Sinnwelt verwiesen. Sinnfragmente sind wie ineinandergekeilt, man kann nicht den Weg der Transposition von einer Ebene schlichten Gemeintseins zu einer zweiten Ebene des eigentlichen Gesagtseins gehen — *das eigentlich Gesagte ist vielmehr auf eine schwer beschreibbare Weise noch immer dasselbe, das die Rede meinte.* Was im Verstehen geschieht, ist nicht so sehr die Transposition als die *beständige Aktualisierung der Transponierbarkeit*, d. h. die Aufhebung aller ‚Positivität' jener ersten Ebene, die man dadurch gerade im positiven Sinne ‚aufhebt' und erhält"[111].

Nachdem zunächst (2.) am Fall des Übersetzens das hermeneutische Problem *allgemein* und dann (3.) anhand der Schriftlichkeit sinnzentriert *konkretisiert* vorgestellt worden ist, hat (4.) das kleine *Beispiel* einer Gedichtinterpretation etwas deutlicher zeigen sollen, wie sich die hermeneutische Suche nach dem Sinn tatsächlich vollzieht. An einzelne Punkte, an denen wir dabei vorbeigekommen sind, soll abschließend noch einmal in unsystematischer Form erinnert werden, um jenen hermeneutischen Hinweis besser verstehen zu können, der besonders auf Vertreter einer analytischen Wissenschaftstheorie wie ein einziger provozierender Stachel wirkt, dessen „mythologische" Wirkung aus dem Bereich der Wissenschaft es zu beseitigen gilt. Ich meine die Annahme eines *„hermeneutischen Zirkels"*, dem innerhalb hermeneutischer Reflexion eine konstitutive Bedeutung für das (literarische) Verstehen zugeschrieben wird, von seinen Kritikern jedoch nur eine mystifizierende Wirkung: *„Die Theorie des hermeneutischen Zirkels hat die Anziehungskraft einer Mythologie.* Ihr Reiz besteht darin, daß sie der wissenschaftlichen Tätigkeit des darüber reflektierenden Philosophen und Historikers *eine Art von tragischem Muster* gibt"[112]. Wie steht es um diese Tragödie, „von der man dann noch erfährt, daß es Heidegger geglückt sei, sie in der Sorgestruktur des menschlichen Daseins ‚ontologisch zu verankern': der Mensch als vorurteilsvolles und wiederholendes Wesen könne nur das an Verständnis herausholen, was er in einem Akt des Vorverständnisses zuvor schon hingelegt hatte"[113].

a) GADAMERs konnotative Kommentierung der einzelnen wörtlichen Gedichteinheiten intendierte auf eine sinnhafte Kohärenz des ganzen Gedichts, die den Konnotationen einen Sinn-Halt bieten sollte, der wiederum nur durch die Interpretation der einzelnen Elemente des Gedichts verständlich gemacht werden kann. Das hermeneutische Denken im 19. Jahrhundert reflektierte dieses Spannungsverhältnis als *Relation zwischen Einzelnem und Ganzem*. Die Textinterpretation wechselt hin und her zwischen dem Verstehen der „Teile" aufgrund einer „ahnenden Vorwegnahme des Ganzen"[114], die dann wieder anhand der Teile modifiziert, korrigiert und präzisiert wird. Das komplexe Vorverständnis des ganzen Textes ist gleichsam ein variables Auslegungsschema, dem einerseits einzelne Argumente eingeordnet werden, um sie verstehbar zu machen, das andererseits jedoch selber anhand dieser Argumente auch immer besser verständlich wird: „Wer einen Text verstehen will, vollzieht immer ein Entwerfen. Er wirft sich einen Sinn des Ganzen voraus, sobald sich ein erster Sinn im Text zeigt. Ein solcher zeigt sich wiederum nur, weil man den Text schon mit gewissen Erwartungen auf einen bestimmten Sinn hin liest. Im Ausarbeiten eines solchen Vorentwurfs, der freilich beständig von dem her revidiert wird, was sich bei weiterem Eindringen in den Sinn ergibt, besteht das Verstehen dessen, was dasteht"[115].

b) Das hat Konsequenzen für das *Subjekt* und das *Objekt* der Interpretation. Auf der einen Seite wird durch die Arbeit des Interpreten der fremde Text in seinem Sinngehalt immer besser verständlich, ohne dabei jedoch seine Identität zu verlieren. Auch wenn der gefundene Sinn das Ergebnis einer subjektiven Verstehensbemühung ist, so zielen Interpretationen doch immer auf den Sinn des Textes selbst, der in seinen Schriftzügen verborgen anwesend ist. GADAMERs Kommentare zu CELANs Gedichtfolge „Atemkristall" verstehen sich als „Entzifferungsversuche, wie die von fast unleserlich gewordenen Schriftzeichen. Niemand zweifelt, da stand etwas. Man muß vieles erwägen, erraten, ergänzen – und schließlich wird man entziffert haben, wird lesen und hören – und vielleicht richtig. Niemand kann meinen, vor solcher sorgfältigen Entzifferung etwas über die Botschaft dieser Verse wissen oder sagen zu können, ja auch nur über die Sprache, in der sie geschrieben sind"[116] – Auf der anderen Seite bewirkt die transpositorische Aneignung der fremden Sprache auch eine Veränderung des Subjekts selbst, das sich durch seinen Gegenstand ansprechen ließ und in der Erweiterung seines Verstehens die eigene Partikularität in einer höheren Allgemeinheit überwindet. „Wer einen Text verstehen will, ist vielmehr bereit, sich von ihm etwas sagen zu lassen.... Es gilt, der eigenen Voreingenommenheit innezusein, damit sich der Text selbst in seiner Andersheit darstellt und damit in die Möglichkeit kommt, seine sachliche Wahrheit gegen die eigene Vormeinung auszuspielen“[117].

c) Der „Zirkel“ von subjektivem Vorverständnis und objektivierender Korrektur dieses Verständnisses anhand der *Sinn-Daten* schlägt sich in einem bemerkenswerten Doppelstatus des geisteswissenschaftlichen Objekts nieder: der Sinn hat sich in schriftlichen *Tatsachen* verobjektiviert, die *symbolisch* strukturiert sind und in ihrem Sinngehalt interpretatorisch erhellt werden wollen. Weder sind die Objekte der hermeneutischen Sinntransposition rein linguistische Daten, die es metasprachlich zu analysieren gilt; noch sind sie rein nacherlebbare Erfahrungsdaten, die auf einer theoretischen Ebene abgebildet werden. (Es sind auch keine umgangssprachlichen Explikanda, die mittels explizierender Erkenntnissystematisierung in ihrer Bedeutung präzisiert werden können.) Es sind Symbole und Tatsachen gleichermaßen. „Deshalb muß Verstehen linguistische Analyse mit Erfahrung verbinden. Ohne den Zwang zu dieser eigentümlichen Kombination bliebe der zirkuläre Fortgang des Auslegungsprozesses in einem schlechten Zirkel befangen“[118]. Der fremde Text wird symbolisch entschlüsselt, wobei zugleich die Erfahrungen des Interpreten an seinem Material kontrolliert und in Frage gestellt werden.

d) Deshalb kann keine Interpretation endgültig sein. Als „beständige Aktualisierung der Transponierbarkeit“ kann sie nicht in einem festen Wissen stillgestellt werden, in dem interpretierter Sinn und modifiziertes Vorverständnis bruchlos zur Deckung kämen. Dem literarischen Verstehen ist ein dynamisches Moment eigen, nicht nur weil es (wie jede Erkenntnis) durch neue Tatsachen ständig neu angeregt wird und seine Hypothesen der Korrektur ausgesetzt sind, sondern weil es am gleichen Text sich immer weiter entfalten kann, ohne jemals beruhigt sagen zu können: genau das und nichts anderes ist sein Sinn. *„Interpretation ist immer unterwegs“*[119]. Das bedeutet keine skeptische Auflösung ihrer angestrebten Richtigkeit. Aber es macht deutlich, daß sich Hermeneutik nicht mehr als Kunstlehre begreift, die bestimmte Schwierigkeiten von Texten endgültig zu überwinden ermöglicht, sondern als eine richtungsweisende Orientierungshilfe hinsichtlich sprachlicher Sinndaten, die nie ganz durchsichtig gemacht werden können. Das verhindert schon der *wirkungsgeschichtliche* Fluß, in dem sich das literarische Werk ebenso befindet wie sein Interpret[120].

e) Die jeweils aktuelle Synchronie einer unabschließbaren Interpretation ist nicht nur in den diachronen Pulsschlag der Zeit hineingerissen. Sie ist „fließend" (besonders SCHLEIERMACHER hat die Metapher des Flusses benutzt, um den Gedanken des Textinterpreten zu charakterisieren)[121], weil die *Signifikate* des Textes, die der Interpret fest-zustellen versucht, selbst sich in einer *unentwegten Gleitbewegung unter ihren Signifikanten* befinden. Auch wenn es unterhalb der Signifikantenkette des CELANschen Gedichts eine Reihe denotierter Bedeutungen gibt, so drängt sich doch die Vorstellung eines Gleitens auf – „la notion d'un glissement incessant du signifié sous le signifiant"[122] –, das in JACQUES LACANs Konzeption von Sprache und Sprachverstehen zum konstitutiven Moment sprachlicher Artikulation überhaupt erklärt worden ist: „der Sinn faßt zwar *Stand (insiste)* auf der Signifikantenkette, gleichwohl hat kein einzelnes Element der Kette festen *Bestand* in der Bedeutung (ne *consiste* pas dans la signification), die ihm die augenblickliche Konstellation und Kombination der Signifikanten zuspielt und als deren Funktion er sich erweist"[123]. Das Verstehen versucht jenes Gleiten im stets riskanten Vorgriff auf einen bestimmten Sinn zur Ruhe zu bringen an bestimmten Punkten („points de capiton")[124], deren fixierte Signifikant-Signifikat-Zuordnung jedoch immer wieder verflüchtigt werden kann und muß, weil sie ihren letztgeltenden Sinn erst am imaginären Ende der Geschichte preisgeben könnten. – Für diesen hermeneutischen Vorgang, der viel mehr ist als eine bloße Heuristik von transpositorischen Vorentwürfen, die sich an den Fakten des Textes zu verifizieren oder falsifizieren hätten, liefert gerade CELANs Gedicht ein schönes Bild: in den Flüssen der Sprache wirft der Interpret sein Netz aus, das zögernd beschwert wird durch kommentierende Feststellungen, um so zum Stehen zu kommen.

Der hermeneutische Zirkel ist also alles andere als ein logischer Fehler oder tragisches Mythem. Die „Schwierigkeiten, auf die ein *Logiker* stößt, wenn er versucht, sich mit hermeneutischer Literatur zu beschäftigen"[125], liegen eher in dessen Blick begründet als in der Sache, die er unter logischem Gesichtspunkt zu lesen versucht: denn es geht beim Verstehen ja gar nicht um eine logisch-semantisch explizierbare Erkenntnissystematisierung, sondern um die eher spiral- als kreisförmige Vertiefung eines unabschließbaren

Verständnisses, das anhand schriftlicher Texte ein Sinn-Explicatum zu erstellen versucht, an dem es sich zugleich zu erweitern sucht. „Logisch" kann diese arretierende Bewegung nicht rekonstruiert werden, folglich auch nicht als „circulus vitiosus" verurteilt, weil das hermeneutische Verstehen in seiner sinnzentrierten Suche nicht mit einem logisch-deduzierenden Begründen gleichgesetzt werden kann. Schließlich terminiert das Verstehen nicht zirkulär in Theoremen, die mit bestimmten Prämissen bereits gesetzt worden wären, sondern aktualisiert beständig die grundsätzliche Möglichkeit einer Transponierbarkeit, die kein Ende findet, auch nicht in ihrem Anfang. – Und einem *„tragischen Muster"* scheint es nur im Licht einer szientistisch verabsolutierten Vernünftigkeit zu unterliegen, die jede Kenntnis an ihrem eigenen Maßstab mißt. Denn was soll an einer Forschung „tragisch" sein, die mehr ist als bloß die Suche nach etwas, das es gibt und nur noch aufzufinden gilt, mehr also auch als jede wissenschaftliche Erkenntnis einer vom Subjekt getrennten Gegebenheit? „Gewiß soll keine Interpretation all das, was die Wissenschaft an hilfreicher Erkenntnis beizutragen vermag, verschmähen, aber ebenso sicher wird sie sich nicht auf solches beschränken, was auf diese Weise ‚erkannt' wird, und auf das eigentliche Wagnis der Interpretation verzichten dürfen – und das besteht darin, zu sagen, wie man versteht"[126].

§ 6 Materialistische Kritik

1. Mythos vom Lesen

Während jede einzelne Interpretation eines Werkes sagen können muß, *wie* man versteht, intendiert die Hermeneutik allgemein auf das Phänomen, *daß* man versteht. Insofern ist sie „Grundlagenforschung" der Interpretation. Dabei geht es ihr weniger um die besonderen Mechanismen des Verstehens als um die *Garantien*, die Verstehen als solches möglich machen. Hermeneutik läßt sich verstehen als Nachweis solcher Garantien, die uns vor den Gefahren des grundsätzlichen Unverständnisses und totalen Kommunikationsabbruchs – in der Horizontalen intersubjektiver Verständigung zwischen Zeitgenossen oder in der Vertikalen des Verstehens geschichtlicher Überlieferung – schützen sollen. Diese Garantien können durchaus unterschiedlich akzentuiert sein: *erkenntnistheoretisch*, indem der Interpret und sein Gegenstand als Momente desselben Sinnzusammenhangs begriffen werden, als Mitspieler in einem Spiel, auch wenn es sich hinter ihrem Rücken vollziehen mag; oder *übersetzungstheoretisch*, indem auf die Tendenz zur Selbsttranszendierung gesetzt wird, die in jeder einzelnen Sprache angelegt ist und auf Sprache überhaupt abzielt; oder *gesprächsanalytisch*, insofern Verstehen als Vollzugsform des menschlichen Soziallebens begriffen wird, „das in letzter Formalisierung eine Gesprächsgemeinschaft ist"[1], in der jeder sich prinzipiell in die Situation des anderen versetzen kann, weil beide sich stets verstehend zu einer höheren Allgemeinheit erheben können, die die eigene wie die andere Partikularität überwindet; oder *logozentrisch*, indem der Sinn oder die Vernunft oder die Wahrheit als intelligible Zentren nichtidentischen sprachlichen Ausdrucks genommen werden, zu denen jeder, der lesen kann und hören kann, gleichermaßen Zugang hat; oder *wirkungsgeschichtlich*, weil jede Antizipation von Sinn, die unser Verständnis leitet, sich aus einer Gemeinsamkeit bestimmt, die uns mit der Überlieferung verbindet und in eine Kette (ein „Überlieferungsgeschehen") vergangener Interpretation eingliedert, die sich als „Tradition" auch gegen die Diskontinuität der faktischen Geschichte zu behaupten vermag. Wie auch immer: Der universelle Anspruch der Hermeneutik bleibt stets auf das Konzept einer „Einheit sprachlicher Weltauslegung"[2] bezogen, in die alles zu integrieren versucht wird, was uns als unverständlich oder als nicht allgemein begegnet. GADAMER zufolge können wir auf die *„Sprachlichkeit"* selbst als tragender Garantie möglichen Verstehens vertrauen. Sie gilt als das universelle Medium, das zeitgenössische Individuen, fremde Kulturen und geschichtliche Horizonte „verstehbar" vermittelt.

Radikale Kritik an diesem Ansatz ist aus der Position eines *Materialismus* geübt worden, der die Sprachlichkeit des Menschen als Fundamentalkategorie ablehnt und *außersprachliche Realitäten* als eine Basis ins Spiel bringt, die der Sprache auch solche Fallen stellen kann, aus der sie sich selbst nicht zu befreien vermag. Reflektiert wird auf jene Bewegung, die seit dem Ende des 18. Jahrhunderts die Sprache als repräsentierendes Sinnmedium zurückdrängt und in der Arbeit (Politische Ökonomie), im Leben (Biologie), ja in der Sprache selbst, in einer „zum Objekt gewordenen" und vom ideativen Sinn abgekoppelten Sprache (Philologie, Linguistik), die Realitäten sucht, die unserer diskursiven Verständigung zugrunde liegen und sie ermöglichen. Statt einen Sinn oder eine Wahrheit des Gesagten/Geschriebenen zu entziffern, handelt es sich darum, „die Wörter, die wir sprechen, in Unruhe zu versetzen, . . ., die Mythen aufzulösen, die unsere Wörter beleben, den Teil des Schweigens erneut hörbar und laut zu machen, den jeder Diskurs mit sich trägt, wenn er ausgesagt wird"[3]. Im Materialismus von KARL MARX hat diese Bewegung einen ihrer Höhepunkte: aufgelöst wurden die Mythen einer Idealität, die in der Sprache repräsentiert wird, eines Ohres, das zu hören, und eines Auges, das zu lesen vermag, um im Wort die ihm innewohnende Wahrheit zu erfassen. All das wurde nun kritisiert als Mythos einer Lektüre, die insofern als „religiös" gelten kann, als sie die Sprachlichkeit zur Garantie des Verstehens erklärt, ohne in ihr das *Schweigen* jener nicht-sprachlichen Realität zu vernehmen, das ihr zugrunde liegt. Besonders der *Geschichte* kommt in diesem Zusammenhang eine privilegierte Rolle zu. Denn zu ihr ging MARX, um den (hermeneutischen) Mythos vom Lesen aufzuspüren, über und deckte auf, „daß die in Büchern enthaltene Geschichte der Menschen dennoch kein auf den Seiten eines Buches niedergeschriebener Text ist und daß die Wahrheit der Geschichte nicht aus ihrem offenkundigen Diskurs herausgelesen werden kann; denn der Text der Geschichte ist kein Text , worin eine Stimme (der Logos) spricht, sondern das unhörbare und unlesbare Sichbemerkbarmachen der Auswirkungen einer Struktur der Strukturen"[4]. Während hermeneutisch die Geschichte nur als vertextetes und beständig aktualisierbares Überlieferungsgeschehen thematisiert wird, wird sie hier begriffen als eine diachrone Struktur synchroner Strukturen, deren Auswirkungen sich zwar „bemerkbar" machen, die selbst jedoch stumm ist. Denn die Geschichte antwortet nicht. Sie ist auf eine paradoxe Art und Weise nur als die *Frage* zu rekonstituieren, auf die der Text[5], den es zu lesen und zu verstehen gilt, eine Antwort ist. Sie ist als Unlesbares – unlesbar – im Lesbaren als dessen Frage enthalten. Das Problem der materialistischen Text-Kritik, welche die Erkenntnis von Texten nicht auf ihre Lektüre beschränken kann und will, ist das Verhältnis von Lesbarkeit und Unlesbarkeit im Lesen selbst, die dialektische Einheit von sprechendem Text und seinen schweigenden Bedingungen, auf die er antwortet. Das erklärt die Anstrengung einer materialistischen Lektüre, die mit dem Mythos des Lesens brechen und zur realen Geschichte übergehen mußte, zu einer Geschichte allerdings, die doch nur das Unlesbare jener Texte sein kann, in denen es sich als *deren* Stummheit bemerkbar macht. In vergleichbarem Zusammenhang hat ALTHUSSER von einer *„symptomatischen"* Lektüre gesprochen, da „sie in einem einzigen Prozeß das Verborgene in dem gelesenen Text enthüllt und es auf einen anderen Text bezieht, der – in notwendiger Abwesenheit – in dem ersten Text präsent ist“[6].

Daß eine solche Lektüre zugleich „radikal-kritisch“[7] sein muß, weil sie in den stummen Bedingungen, die im geschichtlichen Verstehen zur Sprache kommen, zugleich die *kritisierbaren* Ursachen der Textproduktionen sieht, läßt sich gerade an der materialistischen Kritik dokumentieren, die an der Hermeneutik geübt worden ist. Denn die hermeneutische Suche nach Garantien des Verstehens, die letztlich in der universalen Sprachlichkeit des Menschen ihr Ende findet, kann nun selber als Antwort auf eine abwesende Frage gelesen werden, die in der Geschichte (und nicht in den Texten der Hermeneutik) ihren Ort hat: Hermeneutik wird materialistisch kritisiert als symptomatisches „Sichbemerkbarmachen der Auswirkungen“ einer *universalisierten Tauschhandlung*, die aufs engste mit dem Aufstieg der *bürgerlichen Gesellschaft* verbunden ist. Hier hat der hermeneutische Impuls nach „Einheit der Weltauslegung“ seinen historischen Grund: die Tendenz auf Integration, das Streben, Distanzen transpositorisch zu überwinden und verstehend mit dem Fremden, dem zunächst Unverständlichen eins zu werden, dieser Anspruch, die bewußtgewordenen Erfahrungen der Differenz hinter sich zu lassen[8], ist nichts anderes als die Antwort auf eine reale geschichtliche Situation, in der sich das bürgerliche Individuum – besonders in der grundlegend wirtschaftlichen Sphäre – einerseits als ein isoliertes Subjekt erfährt, dem alle anderen, mit denen es durch Kauf und Verkauf in Beziehung tritt, fremd sind, zugleich jedoch andererseits auch als ein gleiches Subjekt unter Gleichen, da nur so die Tauschhandlungen verallgemeinerbar und ihre Waren äquivalent sein können. „Interesse an der Entschlüsselung des fremd gewordenen Anderen, wie es sich in der vom Tauschprinzip regierten Lebensform einstellt, sieht also das Kommensurable am Inkommensurablen, das Gleiche im Verschiedenen – ökonomisch gesprochen: die Einheit des Tauschwerts in der Verschiedenheit der Produkte und damit die gesellschaftliche Allgemeinheit in der

individuellen Besonderheit, wie es dem Doppelcharakter des Austausches entspricht"[9]. Was sich bei GADAMER als geschichtlich nicht bestimmte Erfahrung zeigt, die Kritik der eigenen Borniertheit und die Aneignung fremder Möglichkeiten im Akt des Verstehens, ist die Auswirkung einer geschichtlichen Struktur und verweist symptomatisch auf jene außersprachliche Situation, in der „die Notwendigkeit von Arbeitsteilung, Austausch der Produkte, universaler Zirkulation zum bestimmenden Moment der gesellschaftlichen Synthese geworden ist"[10]. So erweist sich die Hermeneutik im Blick materialistischer Kritik als Symptom einer bürgerlichen Lebenspraxis, die nur im Tausch die Fremdheit ihrer gesellschaftlichen Monaden aufzuheben versprechen kann. Ihre Texte werden nicht gelesen als Ausdruck einer „Idealität des Sinns", sondern als Texte einer dem Menschen entfremdeten Geschichte, die als solche frag-würdig geworden ist.

Damit ist nun auch, um zu unserem eigentlichen Thema zurückzukommen, das wir allerdings nie aus den Augen verloren haben, das Verhältnis von fremdem Text und eigenem Verständnis, von Irrationalem und Rationalem, von Unverständlichem und Verstehbarem materialistisch anders zu akzentuieren. Denn jetzt entzieht sich das Fremde, das Unverständliche, das Nichtkodifizierte einzelner Texte der Autonomie eines lesenden hermeneutischen Bewußtseins in dem Maße, in dem es als antwortendes Symptom stummer Bedingungen, geschichtlichen Schweigens erkannt werden kann. (Als wirklich unverständlich müßte folglich materialistisch jener Text gelten, für den keine geschichtliche Frage zu formulieren ist.) Die fremde Rede, die den Rahmen kodifizierten Sinnes überschreitet, wird nicht in eine höhere Ebene allgemeiner Sprachlichkeit zu integrieren versucht, sondern materialistisch kritisiert als Sichbemerkbarmachen solcher objektiven Bedingungen, die es zu verändern gilt, damit der Mensch endlich als Subjekt der von ihm entfremdeten Geschichte eingesetzt werden kann. Imaginiert wird eine utopische Zeit, in der die Hermeneutik überflüssig geworden wäre, weil wir die Geschichte als aufgeschlagenes Buch unserer Wesenskräfte direkt zu lesen vermöchten. – Lassen wir uns diesen Anspruch an zwei Beispielen materialistischer Textkritik verdeutlichen.

2. Faust-Diskussion ...

Nachdem er mehr als dreißig Jahre daran gearbeitet hatte und endlich nichts mehr daran zu tun wußte, hat GOETHE 1831, ein halbes Jahr vor seinem Tod, das Manuskript von *Faust, Der Tragödie zweiter Theil* eingesiegelt, daß es verborgen bleibe[11]. Er wußte, daß sich dieser Text dem Verständnis seiner Zeitgenossen entziehen mußte, daß seine Sprachlichkeit auf allgemeines Unverständnis stoßen mußte. Bewußt hatte er ein unverständliches Werk geschrieben, ein hermeneutisches Ärgernis für jenes Jahrhundert, dem doch sein literarisches „Hauptgeschäft" gerade gelten sollte, ein exzentrisches Monument, dessen fremde Dunkelheit nur Anlaß für Parodien zu bieten schien. 1862 erscheint FRIEDRICH THEODOR VISCHERs *Faust, Der Tragödie dritter Theil, „treu im Geiste des zweiten Theils des Götheschen Faust gedichtet von Deutobold Symbolizetti Allegoriowitsch Mystifizinsky"*[12]. Auch die „Gesellschaft der an Göthes Faust sich zu tot erklärt habenden Erklärer" scheitert an einem Werk, das wesentlich durch seine *allegorische* Form das Unverständnis der Zeit provozieren mußte. Man war noch nicht bereit, die allegorische Verschlüsselung aufzulösen, den Anspruch der Allegorie als einer ungesättigten Form interpretatorisch einzulösen, die seit der aufklärerischen Allegoriekritik des 18. Jahrhunderts als verborgene Theologie und delirierende Spekulation allgemein verpönt war[13].

Hundert Jahre nach Beendigung des Faust II hat GEORG LUKÁCS, mit einem aus der geschichtlichen Distanz stammenden Vorteil des Literaturhistorikers, als erster auf die *Gesellschaftsgeschichte* zurückgegriffen und nachträglich die gesellschaftliche Realität aufgezeigt, auf die uns der Faust II eine Reihe von Antworten gibt[14]. Als materialistischer Kritiker des 20. Jahrhunderts hat er die Frage formuliert, nach der Faust II fragt, eine Frage, die das Werk schweigsam mit sich trägt und für GOETHEs Generation unhörbar geblieben ist: es ist die Frage nach den Strukturen und Grenzen bürgerlich-kapitalistischer Lebensverhältnisse, die sich für GOETHE nicht mehr lebendig, sondern nur noch in ihrer allegorischen Abstraktheit erfahrbar dargestellt hatten. Materialistische Faust-Interpretationen – von LUKACS bis METSCHER und PICKERODT – haben die stummen Gründe zu benennen versucht, die als geschichtliche Realität im Text ihre Spuren hinterlassen haben. Sie haben Faust II aus seiner monumentalen Dunkelheit ins helle Licht eines sozialgeschichtlichen Gehalts gestellt, der sich in ihm, wie verschlüsselt auch immer, literarisch dokumentiert. Sie haben die gesellschaftliche Wirklichkeit hörbar und laut gemacht, die das Werk schweigsam beinhaltet.

THOMAS METSCHER, dessen literarhistorischer Essay „Faust und die Ökonomie" eine Reihe namhafter materialistischer Kritiker zu einer noch gegenwärtigen Faust-Diskussion veranlaßte, hat sein Verfahren als *„sozialgeschichtliche Rekonstruktion"* gekennzeichnet: „Es geht dabei um ein analytisches, genetisch-rekonstruierendes In-Beziehung-Setzen eines Textes zur gesellschaftlichen Wirklichkeit, der er entstammt und auf die er als Text verweist (Begriff des ‚sozialhistorischen Substrats') mit dem Ziel der Bestimmung seines Wirklichkeitsgehalts, der Rekonstruktion der in ihm aufgezeichneten gesellschaftlichen Erfahrungen"[15]. Das zunächst Unverständliche, das allgemein als parabolische Verschlüsselung[16] vorverstanden wird und nur als solche ja überhaupt eine Interpretation zu erfordern vermag, wird also *in Beziehung gesetzt* zu einer außersprachlichen Realität, die sowohl als Quelle wie auch als Referenzgeschichte des poetischen Textes sichtbar gemacht werden soll. Diese Relation verbalisiert sich in der grundlegenden Kategorie des *Meinens*: x meint y. Vom Ausdruck des literarischen Textes, von der poetisch-fiktiven Zeichenverkettung wird meinend (interpretatorisch) übergegangen zur geschichtlich-gesellschaftlichen Wirklichkeit, zum „realen Gegenstand" des Faustdramas. Er wird enthüllt als das sozialhistorische Substrat des Textes, der gleichsam aus zwei verschiedenen Teilen oder Schichten besteht: der lesbaren Äußerlichkeit seiner Zeichen und Zeichenkonfigurationen, die in rätselhafter Fülle auf den Leser einströmen und ihn – einem Regenbogen gleich – durch ihren farbigen Glanz verwirren, und der unlesbaren Essenz seines schweigsamen Gegenstands, der begrifflich freigelegt werden muß, extrahiert und enthüllt aus der Maskierung seines poetischen Gewandes, damit das verstehende Subjekt begreift, was das reale Substrat des Textes ist, in dessen „farbigem Abglanz" es sich abspiegelt[17]. Dieses Meinen betrifft alle Ebenen des Werkes: es reicht von den einzelnen *Gestalten* (Faust – und sein alter ego Mephisto – meinen das bürgerliche Klassensubjekt; die Lemuren des 5. Aktes meinen ein disponibles Heer von Arbeitern, die wie Gespenster des Kommunismus umhergehen)[18] und *Worten/Wortfeldern* (die Reihe „Wort-Sinn-Kraft-Tat" in der Studierzimmerszene meint einen Prozeß progressiver Theoriebildung der sich entwickelnden Gesellschaft)[19] über kleine *allegorische Bedeutungsszenen* (die Zerstörung der Idylle von Philemon und Baucis meint die ursprüngliche Akkumulation als expropriierende Gewalt ökonomischer Potenz)[20] und *dramatische Akte* (der Schluß des Faust meint die Antizipation eines tätig-freien Lebens aller im Arbeitsprozeß assoziierten Individuen; „Auf freiem Grund mit freiem Volke stehen" (V. 11 580) meint also ein (sozialistisches?) Gemeinwesen freier und gleicher Menschen auf der Basis einer humanen Naturaneignung)[21] bis zur *Gesamthandlung* des Faust II: „Der ‚reale Gegenstand' des Faust ist die Geschichte der bürgerlichen Klasse in ihrer revolutionär-emanzipatorischen Phase – vom 16. Jahrhundert bis zur Industriellen Revolution"[22], wobei die sozialhistorische Bewegung bis hin zur Vorwegnahme einer von Klassenherrschaft freien Gesellschaft der Arbeit verläuft.

Lesbar, aber unverständlich ist Faust II durch die besondere Struktur seiner *poetischen* Sprache, die sich wörtlichem Verstehen und natürlicher Anschauung entzieht; gefordert wird eine Erkenntnis, die genauer begreift und die poetische Form auf ihr eigentlich gemeintes Substrat hin interpretiert. *Unlesbar, aber verständlich* dagegen ist Faust II durch die *begriffliche* Analyse, die aus dem literarischen Gewand die gemeinte Essenz subtrahiert und uns als geschichtliche Wirklichkeit vor Augen führt. – Damit waren einer Faust-Diskussion mehrere Ansatzpunkte gegeben. Das Verhältnis zwischen Lesbarkeit und Unlesbarkeit ist zu prekär, um relationale Eindeutigkeit zu ermöglichen. Zum einen konnten einzelne Ergebnisse des In-Beziehung-Setzens in Frage gestellt werden: x meint nicht y, sondern z. Besonders HEINZ SCHLAFFERs Revision der Interpretation von Fausts Ende ist bemerkenswert. Überzeugend demonstriert er, daß Fausts letzte Verse nicht GOETHEs dunkles Testament für die sozialistischen Erben sind, sondern seine hellsichtige Warnung vor den Konsequenzen der kapitalistischen Ökonomie, in der – wenn überhaupt – das Proletariat als Ameisen und Greife, Pygmäen und Daktyle (Finger), schließlich gar als maschinenartige, aus Bändern, Sehnen und Gebeinen geflickte Lemuren zum Objekt geworden ist[23]. Zum andern konnten die „Radikalität" des Übersetzungsverfahrens problematisiert und METSCHERs eigene Bedenken weitergeführt werden, dem ja besonders angesichts seiner Interpretation des Schlußteils selbst Zweifel gekommen waren: „Weniger als in den anderen Teilen kann hier gesagt werden, daß Goethe bewußt ‚gemeint' habe, was die Interpretation erschließt. Wir sind gezwungen, den Text ständig auf unsere eigenen historischen Kenntnisse und Erfahrungen zu beziehen. Erst aus seiner direkten Konfrontation mit den realhistorischen Abläufen wird es möglich sein, den literarischen Text in seiner Bedeutung *für uns* zu erschließen, d. h. im Lichte seiner sozialhistorischen Rekonstruktion lesen zu lernen"[24]. Und da diese realhistorischen Abläufe weitgehend in der begrifflichen Erkenntnissprache von MARX zitiert werden, konnte der Vorwurf nicht ausbleiben, für METSCHER werde der Fausttext immer wieder zu einem Marxismus avant la lettre[25], der Professor der Literaturgeschichte also zum Formulierungshelfer des terminologisch noch etwas unbeholfenen Dr. Faust. Auch der materialistische Kritiker dürfe es sich nicht so einfach machen, in den poetischen Text nur eine begriffliche Interlinearversion[26] einzutragen, um seine literarische Dunkelheit sozialhistorisch aufzuhellen. Was fehlte war, die ästhetische Formbestimmtheit von Faust II, seinen allegorischen Charakter selbst noch „aus der begrifflichen Struktur von Goethes und seines Jahrhunderts gesellschaftlicher Erfahrung herzuleiten“[27].

Dieser Aufgabe, deren Lösung allererst die sozialgeschichtliche Rekonstruktion des Textes *begründen* kann, da sie ihn als bewußt verschlüsseltes und versiegeltes Werk nachweist und seine allegorische Beziehung zur gesellschaftlichen Realität als begrifflich aufzuklärende Notwendigkeit aufzeigt, hat SCHLAFFER sich mit seiner bereits vor mehreren Jahren versprochenen Arbeit *Faust Zweiter Teil: Die Allegorie des 19. Jahrhunderts*[28] gestellt. Wird durch den Doppelpunkt des Titels zunächst die epistemologische Trennung zwischen literarischem Realobjekt und literaturgeschichtlichem Erkenntnisobjekt festgehalten und zugleich aufgehoben, da Faust II ja als Allegorie des 19. Jahrhunderts *erkannt* werden soll, so konkretisiert sich die Untersuchung auf die materialistische Kritik der *allegorischen Form* des Dramas selbst, die als solche die gesellschaftliche Realität des 19. Jahrhunderts genauer ästhetisch darzustellen vermag als jeder „unverschlüsselte“, realistische, unmittelbar eingängige Text. Denn die allegorische Poesie begründet sich aus der Konstitution einer Welt, die selbst allegorisch geworden ist, deren Lebendigkeit und „Wirklichkeit“ in *Abstraktionen* abgewandert ist: „Abstraktion“ ist der Schlüsselbegriff, auf den sich die Fülle der in Faust II dargestellten Phänomene bringen läßt, Schlüssel zur Brechung seines Siegels, zugleich aber auch die Grundstruktur des Zeitalters, das mit dem 19. Jahrhundert heraufzieht. So verweist Faust II von seiner allegorischen Anlage aus von der fiktiven Welt der Sprachkunst auf die reale Welt der Geschichte[29]. Die Reduktionen der Individualität, die ständigen Maskierungen, in denen Allgemeinbegriffe phantastisch verziert auftreten, der beständige Mummenschanz, der Sprachrohrcharakter der Personen, die aneinander vorbei „ad spectatores“ reden, um abstrakte Bedeutungen mitzuteilen, der hierarchische Aufbau allegorischer Felder als dramatische Kompositionsform, die Abstraktifizierung von Zeit, Natur, Sinnlichkeit und unmittelbarem Leben zugunsten einer *abstrakten Welt* des Marktes, des Geldes, des historischen und theoretischen Wissens, die ästhetisch sich im Übergewicht von Reflexion, Konstruktion und Künstlichkeit manifestiert –: Faust II meint die bürgerliche Gesellschaft als „Abstraktion in actu". Mit diesem widersprüchlichen Begriff hatte MARX das *Kapital* gekennzeichnet, als obersten Begriff und bestimmende Wirklichkeit einer warenproduzierenden Gesellschaft als handlungsfähiger Abstraktion[30]. „Sie verkörpert sich in verschiedenen Personifikationen, sie leiht den Individuen die Charaktermasken, mit denen sie sich auf dem Markt gegenübertreten und läßt eine bunte Welt künstlicher Erscheinungen aus einer kargen Logik hervorgehen. Zugleich mit den verkörperten Abstraktionen entstehen die abstrakten Individuen. Die bürgerliche Gesellschaft, von der die Philosophen und Künstler des 18. Jahrhunderts die endgültige Befreiung der konkreten Individualität erhofft hatten, gebiert Allegorien"[31]. SCHLAFFER sieht sie mit Faust II symptomatisch die Bühne betreten und in die dramatische Darstellung der Trägödie eingehen.

Ästhetische Mimesis gesellschaftlicher Abstraktion ist immer aber auch – in materialistischer Perspektive – *radikale Kritik* der allegorischen Welt. Wie MARX hinter Personifikationen und Charaktermasken die ökonomische Abstraktion entdeckt und zugleich als solche kritisiert, weil er in der lebendigen Realität des Subjekts zwar eine Selbsttäuschung, zugleich jedoch auch ein Ziel sieht, das nur durch die Negation der negativen Abstraktion erreicht werden kann, so hat GOETHE die Allegorie zur Repräsentation allegorischer Verhältnisse gewählt, um sie damit in Frage zu stellen. Der materialistische Kritiker entschlüsselt das Werk als die ästhetische Antwort auf die Ansprüche einer gesellschaftlichen Realität, die es zu *verändern* gilt. Faust II ist die angemessene Antwort auf eine Frage – „weil im Gegenstand selbst, der Abstraktheit moderner Lebensverhältnisse, begründet"[32] –, die als solche in Frage gestellt wird: „Da aber diesem Gegenstand, der Abstraktion, Goethes Kritik gilt, darf auch seiner adäquaten Form nicht das letzte Wort gehören. Sie soll eine vorläufige Form sein, herrschend, solange die Unnatur herrscht, die sie verkörpert, aber begrenzt von einer ‚wahren' Natur, die sich durch Widersprüche im Zentrum und durch Ausblicke am Rande der allegorischen Welt in Erinnerung bringt"[33]. Mag dabei für den bürgerlichen Dichter der Mythos einer wahren Natur und die Religion einer schönen Liebe zum „Ewig-Weiblichen" (V. 12 110) die Negation des Lebens negieren und die Allegorie begrenzen, so kann es für den materialistischen Kritiker nur die Veränderung der Lebensverhältnisse selbst, die Abschaffung des Kapitals als herrschender Abstraktion sein. Aber diesen Gedanken können wir im Text des Literaturhistorikers selbst nur zwischen den Zeilen lesen.

3. ... und Expressionismusdebatte

Hatte GOETHE die Abstraktion als gesellschaftliche Erfahrung und (ökonomische) Grundstruktur seines Zeitalters ästhetisch gestaltet in einem monumentalen Werk, das er vor den Augen und Ohren seiner Zeitgenossen versiegeln mußte, weil seine Geschichte noch nicht lesbar war, so hat der entwickelte bürgerliche Imperialismus des beginnenden 20. Jahrhunderts eine lautstarke künstlerische Protestbewegung herausgefordert, die so provokant wie möglich ihren gesellschaftichen Erfahrungen expressiven Ausdruck zu verschaffen suchte: nicht die Abstraktion, sondern die *Zerrissenheit* der Wirklichkeit war Realitätsgehalt einer *expressionistischen Bewegung*, die – im zeitgeschichtlichen Umfeld des 1. Weltkriegs – zwischen 1910 und 1920 ihr großes Jahrzehnt hat. Gesellschaftliche Zerbrochenheit, allgemeiner Realitätszerfall (von den „kosmologischen Werten"[34] über bürgerliche Lebensverhältnisse[35] bis zur dissoziierten Subjektivität[36]) und eine weitgehend nihilistische Orientierungslosigkeit[37]

Wenn die Irrtümer verbraucht sind
Sitzt als letzter Gesellschafter
Uns das Nichts gegenüber

finden ihren ästhetischen Ausdruck[38] in einer Kunst, die zutiefst widersprüchlich ist: denn die Erfahrung der Zerstörung setzt ja zugleich neue künstlerische Möglichkeiten frei, durchaus revolutionär, zumindest avantgardistisch Produktives, das an den Bruchstücken einer zerfallenen gesellschaftlichen Welt neue suggestive und evokative Kräfte zu entfalten versucht. Auch der Zerfall der Sprache, die – wie beim Ramschverkauf – nur noch in ihren Wortpartikeln greifbar war, weil jede Aussage durch ihre Ganzheit[39] bereits verdächtig war, wurde schöpferisch verarbeitet in einer Sprachkunst, in der eine neue expressive „Wirklichkeit" montageartig erprobt wurde: evokative Äquivalenz[40] statt abbildender Symbolisierung, eine rätselhafte und provozierende, gleichwohl jedoch souverän gestaltete Unordnung statt einer klaren und deutlichen Aussagestruktur, die als solche doch nur „aufgelesen"[41] sein könnte.

Gottfried Benn

Nachtcafé

824: Der Frauen Liebe und Leben.
Das Cello trinkt rasch mal. Die Flöte
rülpst tief drei Takte lang: das schöne Abendbrot.
Die Trommel liest den Kriminalroman zu Ende.

Grüne Zähne, Pickel im Gesicht
winkt eine Lidrandentzündung.

Fett im Haar
spricht zu offenem Mund mit Rachenmandel
Glaube Liebe Hoffnung um den Hals.

Junger Kropf ist Sattelnase gut.
Er bezahlt für sie drei Biere.

Bartflechte kauft Nelken,
Doppelkinn zu erweichen.

B-moll: die 35. Sonate
Zwei Augen brüllen auf:
Spritzt nicht das Blut von Chopin in den Saal,

damit das Pack drauf rumlatscht!
Schluß! He, Gigi! –

Die Tür fließt hin: Ein Weib.
Wüste eingedörrt. Kanaanitisch braun.
Keusch. Höhlenreich. Ein Duft kommt mit. Kaum Duft.
Es ist nur eine süße Vorwölbung der Luft
gegen mein Gehirn.

Eine Fettleibigkeit trippelt hinterher[42]

Zwanzig Jahre später, 1937, hat sich an GOTTFRIED BENN, der unterdessen „der plump und kreischend lügenden Propaganda des deutschen Faschismus wirklich verfallen war“[43], eine Debatte entzündet, die zunächst von der provozierenden These ausging, daß der Expressionismus eines Geistes Kind gewesen sei, der direkt in den Faschismus führt[44], um sich schließlich zu einer marxistischen Grundsatzdiskussion über den *Realismus* in der Kunst auszuweiten: „Es geht um den Realismus“[45], um das Verhältnis von Erscheinung und Wesen, Inessentiellem und Essenz, Oberfläche und Tiefe, Unmittelbarkeit und Erkenntnis. Es geht um die Legitimation und den Sinn einer Literatur, die von sich sagen konnte: „Nichts – aber darüber Glasur“[46]. Diese Debatte war nicht nur, besonders für die an ihr beteiligten Schriftsteller und Künstler der Emigration, von direkter geschichtlicher Relevanz, sondern kann auch uns heute noch systematisch interessieren. Besonders die extremen Positionen von GEORG LUKÁCS und ERNST BLOCH demonstrieren die ganze Spannweite materialistischer Kritik[47].

Bereits dreieinhalb Jahre *vor* der eigentlichen Debatte in der Zeitschrift „Das Wort“ hatte LUKÁCS, damals Mitarbeiter am Moskauer Philosophischen Institut der Akademie der Wissenschaften, in *„Größe und Verfall“ der Expressionismus* jene grundsätzliche Kritik formuliert, die er dann als „verspäteter Teilnehmer“[48] der Auseinandersetzung im „Wort“, jetzt gewendet gegen Überlegungen ERNST BLOCHs, genauer expliziert hat: gesellschaftlich eingeschätzt als eine Bestrebung, die Wirklichkeit vom

Standpunkt[49] des bürgerlichen Intellektuellen aus gedanklich und künstlerisch zu bewältigen, und parteipolitisch in den Schubkasten der USP-Ideologie gelegt, ist der Expressionismus für LUKÁCS ein gescheiterter Versuch; gescheitert, weil er sich verfing in den bloßen Erscheinungsformen der Realität, in ihrer ideologischen Oberfläche, ohne ihr tatsächliches (ökonomisches) Wesen zu berühren, geschweige denn zu treffen. Die Zerstörung der Grammatik befreit nicht vom Kapitalismus. (So ist auch die expressionistische Großstadtlyrik, aus der wir ein Gedicht BENNs zitiert haben, für ihren Kritiker nicht viel mehr „als eine etwas übersteigerte ironisch-zugespitzte Zustandsschilderung aus dem Kaffeehausbohèmeleben der Intelligenz“[50], ohne jedes Verständnis für die gesellschaftlichen Kräfte und Wurzeln der Erscheinungen.) Bloß leidenschaftlich fixiert auf eine Wirklichkeit, die nur als „Chaos“, „also als etwas Unerkennbares, Unfaßbares, ohne Gesetze Existierendes aufgefaßt wird“[51], abstrahieren die Expressionisten gerade in ihrer gewollten Unmittelbarkeit von der „objektiven Wirklichkeit“. Sie bleiben auf dem Niveau der Unmittelbarkeit[52] stehen, sehen nur die Zerrissenheit des gesellschaftlichen Lebens, ohne den objektiven Zusammenhang, die „Totalität“ zu begreifen, artikulieren Erlebniswirklichkeit statt objektiver Realität und werden gerade dadurch „abstrakt“ und eingleisig. Denn sie „graben nicht nach dem Wesen, das heißt nach dem wirklichen Zusammenhang ihrer Erlebnisse mit dem wirklichen Leben der Gesellschaft, nach den verborgenen Ursachen, die diese Erlebnisse objektiv hervorbringen, nach jenen *Vermittlungen*, die diese Erlebnisse mit der objektiven Wirklichkeit der Gesellschaft verbinden. Sie schaffen im Gegenteil – mehr oder weniger bewußt – gerade aus dieser Unmittelbarkeit heraus spontan ihren künstlerischen Stil“[53]. Auch ihre kunstvoll eingesetzte Montage muß, bei allem stilistischen Anreiz, monoton und langweilig werden, „dekadent“[54], da das Ganze nicht mehr lebt; „es ist zusammengesetzt, berechnet, künstlich, ein Artefact“[55], zitiert LUKÁCS jenen Fachmann in Angelegenheiten der Dekadenz, der ihm wie kein anderer verhaßt gewesen sein muß[56].

Der Expressionist ist also kein Realist, sondern nur Stilist. Realist *wäre* er – und mit diesem Konjunktiv transformiert LUKÁCS die Debatte über den Expressionismus zu einer über den Realismus –, wenn er die Wirklichkeit so erfassen würde, „wie sie tatsächlich *beschaffen ist*"[57]: als eine objektive Totalität, in der alle Teile, entgegen ihrem oberflächlichen Anschein der Verselbständigung, zusammenhängen, als eine unmittelbar-spontan nicht wahrnehmbare „Essenz" in der Tiefe der inessentiellen Erscheinungen, die wie Staubwolken die Oberfläche der Wirklichkeit zudecken. LUKÁCS hat es sich von MARX sagen lassen: „Die Produktionsverhältnisse jeder Gesellschaft bilden ein Ganzes." Sein Leser bringt einen zusätzlichen Akzent an: „Wir müssen hier das Wort *jeder* unterstreichen, denn Bloch bestreitet gerade in bezug auf den Kapitalismus unserer Zeit diese ‚Totalität' "[58].

„Aber siehe da, es *gibt* kein solches Allgemeines." Für den Marxisten BLOCH hat MARX noch nicht über NIETZSCHEs dekonstruktive Einsicht gesiegt, daß der moderne Nihilismus nur eintreten konnte, weil man immer eine Ganzheit, eine Systematisierung, eine ordentliche Totalität in allem Geschehen und unter allem Geschehen angesetzt hatte, eine Art Einheit, die dem Menschen an seinen Wert zu glauben ermöglicht hatte[59]. Dieser Glauben ist verlorengegangen, die Totalität zeigt sich als rein fingierte Welt, als Illusion. Und der Expressionismus, auch von BLOCH eingeschätzt als künstlerische Aktivität eines untergehenden Bürgertums, hat es ästhetisch gestaltet. In seinem Stil dokumentiert sich, daß die Realität selbst „jäh vermittelt" ist; in seinen rätselhaften Subjektausbrüchen läßt sich eine neue Wirklichkeit lesen, die als solche „zerfallen" ist. Während der Totalitätsgedanke in idealistischen Systemen am besten gedeihen konnte, läßt sich für den Materialisten BLOCH von der ungeregelten und ungeschützten Sprache des Expressionismus durchaus diabolischer Gebrauch machen[60], auch gegen das Realitätskonzept des kulturkonservativen LUKÁCS, der an der totalitären und monumentalen „Realität" des 19. Jahrhunderts festhält: „Ob das Realität ist, steht zur Frage; wenn sie es ist, dann sind allerdings die expressionistischen Zerbrechungs- und Interpolationsversuche, ebenso die neueren Intermittierungs- und Montageversuche, leeres Spiel. Aber vielleicht ist Lukács' Realität, die des unendlich vermittelten Totalitätszusammenhangs, gar nicht so – objektiv; vielleicht enthält Lukács' Realitätsbegriff selber noch klassisch-systemhafte Züge, vielleicht ist die echte Wirklichkeit auch Unterbrechung“[61]. Wäre sie es, so könnte das expressionistische Experiment des Zerfällens nicht mehr mit dem Zustand des Verfalls gleichgesetzt werden. Es wäre ästhetische Mimesis der gesellschaftlichen Zerrissenheit, in deren Hohlräume es durchaus produktiv Neues zu entdecken gelte.

4. Texte, Geschichte, Geschichts-Texte

Es gehört mit zum Rückgriff auf „Debatten“, daß durch ihn die unbestreitbare Notwendigkeit und Bedeutung jener Kategorien nahegelegt wird, um deren rechte Fassung debattiert wird[62]. Sickingen-Debatte[63], Expressionismusdebatte, Faust-Diskussion: in all diesen Paradigmata materialistischer Kritik wird um jenen schweigsamen Text der *Geschichte* gerungen, der sich unhörbar und unlesbar in Texten bemerkbar macht und allein Grundlage ihrer Kritik sein kann. Wie unterschiedlich auch immer dabei die außersprachliche Realität begriffen wird, ob als Abstraktion, Totalität oder Bruch, immer ist vorausgesetzt, daß sie allein Basis der *Texte* sein kann und Orientierungspunkt ihrer möglichen Kritik. In der Faust-Diskussion ging es um das „gemeinte“ sozialgeschichtliche Substrat, um die Realität der Abstraktion und die abstrakte Macht des Kapitals, auch um die historischen Sachgehalte in ihrer ästhetischen Bewertung . . .; die Expressionismusdebatte kreiste grundsätzlich um Objektivität, Wirklichkeit, Realität, um die expressionistische Attitüde zur Wirklichkeit und den Einfluß, den diese Wirklichkeit auf die Expressionisten ausgeübt hat, auch wenn sie davon keine Ahnung haben konnten[64]. Nur durch diesen Rekurs auf das „Reale“ und „Objektive“ gilt das

„Sprachliche“ als versteh- und kritisierbar. Auch der materialistische Kritiker kommt also nicht ohne *Garantie* aus. Allerdings ist es nun die außersprachliche Welt und nicht mehr, wie beim unter Idealismusverdikt stehenden Hermeneutiker, die Sprachlichkeit, die materialistisches Erkennen zu garantieren vermag. Oder vielleicht doch?

Denn die beiden Debatten, die hier skizziert vergegenwärtigt worden sind, zeigen, entgegen ihrer eigenen Programmatik, doch auch einen hermeneutisch aufzuhellenden Tatbestand, der durch keine außersprachliche Garantie getragen werden kann: auch die materialistische Intention auf die „wirkliche Geschichte“ kommt nicht umhin, die Geschichte bereits in sprachlicher Form anerkennen zu müssen. Es sind durchgängig als *„Geschichts-Texte“* akzeptierte Materialien, wenn von Geschichte gesprochen und über sie debattiert wird[65]. Immer taucht sie als kategorialisiertes, referiertes System auf, nie als tatsächliche Gegebenheit. (Es mutet wie ein paradoxer Wettlauf an, in dem Materialismus und Hermeneutik, um siegen zu können, jeweils im Rücken des andern arbeiten und ihn „hintergehen“: Der Materialist kritisiert die Hermeneutik und leitet sie historisch aus gesellschaftlichen Bedingungen ab; der Hermeneutiker problematisiert den Materialismus und hintergeht die historische Kritik sprachtheoretisch.) Deshalb ist es nicht überraschend, daß in METSCHERs materialistischer Gleichung (x meint y) das Gemeinte immer schon Begriffe und Aussagen jener Historiker sind, die als marxistische Gewährsleute anerkannt werden; oder daß SCHLAFFERs „Wirklichkeit“, die er in Abstraktionen abgewandert sieht, nur in Gestalt MARXscher Zitate, in der verbalisierten Form einer „Kritik der politischen Ökonomie“ erscheint (hatte METSCHER dabei seine Übersetzung noch damit begründet, daß MARX und ENGELS auf den Begriff bringen, was in GOETHEs Faust ästhetische Gestalt gewonnen hat, so hat SCHLAFFER, hermeneutisch geschulter, von einem gegenseitigen Kommentieren gesprochen: „Wenn Marx die Beziehung zwischen Ökonomie und Subjekt mit allegorischen Ausdrücken und Bildern illustriert und Goethes Allegorien wiederum die ökonomischen

Bedingungen des Rollenspiels thematisieren – dann beginnen sich das *Kapital* und *Faust II* wechselseitig zu kommentieren"[66]); oder daß LUKÁCS den Maßstab seiner parteilichen Kritik am Realitätsverlust des Expressionismus allein den „Schriften" von MARX entnimmt, denen er eine adäquate Erkenntnis der Wirklichkeit, wie sie tatsächlich beschaffen ist, zuschreibt.

In diesem Sinn erweist sich uns die materialistische Kritik als Akt einer komplizierten *Transformation:* mag sein, daß sie ihre Texte als Dokumente behandeln will, als Zeichen für etwas anderes, das ihnen als Außersprachliches wesentlich zugrundeliegt; in ihrer Praxis ist sie nicht mehr und nicht weniger als eine „erneute Schreibung"[67]. Um das „Schweigen" laut zu machen, das jeder Diskurs, der ihrer Kritik wert zu sein verspricht, mit sich schleppt, transformiert sie ihn in einen neuen-alten Text, der die Indikatoren eines Geschichts-Textes besitzt, auf den man sich verlassen zu können glaubt. Das literarisch Gesagte wird umformuliert in ein anderswo bereits Gesagtes, in dem man die Geschichte selbst zu lesen vermeint. Als Erkenntnisobjekt ist das sprachliche Realobjekt in einen Geschichts-Text umgeschrieben worden, um so seine stummen Bedingungen dokumentieren zu können. LOUIS ALTHUSSER hat es allgemein formuliert: „Es handelt sich dabei um ein *Produzieren* im eigentlichen Sinne des Wortes, um ein *Hervorbringen* des Verborgenen. Das aber bedeutet die Umformung des in gewissem Sinne schon Existierenden, um einem schon vorliegenden Grundstoff die Form eines zweckdienlichen Gegenstandes zu geben. Diese Produktion . . . ist die Produktion einer Erkenntnis"[68]. Der manifeste Text wird materialistisch kritisiert und erkannt mittels einer „Geschichte", die ihn für eine Erkenntnis „zweckdienlich" macht.

Muß noch gesagt werden, daß diese Zweckdienlichkeit besonders über den Mechanismus des *„Wiedererkennens"* sich herstellt. Denn was anderes ist die materialistische Kritik als das freudige Wiedererkennen eines bereits bekannten Geschichts-Textes in jenem Text, den es zu lesen und zu erkennen gilt (in Faust II erkennt man das Kapital wieder als „Abstraktion in actu"), und sei es auch in negativer Umkehrung (im Expressionismus erkennt man die Realität nicht wieder, von der MARX gesprochen hatte)? In der erkenntnistheoretischen Metapher der „Widerspiegelung" hat dieses Wiedererkennen seine epistemologische Begründung gefunden: denn widergespiegelt wird ja gerade das, was man als bereits bekannten Text im Gegenstand der Lektüre als dessen verborgenen Gehalt wiedererkannt hat. – Die Frage, auf die das materialistisch kritisierte Werk eine Antwort gibt, ist stets schon gestellt worden, in schlechten Fällen auch nur, um der eigenen Antwort „als theoretischer Spiegel und praktische Rechtferigung"[69] zu dienen.

5. Vom Nutzen und Nachteil der Geschichte für das Lesen

Wie oft kann man sich angesichts materialistischer Erkenntnis eines geschichtlichen Gehalts nicht des Eindrucks erwehren, daß die Mystifikation hier in der Frage steckt, die der materialistische Leser in jedem Text, den er interpretiert, zu vernehmen glaubt. Es hat etwas von der für den Außenstehenden meist peinlichen Mystifikation eines Liebenden an sich, der jedes Werk seinem geliebten Objekt widmen möchte. Dessen Name – „Geschichte" – wird jedem Text als Widmung hinzugefügt, supplementiert, damit er seine wahre Gestalt annehme. So transformiert sich das Objekt der Lektüre zum Gegenstand einer produzierten Erkenntnis, die sich durch die Liebe zum schweigsamen Objekt „Geschichte" antreiben läßt. Denn wie das geliebte Wesen, dem man einen Text widmet, im Text ja selbst nicht anwesend ist, sondern ihm nur zu- oder, besser *eingeschrieben* wird, um sich dort in der Paradoxie eines anwesend Unsagbaren bemerkbar machen zu können, so geht es auch der Geschichte als einem Liebesobjekt, das gerade durch seine Einschreibung zur Stille, zum Schweigen reduziert wird. Wem ist damit eigentlich gedient? Der materialistische Kritiker muß sich die zynische Frage gefallen lassen, ob es nicht besser wäre, bei der Lektüre gerade die Geschichte einmal zu vergessen und den Text selbst als das geliebte Objekt wahrzunehmen, sich also dem Mythos des Lesens aktiv auszuliefern, ohne der Mystifikation der Geschichte zu unterliegen. Nur so scheint das Lesen doch „lebendig“ sein zu können, ein „Glück“, das nicht durch die beständige Erinnerung an die gemeinte Geschichte gestört wird, der man doch schon längst verlustig ist?

„Bei dem kleinsten aber und bei dem größten Glücke ist es immer eins, wodurch Glück zum Glücke wird: das Vergessenkönnen oder, gelehrter ausgedrückt, das Vermögen, während seiner Dauer *unhistorisch* zu empfinden“[70]. Gegen diese Argumentation, die – verabsolutiert – im geschichtslosen Leben des Tieres ihr Anschauungsobjekt besitzt, hat NIETZSCHE in einer „unzeitgemäßen“ (weil gegen den allgemeinen Stolz auf historische Bildung verstoßenden) „Betrachtung“ argumentiert mit dem Hinweis auf ein Leben, das nur in der *Spannung* zwischen geschichtlichem *Bewußtsein* und aktiver *Vergeßlichkeit* menschlich ist.

„Also: es ist möglich, fast ohne Erinnerung zu leben, ja glücklich zu leben, wie das Tier zeigt; es ist aber ganz und gar unmöglich, ohne Vergessen überhaupt zu *leben*. ... Wir werden also die Fähigkeit, in einem bestimmten Grade unhistorisch empfinden zu können, für die wichtigere und ursprünglichere halten müssen, insofern in ihr das Fundament liegt, auf dem überhaupt erst etwas Rechtes, Gesundes und Großes, etwas wahrhaft Menschliches wachsen kann. Das Unhistorische ist einer umhüllenden Atmosphäre ähnlich, in der sich Leben allein erzeugt, um mit der Vernichtung dieser Atmosphäre wieder zu verschwinden. Es ist wahr, erst dadurch, daß der Mensch denkend, überdenkend, vergleichend, trennend, zusammenschließend jenes unhistorische Element einschränkt, erst dadurch, daß innerhalb jener umschließenden Dunstwolke ein heller blitzender Lichtschein entsteht – also erst durch die Kraft, das Vergangene zum Leben zu gebrauchen und aus dem Geschehenen wieder Geschichte zu machen, wird der Mensch zum Menschen: aber in einem Übermaße von Historie hört der Mensch wieder auf, und ohne jede Hülle des Unhistorischen würde er nie angefangen haben noch anzufangen wagen“[71].

In der gleichen Spannung, daß man ebenso gut zur rechten Zeit zu vergessen weiß, als man sich zur rechten Zeit erinnert, lebt eine

Lektüre, die sich weder ihrer Lust am Text beraubt durch ständige Berufung eines historischen Wissens, noch in eine geschichtslose Bewußtlosigkeit verfällt, die sich dem Text in seiner reinen Unmittelbarkeit ausliefert. Daß das Lesen den „Dienst der Historie“[72] braucht, daß zu seiner Lebendigkeit die geschichtliche Erinnerung gehört, läßt sich dabei in *dreierlei* Hinsicht konkretisieren: monumentalisch, antiquarisch, kritisch. Alle drei Formen der Traditionsverarbeitung folgen dabei dem Prinzip, daß die Kenntnis der Vergangenheit für eine lustvolle Lektüre – im Dienst der Gegenwart und Zukunft – gewollt wird. Alle drei haben auch in der materialistischen Sprach- und Literaturkritik Gestalt gewonnen. Während uns die *monumentalische* Historie besonders in jenen Werken entgegentritt, in denen, man erinnere sich an LUKÁCS' Bewunderung der großen Realisten, das vergangene Große der Gegenwart mit dem Anspruch des Modells entgegentritt, in denen also das, was einmal als Größe „möglich“ war, uns auch für die Gegenwart noch Hoffnung verspricht, lebt die (sozialistische) *Erbe-Diskussion* weitgehend aus dem Impuls einer *antiquarischen* Geschichtsschreibung, die den drohenden Abriß geschichtlicher Kontinuität aufzuhalten versucht: „Indem er (der Bewahrende und Verehrende, M. G.) das von alters her Bestehende mit behutsamer Hand pflegt, will er die Bedingungen, unter denen er entstanden ist, für solche bewahren, welche nach ihm entstehen sollen – und so dient er dem Leben“[73]. Vor der antiquarischen Erstarrung aber schützt die dritte Art einer historischen Lektüre, die *kritische.* Nur sie kann zur befreienden Reflexion auf die Geschichte als eine Folge von Unterdrückungen, unerfüllten Wünschen und ungenutzten Möglichkeiten anleiten. In der materialistischen *Kritik* wird, so verstanden, immer auch die Geschichte vor Gericht gezogen, die man als unlesbare Materialität ausgräbt: „Jede Vergangenheit aber ist es wert, verurteilt zu werden – denn so steht es nun einmal mit den menschlichen Dingen: immer ist in ihnen die menschliche Gewalt und Schwäche mächtig gewesen“[74]. Nur diese destruktive Lektüre ist wirklich *radikal*, wenngleich nicht immer gerecht und selten gnädig. Denn sie allein setzt auf das Leben als „jene dunkle, treibende, unersättlich sich begehrende Macht“[75], die über *jeden* Text hinausgreift, weil *keiner* das Glück eines geschichtlich erfüllten Lebens auszudrücken vermag. So kennt der Materialist als „destruktiver Charakter“ nur eine Parole: „Platz schaffen; nur eine Tätigkeit: räumen. Sein Bedürfnis nach frischer Luft und freiem Raum ist stärker als sein Haß“[76].

§ 7 Mimetischer Kommentar

1. Zur Aktualität Walter Benjamins

Unser langer Marsch durch die verschiedenen disziplinären Matrixen versuchte sich auf deren immanentem Feld zu bewegen. Es sollte kein Weg eines Kritikers sein, der besserwisserisch an ihnen vorbeilief, abwägend Lob und Tadel verteilend aus der Perspektive einer besseren Theorie. Erst im Verlauf der versuchten Rekonstruktionen sollte sich der Blick für die „Sache" schärfen, um die es geht; die „Sache" selbst sollte sich konturieren als sprachliche Erscheinung, die in ihrer Besonderheit erkannt werden will; und gleichsam als Desiderat sollte sich ein Denkverfahren herauskristallisieren, das sich offen hält sowohl gegenüber der grenzenlosen Fülle wissenschaftlicher Konzeptualisierungen, deren jede zum Narren der anderen zu werden droht, als auch gegenüber all jenen sprachlichen Ausdrücken und Formen, die mit ihrem Anspruch uns in Bann zu ziehen vermögen. Obwohl also weder Ausgangsort noch Zielpunkt der versuchten Rekonstruktionen feststanden, so war der Weg doch durch vage „Vorurteile" orientiert, die zunehmend Gestalt annahmen.

Bereits gegen das assimilatorische Interesse von *generativen* oder *pragmalinguistischen Erklärungen,* die sich immer wieder nur an vergleichgültigten Beispielen subsumtiv zu bestätigen bemühen, wurde auf der gleichsam monadischen Kraft des einzelnen sprachlichen Ausdrucks insistiert, der erkennend verstanden werden soll, ohne dabei das zu verlieren, was für seinen besonderen Reiz wesentlich ist. Nur als Idee schien dabei die Möglichkeit vor, besonders die fremde sprachliche Gestalt „konkret" erkennen zu können, ohne sie unter allgemein-abstrakte Gesetze, Regeln und Kategorien zu fassen, die sie zum bloß paradigmatischen

Exempel entleeren müssen, um ihre Aufgabe zu erfüllen. Problematisch wurden dabei auch die Trennungen von Wohlgeformtheit und Abweichung, Gelingen und Mißglücken. Gegen das assimilatorische Verfügungsinteresse an verdinglichten sprachlichen Einheiten stand bereits, wie vage auch immer, der Anspruch auf eine sprachwissenschaftliche Aktivität und Lektüre, die den Strukturen des Gegenstandes so dicht wie möglich folgt und sich von ihm ihre Richtung vorschreiben läßt. – Die *strukturalistische Tätigkeit,* eher mit ihren Materialien spielend und bastelnd als erklärend und subsumierend, blieb jedoch noch zu sehr in den apriorischen Maschen ihres eigenen semiologischen Netzwerks verfangen, um wirklich jenem Despotismus des deduktiven Verfahrens zu entgehen, der sich in einer „Vergleichgültigung" ihres Untersuchungsobjekts bzw. in der Absonderung eines Nicht-Subsumierbaren zu erkennen gibt. Gegenüber der sezierenden Analyse und klassifizierenden Synthese des Semiologen hat das Objekt, um dessen Funktionieren es geht, kaum eine Chance. Auch das Rätselhafteste verfängt sich noch in den differentiellen Maschen von Paradigma und Syntagma, und noch das Provokativste wird in simulacrer Abbildung symbolisch neutralisiert. – Die *psychoanalytische Übersetzung* dagegen schien Ernst zu machen mit jener freischwebend-aufmerksamen Enträtselung eines fremden Textes, der als einzelner in seiner individuellen Materialität zitiert und interpretiert wird, ohne dabei das zu verlieren, was an ihm entschlüsselt sein will. Auch hier aber wurde auf einen anderen (normalen) Text verwiesen, auf ein latent-unbewußtes Supplement der manifesten Rätsel und textlichen Bruchstücke, das sich „rekonstruierend" an deren Stelle zu setzen versucht. Wie das dämonische Rumpelstilzchen verschwindet der manifeste Text beim enträtselnden Zugriff des Psychoanalytikers, dessen „andere" Sprache jenen fremden Text ersetzt, den es zu interpretieren gilt. – Ähnlich arbeitete auch das *literarische Verstehen.* Obwohl in größter Distanz zum deduktiven Verfahren und angetrieben vom inbrünstigen Wunsch nach einer verständigen (verschmelzenden) Nähe zu den sprachlichen Phänomenen, hat es sich in deren geistiges Innere vertieft und dabei die Materialität des sprachlichen Ausdrucks in ein derivates Schattendasein verdrängt. Denn geistes-wissenschaftlich zielt das Verstehen auf ein enträtseltes Signifikat in der Tiefe der sprachlichen Signifikanten, um es transpositorisch an deren Seite zu stellen, nicht auf das Rätselhafte des Ausdrucks selbst. – Und schließlich mußte auch die *materialistische Kritik* den Text verlassen, dessen Materialität ihr noch nicht als „voll" genug erschien, sondern seine Supplementierung durch einen stummen Text der Geschichte erforderte, über den man sich bevorzugt von MARX informieren ließ. Nicht der Text selbst, sondern die ihm transformatorisch zugeschriebene „Wahrheit der Geschichte" galt als Garantie seines Erkennens.

Was bleibt noch übrig? Es scheint: Nur die Paradoxie einer *materialen Versenkung ins Äußere,* die an der Oberfläche der sprachlichen Ereignisse zu demonstrieren versucht, was die Geisteswissenschaft in ihrer intelligiblen Tiefe sucht und der Materialismus in der außersprachlichen Realität; die das Einzelne, das Besondere, das Bruchstückhafte wirklich ernst nimmt, ohne es zum bloßen Beispiel zu nivellieren; die an den Monaden sprachlichen Ausdrucks deren allgemeinen rätselhaften Sinn darstellt; die sich beschreibend-analysierend dem Objekt angleicht und sich von ihm allein den Weg des Verstehens vorschreiben läßt; die sich den Duktus ihrer Artikulation von der Sache vorgeben läßt, in deren Details sie sich versenkt; die das Außen denkt, angeregt von einer Art materialistischer Inspiration; die die fremde Rede als Zitat, nicht als Beispiel in sich aufnimmt, um ihre überraschende Wirkung im eigenen Text zur Geltung zu bringen; die sich besonders auf „gefährdetste, verrufenste und verlachte"[1] Sprachschöpfungen konzentriert und einläßt, um sie als solche vor einer geschichtslosen deduktiven Assimilation zu retten. Es ist die Rede von WALTER BENJAMINs Aktualität. „Scheint materiale Versenkung ans Abseitige, ans Abgedrängte und Nächtige sich zu verlieren; verharrt sie bei den Kontingenzen und üben die Brüche die größere Anziehungskraft auf sie aus als alle die trügerisch glatten Kontinua zusammen; liest sie unablässig die Chronologie als die zerklüftete Topographie, die sie in Wahrheit ist, dann um der Zeichen willen, die an den Kontingenzen auf abgründigere Necessitäten deuten, als die sind, nach denen die gegen sich verblendete Ordnung sie stilisiert“[2].

2. Der ästhetische Kommentar

Bereits als Student, im Alter von zweiundzwanzig Jahren, schrieb BENJAMIN (Winter 1914/15) seinen Kommentar zu zwei Gedichten FRIEDRICH HÖLDERLINs: „Dichtermut“ und „Blödigkeit“[3]. Es ist der Beginn eines Sprachdenkens, das sich wesentlich als Kommentar und Kritik von Texten ausformen wird, ohne sich je zum freischwebenden System zu stabilisieren. Ausgeprägt ist schon jene Fähigkeit einer materialen Versenkung ins Detail, die so „nah“ sich ihrem Gegenstand akkomodiert, daß dieser, gleichsam ver-fremdet durch die Intensität dieses physiognomischen Blicks, sein Geheimnis preisgibt. „Was Benjamin sagte und schrieb, klang, als käme es aus dem Geheimnis. Seine Macht aber empfing es durch Evidenz“[4]. ADORNOs Charakterisierung der BENJAMINschen „Schriften“, die er in zwei Bänden 1955 herausgegeben hat, fünfzehn Jahre nach dem unfreiwilligen Selbstmord des Freundes auf der Flucht vor den faschistischen Verfolgern, gilt schon für diesen frühesten Versuch, einen Text so akribisch aufmerksam zu lesen, daß ihm sowohl die „besondere und einzigartige Sphäre, in der Aufgabe und Voraussetzung des Gedichts liegt,“ sich zu erkennen gibt als auch die „geistig-anschauliche Struktur derjenigen Welt, von der das Gedicht zeugt“[5]. Auf beides, das Gedichtete und die Welt, deren rätselhaftes Zeichen das Gedicht ist, intendiert der *ästhetische Kommentar,* dessen Intentionalität sich paradox in der Intentionslosigkeit eines Kommentators zeigt, der wie jener chinesische Maler in sein eigenes Bild so in seinen Text eingeht und verschwindet[6]. Der ästhetische Kommentar ist bereits jener Erkenntnis der Wahrheit verpflichtet, von der BENJAMIN später in der Erkenntniskritischen Vorrede seines

„Trauerspiel"-Buches gefordert hat: „Die Wahrheit ist ein aus Ideen gebildetes intentionsloses Sein. Das ihr gemäße Verhalten ist demnach nicht ein Meinen im Erkennen, sondern ein in sie Eingehen und Verschwinden. Die Wahrheit ist der Tod der Intention"[7]. In der Einleitung zu seiner Lektüre der Gedichte HÖLDERLINs hat BENJAMIN dieses Sein der Wahrheit als ihr *Gedichtetes* konkretisiert – und das diesem gemäße Verhalten als *ästhetische* Kommentierung reflektiert.

So sehr das Sein der Wahrheit als Ideenhaftes von der Seinsart der Erscheinungen verschieden ist, so sehr unterscheidet sich das *Gedichtete* vom Gedicht selbst, als dessen „innere Form" es analysiert werden will. „Nichts über den lyrischen Vorgang des Schaffens wird ermittelt, nichts über Person oder Weltanschauung des Schöpfers, sondern die besondere und einzigartige Sphäre, in der Aufgabe und Voraussetzung des Gedichts liegt. Diese Sphäre ist Erzeugnis und Gegenstand der Untersuchung zugleich. Sie selbst kann nicht mehr mit dem Gedicht verglichen werden, sondern ist vielmehr das einzig Feststellbare der Untersuchung. Diese Sphäre, welche für jede Dichtung eine besondere Gestalt hat, wird als das Gedichtete bezeichnet. In ihr soll jener eigentümliche Bezirk erschlossen werden, der die Wahrheit der Dichtung erhält"[8]. Das Gedicht als Gegenstand des Kommentars deckt sich nicht mit seiner gedichteten Wahrheit, die einen dialektischen Status besitzt: sie ist, gleichsam wie die majestätische Ganzheit und Schönheit eines aus Teilchen gebildeten Mosaiks, in ihrer allgemeinsten Form eine „synthetische Einheit der geistigen und anschaulichen Ordnung"[9], an der sich die künstlerische Aufgabe zu erfüllen sucht; sie ist eine fundamentale ästhetische Einheit von Form und Stoff, die sich nicht „erfragen" läßt wie die einzelnen Bausteine, aus denen das Gedicht besteht, sondern nur kontemplativ-intentionslos schauen läßt als intensive mosaikartige Verbundenheit anschaulicher und geistiger Elemente. Sie ist zugleich jedoch auch „Erzeugnis" des Kommentators selbst: die kommentierend ermittelte Aufgabe, als die sich das Gedichtete zu erkennen gibt, ist ästhetisch synthetisiert nicht sowohl an sich als für den, der sie sucht. Auch das Mosaikbild zeigt sich nur dem Betrachter in seiner ästhetischen Einheit als schön. Der Nachweis des Gedichteten ist Aufgabe des Kommentators, so wie seine lyrische Gestaltung Aufgabe des Dichters ist.

Das klingt zutiefst idealistisch. Das Gedichtete scheint jenem besonderen Reich von Wahrheit und Idee zuzugehören, um das die europäische Philosophie seit ihren platonischen Anfängen kämpft, ohne es jemals erkennend in die Raster wissenschaftlicher Begriffe und Systeme einfangen zu können. „Das Sein der Ideen kann als Gegenstand einer Anschauung überhaupt nicht gedacht werden, auch nicht der intellektuellen. Denn noch in ihrer paradoxesten Umschreibung, der als intellectus archetypus, geht sie aufs eigentümliche Gegebensein der Wahrheit, als welches jeder Art von Intention entzogen bleibt, geschweige daß sie selbst als Intention erschiene, nicht ein.“[10] Seine „materialistische“ Wendung aber bekommt dieser Kampf um das intentionslose Sein des Gedichteten durch das Verfahren und den Stil des *ästhetischen* Kommentierens: Denn die „Erschließung“ des Gedichteten vollzieht sich als Rettung der Details und Bruchstücke des Gedichts. Nur bei genauester Versenkung in die materialen sprachlichen Einzelheiten des Gedichts läßt sich sein Gedichtetes fassen, dessen Funktionseinheit den einzelnen Elementen ihre ästhetische Bestimmtheit vermittelt. Daß sich das Gedichtete als Einheit und Einzigartigkeit darstellt, erfordert keinen lückenlosen begrifflichen Deduktionszusammenhang. Im Gegenteil: der ästhetische Kommentar konzentriert sich aufs Einzelne und Disparate, setzt immer wieder erneut bei den Details des gedichteten Mosaiks an und versucht mit seiner intermittierenden Rhythmik die Konfiguration der sprachlichen Phänomene „kontemplativ“ zu erfassen. („Verzicht auf den unabgesetzten Lauf der Intention ist sein erstes Kennzeichen. Ausdauernd hebt das Denken stets von neuem an, umständlich geht es auf die Sache selbst zurück. Dies unablässige Atemholen ist die eigenste Daseinsform der Kontemplation“[11]). In dieser Kontemplation ist das *Zitat* des Originals die einzige „autoritäre“ Form. Die Rettung der Phänomene in der synthetischen Einheit des Gedichteten zeigt sich unmittelbar im Zitieren einzelner textlicher Bruchstücke, die wörtlich in den Kommentar aufgenommen werden. (Viel später, 1939, in den Kommentaren zu Gedichten von BRECHT, heißt es von dieser autoritären Voraussetzung: „Der Kommentar geht von der Klassizität seines Textes und damit gleichsam von einem Vorurteil aus. Es unterscheidet ihn weiter von der Würdigung, daß er es mit der Schönheit und dem positiven Gehalt seines Textes allein zu tun hat“[12]). Die Interlinear-Kommentierung Heiliger Schriften, in der eine Zeile oder ein Wort umgeben ist von mannigfaltigen Auslegungen, aus deren Gesamtheit sich der Kommentar ergibt, ist das „archaische“ Vorbild, an dem BENJAMIN – „in der mir gemäßen Haltung des Kommentators“[13] – zeitlebens ausgerichtet geblieben ist. Wie der Interlinaer-Kommentar sich der Autorität seines klassischen Textes unterwirft, um zwischen seinen Zeilen seinem Rätselhaften, seinen Anspielungen und Andeutungen ergänzend auf die Spur zu kommen, so versucht auch der ästhetische Kommentar, dem akribisch gefolgten Duktus des Textes jene Stellen abzulocken, „an denen die Entscheidung, wie er fortzusetzen wäre, fiel, und aus solcher Einsicht ihm unmerklich selber eine Richtung zu geben, die er, vom eigenen Stilgesetz genötigt, nicht verfolgen kann“[14].

3. Mimetisches Vermögen und Lehre vom Ähnlichen

Wie allein der Liebende bezeugen kann, „daß Wahrheit nicht Enthüllung ist, die das Geheimnis vernichtet, sondern Offenbarung, die ihm gerecht wird“[15], so versenkt sich auch der ästhetische Kommentar in seine Texte, indem er sich ihnen akkomodierend angleicht, statt sie begrifflich-assimilatorisch zu verfolgen. Die materiale Versenkung ins Äußere (und auch die kontemplative Darstellung der „Ideen“ dient letztlich der Rettung der „Phänomene“: „Für die wahre Kontemplation dagegen verbindet sich die Abkehr vom deduktiven Verfahren mit einem immer weiter ausholenden, immer inbrünstigeren Zurückgreifen auf die Phänomene, die niemals in Gefahr geraten, Gegenstände eines trüben Staunens zu bleiben, solange ihre Darstellung zugleich die der Ideen und darin erst ihr Einzelnes gerettet ist“[16]), die Kommentierung als ästhetische Aktion, die einem Wachsabdruck gleicht, der das Objekt bis ins Detail abbildet, ohne mit ihm identisch zu werden, setzt eine besondere Fähigkeit voraus, die sich zwischen bloßer Imitation und begrifflicher Distanz bewegt, die also durchaus ihren eigenen unverwechselbaren Stil besitzt, ohne dabei jedoch dem Stilgesetz des Kommentierten äußerlich zu sein. BENJAMIN hat diese Fähigkeit *„mimetisch“* genannt.

Denn die ästhetische Kommentierung ist nur eine der sublimiertesten Formen eines mimetischen Vermögens, das sich aus den unvordenklichen Zeiten der Natur-Geschichte herleitet. Die Mimikry läßt es als Fähigkeit der Natur selbst wahrnehmen. Ihr bleibt auch der Mensch verhaftet, der über die „allerhöchste Fähigkeit im Produzieren von Ähnlichkeiten“[17] verfügt. Zeit seines Lebens hat BENJAMIN darauf insistiert, daß alle höheren Funktionen des Menschen durch ein mimetisches Vermögen mitbedingt sind, das sich zwar im Wandel der Geschichte selbst vielfältig modifiziert, verändert und sublimiert, seinen Ursprung im „ehemals gewaltigen Zwang, ähnlich zu werden und sich zu verhalten“[18], jedoch nur um den Preis einer Haltung verleugnen kann, der sich kein Geheimnis und keine Wahrheit mehr zu entdecken gibt. *Gattungsgeschichtlich* manifestiert sich das mimetische Vermögen in mannigfaltigen Formen: in den magischen Korrespondenzen und Analogien der alten und „primitiven“ Völker, in ihren Beschwörungen der Natur, der sie sich ähnlich machen, in ihren ritualen Tänzen, mit denen sie den Wind, den Regen oder das Feuer nachahmen, um sie zu beschwören und zu beeinflussen, in ihren kultischen Veranstaltungen, mit denen sie die Vorgänge am Himmel imitieren, um in der Anbildung an die kosmische Seinsgestalt ihr Schicksal zu beeinflussen, in ihrem „Lesen“ aus den Eingeweiden der Tiere, den Konstellationen der Sterne (wovon die Astrologie noch heute ihre suggestive Wirkung bezieht) oder den ekstatischen und somnambulen Tänzen ihrer Geisterseher und Medizinmänner. – In den Kinderspielen hat diese phylogenetische Stufe ihre *ontogenetische* Entsprechung: „Zunächst einmal sind Kinderspiele überall durchzogen von mimetischen Verhaltensweisen, und ihr Bereich ist keineswegs auf das beschränkt, was wohl ein Mensch vom andern nachmacht. Das Kind spielt nicht nur Kaufmann oder Lehrer, sondern auch Windmühle und Eisenbahn“[19]. Es durchläuft die Metamorphosen von Ereignissen, Personen und Maschinen, ist spielerisch Vater oder Mutter oder Kind, Schiff, Dampfer oder Flugzeug, läßt Dampf ab, imitiert das Hupen von Feuerwehr oder Krankenwagen. Nicht nur für die alten Völker ist das mimetische Vermögen eine lebensbestimmende Kraft. „Dabei ist zu bedenken, daß weder die mimetischen Kräfte, noch die mimetischen Objekte, oder Gegenstände, im Laufe der Jahrtausende die gleichen blieben. Vielmehr ist anzunehmen, daß die Gabe, Ähnlichkeiten hervorzubringen – zum Beispiel in den Tänzen, deren älteste Funktion das ist – und daher auch die Gabe, solche zu erkennen, sich im Wandel der Geschichte verändert hat. Die Richtung dieser Änderung scheint durch die wachsende Hinfälligkeit des mimetischen Vermögens bestimmt zu sein“[20].

Für diesen Vorgang scheint besonders die menschliche *Sprache* paradigmatisch zu sein. Die Zeit, in der man aus Eingeweiden, Sternen und anderen Naturerscheinungen lesen konnte, was nie geschrieben wurde, scheint vorbei zu sein ebenso wie die Zeit, in der die menschliche Schrift noch ikonisch war und sich bildhaft auf die Wirklichkeit bezog. Zwischen Wort und Sache scheint keine Ähnlichkeit mehr zu bestehen. Ihr Verhältnis erscheint als arbiträr, zufällig, rein konventionell geregelt. Aber auch der Sprache gegenüber beharrt BENJAMIN noch auf einer Mimesis, wenngleich „unsinnlicher“ Art. Wir mögen zwar kaum noch über jene Wahrnehmungsfähigkeit verfügen, in den Schriftzeichen mimetisch lesen zu können; und auch die Schrift selbst weist kaum noch Spuren auf, die sie etwas anderem ähnlich macht. Die onomatopoetische Aktivität, die vielleicht historischen Sprachen noch zu eigen war, ist von einer Einwirkung auf die Totalität eines Wortes verbannt, das sich weitgehend nur noch als Element syntaktischer und semantischer Relationen begreifen läßt[21]. Aber auch auf dem Feld der Sprache geht BENJAMIN den Spuren nach, die das mimetische Vermögen, ähnlich zu werden, in ihm hinterlassen hat: an den expressiven Momenten „primitiver" Sprachen weist er ihre Neigung nach, alles Hörbare nachzuahmen und dem Gemeinten einen gestisch-akustischen Ausdruck zu geben; er greift die Theorien von RICHARD PAGET und MARCEL JOUSSE auf, die den Sprachgestus in seiner phonetischen Artikulation mit mimischen Körpergebärden verbinden, zu deren Unterstützung oder Vervollkommnung er dient; er verknüpft die expressiven Ausdrucksbewegungen der gesprochenen Sprache mit mimischen Aktivitäten des Körpers und zitiert den Tanz als Beispiel, in dem Mimesis und Expression sich verschmelzen: „Die Tänzerin", heißt es bei MALLARMÉ, „ist nicht eine Frau, sondern eine Metapher, die aus den elementaren Formen unseres Daseins einen Aspekt zum Ausdruck bringen kann: Schwert, Becher, Blume oder andere"[22]. Tänzerischer und sprachlicher Ausdruck haben ihre Wurzel BENJAMIN zufolge in ein und demselben mimetischen Vermögen. Deshalb erscheint ihm die Sprachphysiognomik als vielversprechender Ausblick in eine Ferne, in der die Sprachwissenschaft sich nicht mehr auf die Bereiche syntaktischer oder semantischer Regelung eingrenzt. Auch die Graphologie schließlich wird zitiert als eine Möglichkeit, „in den Handschriften Bilder, oder eigentlich Vexierbilder zu erkennen, die das Unbewußte des Schreibers darinnen versteckt. Es ist anzunehmen, daß das mimetische Vermögen, welches dergestalt in der Aktivität des Schreibenden zum Ausdruck kommt, in sehr entrückten Zeiten, als die Schrift entstand, von größter Bedeutung für das Schreiben gewesen ist. Die Schrift ist so, neben der Sprache, ein Archiv unsinnlicher Ähnlichkeiten, unsinnlicher Korrespondenzen geworden"[23].

Heute ist die, wenn man so will, „magische" Seite von Rede und Schrift nicht mehr unmittelbar oder rein zu fassen. Sie hat sich ganz und gar einer „semiotischen" Seite der Sprache unterworfen und kann, wenn überhaupt, nur noch an ihr in Erscheinung treten. Das Mimetische ist an das Semiotische als ihren Fundus gebunden. „So ist der buchstäbliche Text der Schrift der Fundus, in dem einzig und allein sich das Vexierbild formen kann. So ist der Sinnzusammenhang, der in den Lauten des Satzes steckt, der Fundus, aus dem erst blitzartig Ähnliches mit einem Nu aus einem Klang zum Vorschein kommen kann“[24]. Das Mimetische dominiert nicht mehr die Sprache, deren semantisch-syntaktische Form sich von dem einst gewaltigen Zwang, ähnlich zu werden, befreit hat[25]. Es ist einer Flamme ähnlich geworden, die sich in bestimmten Augenblicken an ihrem (semantischen) Träger entzündet. „Blitzartig“, im Nu, ist es da – und huscht vorbei. Auch wenn die früheren Kräfte mimetischer Hervorbringung so ohne Rest in die Unsinnlichkeit der Sprache hineingewandert sind, daß deren Magie endgültig liquidiert zu sein scheint, so gibt es doch noch jene flüchtigen Momente, in denen die Beziehung von Sprache und Welt auch „sinnlich“ erfahren werden kann.

4. Der Baum und die Sprache

„Ich stieg eine Böschung hinan und legte mich unter einen Baum. Der Baum war eine Pappel oder eine Erle. Warum ich seine Gattung nicht behalten habe? Weil, während ich ins Laubwerk sah und seiner Bewegung folgte, mit einmal in mir die Sprache dergestalt von ihm ergriffen wurde, daß sie augenblicklich die uralte Vermählung mit dem Baum in meinem Beisein noch einmal vollzog. Die Äste und mit ihnen auch die Wipfel wogen sich erwägend oder bogen sich ablehnend; die Zweige zeigten sich zuneigend oder hochfahrend; das Laub sträubte sich gegen einen rauhen Luftzug, erschauerte vor ihm oder kam ihm entgegen; der Stamm verfügte über seinen guten Grund, auf dem er fußte; und ein Blatt warf seinen Schatten auf das andre. Ein leiser Wind spielte zur Hochzeit auf und trug alsbald die schnell entsprossenden Kinder dieses Betts als Bilderrede unter alle Welt“[26].

5. Die Vertreibung aus dem Paradies

Es ist nur ein kurzer Moment des Glücks, in dem die ursprüngliche Ähnlichkeit zwischen Sprache und Natur sinnlich aufblitzt, um „alsbald" wieder verlorenzugehen. Und es ist eine „augenblickliche Vermählung", die an der deutschen Sprache als ihrem semantischen Träger in Erscheinung tritt. Weder kann dieser Augenblick auf Dauer gestellt werden, noch kann er sich von jenem semantischen Potential einer besonderen Sprache ablösen, in deren Unsinnlichkeiten die Ströme mimetischer Energie hineingewandert und versiegt sind. Aber doch scheint in der Poesie dieser traumhaften Wahrnehmung, angeregt durch eine intentionslose Mimesis von Sprache und Baum, ein Zustand durch, in dem die Sprache der Dinge in die Sprache der Menschen übersetzt worden ist, das Namenlose in den Namen, ohne dabei arbiträr voneinander entfremdet worden zu sein. Es ist das *Paradies,* das hier einen kurzen flüchtigen Schatten geworfen hat. Anhand des ersten Genesiskapitels aus dem Alten Testament hat WALTER BENJAMIN dem mimetischen Sprachvermögen seine theologische Begründung zu geben versucht: Indem der paradiesische Mensch den Dingen der Schöpfung ihren erkennenden Namen gibt, der keimhaft in ihnen bereits durch das schaffende Wort Gottes angelegt ist, löst er die Aufgabe, die ihm zugeschrieben ist: „Unlösbar wäre sie, wäre nicht die Namensprache des Menschen und die namenlose der Dinge in Gott verwandt, entlassen aus demselben schaffenden Wort, das in den Dingen Mitteilung der Materie in magischer Gemeinschaft, im Menschen Sprache des Erkennens und Namens in seligem Geiste geworden wäre", sagt BENJAMIN und zitiert JOHANN GEORG HAMANN, den Magus in Norden: „Alles was der Mensch am Anfang hörte, mit Augen sah und seine Hände betasteten, war lebendiges Wort; denn Gott war das Wort. Mit diesem Worte im Munde und im Herzen war der Ursprung der Sprache so natürlich, so nahe und so leicht wie ein Kinderspiel"[27]. Von der Leichtigkeit dieses Spiels zeugt jene kurze mimetische Erfahrung von Baum und Sprache, in der sich Anschauung und Benennung noch einmal so verbunden haben, daß die mitteilende Stummheit der Natur sich in der Wortsprache des Menschen ausdrückt, die sie im Namen übersetzend vernimmt.

Aus diesem paradiesischen Zustand, der nur *eine* Sprache kannte, ist der Mensch gefallen. An der Vielfalt menschlicher Sprachen offenbart sich der Bruch zwischen einer vollkommen erkennenden paradiesischen Namensprache und einer einzelsprachlich-klassifikatorischen Begrifflichkeit, die ohne mimetische Kraft erkennend an die Dinge von außen herantritt. Das Essen vom Baum der Erkenntnis wurde mit der *Vertreibung aus dem Paradies* bestraft. Seither lagert Cherubim vor dem Garten Eden „mit einem blossen hawenden Schwert / zu bewaren den weg zu dem Bawn des Lebens". Die reinen adamitischen Namen sind verschüttet von den Begriffen und Wörtern vielfältig unterschiedlicher Sprachen, unter denen nur noch der Übersetzer eine Spur ursprünglich reiner Sprache wahrzunehmen oder zu erahnen vermag[28]. „Der Sündenfall ist die Geburtsstunde des *menschlichen Wortes,* in dem der Name nicht mehr unverletzt lebte, das aus der Namensprache, der erkennenden, man darf sagen: der immanenten eigenen Magie heraustrat, um ausdrücklich, von außen gleichsam, magisch zu werden. Das Wort soll *etwas* mitteilen (außer sich selbst). Das ist wirklich der Sündenfall des Sprachgeistes"[29]. Daß BENJAMIN die Gattung des Baumes nicht behalten hat, ist deshalb kein Zeichen eines unzuverlässigen Gedächtnisses. Im Gegenteil: es soll zeigen, daß allein der Verzicht auf das „richtende Wort" eines klassifikatorischen Urteils vom paradiesischen Zustand zu träumen ermöglicht. Denn das richtende Wort, von der Schlange souffliert beim Essen vom Baum der Erkenntnis, ist es gewesen, das den Verstoß aus dem Paradies provoziert hat. Dreifach ist der Wesenszusammenhang der Sprache durch den Sündenfall bestimmt: „Indem der Mensch aus der reinen Sprache des Namens heraustritt, macht er die Sprache zum Mittel (nämlich einer ihm unangemessenen Erkenntnis), damit auch an einem Teile jedenfalls zum *bloßen* Zeichen; und das hat später die

Mehrheit der Sprachen zur Folge. Die zweite Bedeutung ist, daß nun aus dem Sündenfall als die Restitution der in ihm verletzten Unmittelbarkeit des Namens eine neue, die Magie des Urteils, sich erhebt, die nicht mehr selig in sich ruht. Die dritte Bedeutung, deren Vermutung sich vielleicht wagen läßt, wäre, daß auch der Ursprung der Abstraktion als eines Vermögens des Sprachgeistes im Sündenfall zu suchen sein"[30].

Die Seligkeit des paradiesischen Zustandes ist verloren gegangen. Zeichen, Urteil und Abstraktion sind an die Stelle eines adamitischen Sprachgeistes getreten, der den Dingen nahe war und sie bei ihrem Namen genannt hat. Die *Dinge* können nun nicht mehr in ihren Namen übersetzt werden. In der Vielheit menschlicher Sprachen erscheinen sie als *„überbenannt"*. Zu viele Worte/Begriffe werden ihnen von außen beigelegt, von denen keines mehr die ursprüngliche Reinheit eines wahren Namens besitzt. BENJAMIN hat darin den Grund jener Stummheit der Natur gesehen, den wir als ihre tiefe *Traurigkeit* meinen. „Es ist eine metaphysische Wahrheit, daß alle Natur zu klagen begönne, wenn Sprache ihr verliehen würde"[31]. Könnte der Mensch heute die Natur noch aus deren eigener Perspektive zum Sprechen bringen: die Natur würde über die Sprache selbst klagen, durch deren Zeichen sie überbenannt worden ist. Überbenennung als tiefster Grund aller Traurigkeit. Die Natur würde nicht klagen, weil sie stumm ist. Sie würde ver-stummen, weil sie benannt worden ist „nicht aus der einen seligen Paradiesessprache der Namen, sondern aus den hunderten Menschensprachen"[32], die sich seit dem Turmbau von Babel verwirrt haben.

BENJAMINs Sprachtheologie hat nicht allein naturphilosophische Bedeutung. Sie scheint mir auch die Grundlage jener Haltung zu sein, die er für sich „gemäß" hielt: die eines ästhetischen *Kommentators* sprachlicher *Texte,* denen er sich mimetisch annähert, nicht um sie richtend zu be-urteilen, sondern um sie bei ihrem Namen zu rufen, sei es als philosophische Idee (wie im Trauerspielbuch), als Gedichtetes (wie in den Kommentaren lyrischer Dichtungen) oder, radikalisiert, als gleichsam bloßes Diesda montierter Materialien, die deutungslos durch Auswahl und Anordnung selber zu sprechen anfangen, ohne auf eine allgemeinbegriffliche Form gebracht zu werden (wie in der Auswahl von Briefen „Deutscher Menschen" oder projektiert in seiner „Passagenarbeit"). Immer geht es ihm um eine Kommentierung, die mimetisch die Materialien selbst zum Reden bringen will, ohne sie von „außen" zu überbenennen. Wie kein anderer hat BENJAMIN die Paradoxie des Kommentators dokumentiert: schließlich – kommentierend – das zu sagen, was dort – im Text – schon artikuliert worden ist. Am Horizont scheint das zu stehen, was auch am Ausgangspunkt schon dastand: das Re-zitieren sprachlicher Materialien, die immer wieder erneut zur Lesbarkeit gebracht werden wollen. Das *Zitat,* BENJAMINs Lieblingsform, bezieht aus dieser sprachtheologischen Konzeption seine zentrale Bedeutung. „Ein Wort zitieren heißt es beim Namen rufen", heißt es noch in seinem späten Essay zur *strafenden* Sprachkritik von KARL KRAUS, dessen höchste Leistung ihm zufolge darin lag, selbst die Zeitung noch zitierbar zu machen, um so ihre Phrase zu offenbaren und aus dem journalistischen Vexierbild zu befreien. Auch im „tiefsten Bodensatz der Journale" ist die Phrase nicht sicher vor dem rettenden oder strafenden Zitiertwerden ihres aufmerksamen Kommentators. Das „polemische" Grundverfahren von KRAUS – das Zitieren – „ruft das Wort beim Namen auf, bricht es zerstörend aus dem Zusammenhang, eben damit aber ruft es dasselbe auch zurück an seinen Ursprung. ... Vor der Sprache weisen sich beide Reiche – Ursprung so wie Zerstörung – im Zitat aus. Und umgekehrt: nur wo sie sich durchdringen – im Zitat – ist sie vollendet"[33]. Aus dem idyllischen Zusammenhang des Sinns werden die Worte aufgestört, um als fremde Denkbruchstücke schockartig den Lauf des Denkens zu unterbrechen und gerade dadurch (utopisch) auf einen Zustand zu verweisen, in dem die Wahrheit sich in der reinen Sprache selbst darzustellen vermag[34].

Anmerkungen

> Der Gelehrte, der im Grunde nur noch Bücher „wälzt“ – der Philologe mit mäßigem Ansatz des Tags ungefähr 200 – verliert zuletzt ganz und gar das Vermögen, von sich aus zu denken. Wälzt er nicht, so denkt er nicht ...
> Das habe ich mit Augen gesehn: begabte, reich und frei angelegte Naturen schon in den dreißiger Jahren „zuschanden gelesen“, bloß noch Streichhölzer, die man reiben muß, damit sie Funken – „Gedanken“ geben.
> Friedrich Nietzsche

Anmerkungen zu § 1: Generative Erklärung

1 Ferdinand *de Saussure*, Grundfragen der allgemeinen Sprachwissenschaft, Berlin und Leizig 1931; 2. Auflage Berlin 1967. Vgl. dazu neuerdings: Ludwig *Jäger*, Zu einer historischen Rekonstruktion der authentischen Sprach-Idee Ferdinand de Saussures, Diss. phil. 1975 (Düsseldorf). Jäger bezieht sich wieder auf den von R. *Engler* kritisch edierten „Cours de linguistique général“, Wiesbaden 1967 ff.. Es handelt sich bei dem „Cours“ um Mitschriften von Vorlesungen, die de Saussure zwischen 1906 und 1912 gehalten hat.

2 Vgl. bes. Noam *Chomsky*, Syntactic Structures, The Hague 1957; Noam *Chomsky*, Aspects of the Theory of Syntax, Cambridge/Mass. 1965, dt. Ausg.: Aspekte der Syntax-Theorie, Frankfurt/Main 1969; Noam *Chomsky*, Reflexionen über die Sprache, Frankfurt/Main 1977.

3 *N. Chomsky*, Aspekte der Syntax-Theorie, a. a. O. S. 19. Das ist der eigentlich *„harte Kern“* von Chomskys Sprach- und Grammatiktheorie im Sinne von Sneed und Stegmüller. Vgl. bes. Wolfgang *Stegmüller*,

Theorienstrukturen und Theoriendynamik, Berlin/Heidelberg/New York 1973.

[4] Der allgemeine Anspruch der Generativen Grammatik umfaßt in diesem Sinne auch die „Generative Semantik“, die gegenüber Chomskys Konzeption das Verhältnis von Syntax und Semantik verändert hat. Vgl. als ersten Überblick: Matthias *Hartig*, Syntax und Semantik in der Transformationsgrammatik, München 1975; Christoph *Gutknecht* und Klaus-Uwe *Panther*, Generative Linguistik. Ergebnisse moderner Sprachforschung, Stuttgart/Berlin/Köln/Mainz 1973.

[5] Vgl. kritisch dazu: Hans Heinrich *Lieb*. Zur Kritik von Noam Chomskys Theorie der Ebenen, in: Lingua 19 (1968), S. 341–385; und meine Dissertation: Linguistischer Strukturalismus als Sprachkompetenztheorie. Zu Noam Chomskys „Revolutionierung“ der Linguistik, Marburg 1973, bes. S. 116 ff.

[6] *N. Chomsky*, Aspekte der Syntax-Theorie, a. a. O. S. 19.

[7] Vgl. bes. Gilbert *Harman* (ed.), On Noam Chomsky, New York 1974; Dieter *Wunderlich* (Hrsg.), Wissenschaftstheorie der Linguistik, Kronberg 1976; Michael *Schecker* (Hrsg.), Methodologie der Sprachwissenschaft, Hamburg 1976. Vgl. zur aktuellsten Stellungnahme: Noam *Chomsky*, Regeln und Repräsentationen, Frankfurt 1981, wo Chomsky noch einmal die wichtigsten Brennpunkte einer mentalistisch konzipierten Grammatik- und Sprachtheorie behandelt. Vgl. flankierend dazu auch: Noam *Chomsky*, Sprache und Verantwortung. Gespräche mit Mitsou Ronat, Frankfurt/Berlin/Wien 1981.

[8] Vgl. Jerrold *Katz*, Mentalism in linguistics, in: Language 40 (1964), S. 124–137; Thomas G. *Bever*, The cognitive basis for linguistic Structures, in: J. *Hayes* (ed.), Cognition and the Development of Language, New York 1970, S. 279–362; W. C. *Watt*, On two hypotheses concerning psycholinguistics, in: ebd. S. 137–220; Elisabeth *Bense*, Mentalismus in der Sprachtheorie Noam Chomskys, Kronberg 1973.

[9] Vgl. Jürgen *Habermas*, Was heißt Universalpragmatik? in: Karl-Otto *Apel* (Hrsg.), Sprachpragmatik und Philosophie, Frankfurt/Main 1976, S. 174–272; bes. S. 183 ff.; Karl-Otto *Apel*, Sprechakttheorie und transzendentale Sprachpragmatik zur Frage ethischer Normen, in: ebd., S. 10–173, bes. S. 94 ff.

[10] Vgl. zum Verfahren der *Begriffsexplikation*, durch das ein vages, inkonsistentes und mehrdeutiges Sprachwissen in präzise Begrifflichkeit überführt wird bes.: Rudolf *Carnap*, Logical foundations of probability, Chicago 1950, S. 3 ff.; Carl G. *Hempel*, Fundamentals of concept

formation in the empirical sciences, Chicago 1952; Wolfgang *Stegmüller*, Metaphysik – Skepsis – Wissenschaft, Berlin/Heidelberg/New York 1969, 2. Aufl., S. 87 f.

11 Jürgen *Habermas*, Was heißt Universalpragmatik? a. a. O. S. 192.

12 Vgl. Jürgen *Habermas*, Der Universalitätsanspruch der Hermeneutik, in: Hermeneutik und Ideologiekritik, Frankfurt/Main 1971, S. 120–159, S. 126 f.

13 Noam *Chomsky*, Aspekte der Syntax-Theorie, a. a. O. S. 37.

14 Vgl. Karl-Otto *Apel*, Noam Chomskys Sprachtheorie und die Philosophie der Gegenwart, in: ders., Transformation der Philosophie, Band 2, Frankfurt/Main 1973, S. 264–310.

15 Vgl. Helga *Andresen*, Der Erklärungsgehalt linguistischer Theorien, München 1974; Dieter *Wunderlich*, Grundlagen der Linguistik, Reinbek bei Hamburg 1974, S. 78 ff.; D. *Cohen* (ed.), Explaining Linguistic Phenomena, New York 1974.

16 Vgl. Jürgen *Dittmann*, Begriff und Gegenstand, In: J. *Dittmann*, R. *Marten*, M. *Schecker* (Hrsg.), Gegenstand und Wahrheit, Tübingen 1976, S. 13–57; Manfred *Geier*, Wissenschaftstheoretische Überlegungen zum linguistischen Strukturalismus als einer Sprachkompetenztheorie, in: Manfred *Geier*, Manfred *Kohrt*, Christoph *Küper* und Franz *Marschallek*, Sprache als Struktur, Tübingen 1976, S. 60–91, S. 73 ff.

17 Vgl. M. *Geier*, Linguistischer Strukturalismus als Sprachkompetenztheorie, Diss. phil., a. a. O.

18 C. G. *Hempel*, Aspects of Scientific Explanation, Glencoe 1965. Ausführlich informiert Wolfgang *Stegmüller*, Probleme und Resultate der Wissenschaftstheorie und Analytischen Philosophie, Band 1, Berlin/Heidelberg/New York 1969.

19 Siegfried *Kanngießer*, Modelle der Spracherklärung, in: Michael *Schecker* (Hrsg.), Methodologie der Sprachwissenschaft, Hamburg 1976, S. 49 bis 90. Modifiziert in: Siegfried *Kanngießer*, Spracherklärungen und Sprachbeschreibungen, in: Dieter *Wunderlich* (Hrsg.), Wissenschaftstheorie der Linguistik, a. a. O. S. 106–160, S. 121.

20 Vgl. Sidney *Hook* (ed), Language and Philosophy, New York 1969; Manfred *Geier*, Linguistisches Apriori und Angeborene Ideen, in: Kant-Studien 72/1 (1981), S. 68–87.

21 Vgl. ebd.

22 Georg Henrik *von Wright*, Erklären und Verstehen, Frankfurt/Main 1974, S. 24.

23 Manfred *Riedel*, Verstehen oder Erklären? Stuttgart 1978, S. 36.

[24] Vgl. J. *Dittmann,* Begriff und Gegenstand, a. a. O. S. 14 ff.

[25] Vgl. Karl-Otto *Apel*, Die Erklären: Verstehen – Kontroverse in transzendentalpragmatischer Sicht, Frankfurt/Main 1979, S. 265.

[26] Vgl. M. *Geier*, Linguistischer Strukturalismus als Sprachkompetenztheorie, a. a. O. S. 120 ff.

[27] Vgl. Josef *Simon*, Philosophie und linguistische Theorie, Berlin und New York 1971, S. 21ff..

[28] Ebd. S. 14

[29] Ebd. S. 24.

[30] Vgl. zuerst: Noam *Chomsky*, Syntactic Structures, a. a. O. S. 13 ff.

[31] Thomas G. *Bever*, Associations to stimulus-reponse theories of language, in: T. R. *Dixon* and D. L. *Horton* (eds.), Verbal Behavior and General Behavior Theory, Englewood Cliffs N. J., 1968, S. 478–494, S. 479.

[32] Vgl. G. A. *Sanders*, On the natural domain of grammar, reproduced by the Indiana University Linguistic Circle, August 1969.

[33] J. J. *Katz*, Philosophie der Sprache, Frankfurt/Main 1969, S. 123.

[34] Vgl. ebd. S. 123 ff.; vgl. J. J. *Katz* and P. *Postal*, An Integrated Theory of Linguistic Descriptions, Cambridge/Mass. 1964, S. 74 ff.

[35] Vgl. zur Kritik: Manfred *Geier*, Linguistischer Strukturalismus als Sprachkompetenztheorie, a. a. O. S. 306 ff.

[36] Manfred *Bierwisch*, Fehler-Linguistik, in: Ferenc *Kiefer* und David M. *Perlmutter* (Hrsg.), Syntax und generative Grammatik 1, Frankfurt/Main 1974, S. 27–53, S. 28. Vgl. grundsätzlich zum Problem der „Abweichung" und seiner sprachwissenschaftlichen Behandlung: Dieter *Cherubim* (Hrsg.), Fehlerlinguistik, Tübingen 1981. (RGL Band 24)

[37] Vgl. Noam *Chomsky*, Some methodological remarks on generative grammar, in: Word 17 (1961), S. 219–239; Jerrold J. *Katz*, Semi-sentences, in: J. A. *Fodor* and J. J. *Katz* (eds.) The Structure of Language, Engelwood Cliffs 1964, S. 400–416; Th. E. *Patton*, Syntactic deviance, in: Foundations of Language 4 (1968), S. 138–153; J. E. *Tomberlin*, Ziff on Ungrammaticalness, in: Mind 76 (1967), S. 580–582; Paul *Ziff*, About ungrammaticalness, in: Mind 73 (1964), S. 204–214.

[38] Vgl. Carl G. *Hempel*, Fundamentals of Concept Formation, a. a. O.

[39] Vgl. Gilbert *Harman*, About what an adequate grammar could do, in: Foundations of Language 2 (1966), S. 134–141; Paul *Ziff*, About what an adequate grammar couldn't do, in: Foundations of Language 1 (1965), S. 5–13.

[40] Uriel *Weinreich*, Erkundungen zur Theorie der Semantik, Tübingen 1970, S. 28.

[41] N. *Chomsky*, Syntactic Structures, a. a. O.

[42] Vgl. bes. J. J. *Katz* and P. *Postal* (eds.), An Integrated Theory of Linguistic Descriptions, a. a. O.; Noam *Chomsky*, Aspekte der Syntax-Theorie, a. a. O.

[43] Vgl. Noam *Chomsky*, Some methodological remarks on generative grammar, a. a. O.; dazu M. *Geier*, Linguistischer Strukturalismus als Sprachkompetenztheorie, a. a. O. S. 158 ff.

[44] J. J. *Katz*, Semi-Sentences, a. a. O. S. 411.

[45] Ebd. S. 410.

[46] Ebd.

[47] Ebd. S. 404.

[48] Ebd. S. 410.

[49] Vgl. W. C. *Watt*, On two hypotheses concerning psycholinguistics, a. a. O.; ausführlicher Überblick bei: Helen *Leuninger*, Max H. *Miller* und Frank *Müller*, Psycholinguistik. Ein Forschungsbericht, Frankfurt/Main 1972; diess., Linguistik und Psychologie. Ein Reader, 2 Bände, Frankfurt/Main 1974.

[50] Noam *Chomsky,* The general properties of language, in: F. L. *Darley* (ed.), Brain Mechanisms Underlying Speech and Language, New York 1967, S. 73–81, S. 81.

[51] Ebd. S. 78; vgl. auch bes. N. *Chomsky*, Language and Mind, New York 1968; dt. Ausg. Sprache und Geist, Frankfurt/Main 1970.

[52] Vgl. programmatisch: N. *Chomsky,* Aspekte der Syntax-Theorie, a. a. O. § 1.

[53] Vgl. W. C. *Watt*, On two hypotheses concerning psycholinguistics, a. a. O.; W. C. *Watt,* Autonome Linguistik, Psycholinguistik, kognitive Linguistik, in: *Leuniger, Miller, Müller,* Linguistik und Psychologie, Band 1, a. a. O. S. 116–127; Thomas G. *Bever*, Ansätze einer integrativen Wissenschaft vom Sprachverhalten, in: ebd. S. 66–115; Dan I. *Slobin*, Kognitive Voraussetzungen der Sprachentwicklung, in: *Leuninger, Miller, Müller,* Linguistik und Psychologie, Band 2, a. a. O. S. 122–165; I. M. *Schlesinger,* Production of utterances and language acquisition, in: D. I. *Slobin* (ed.), The Ontogenesis of Grammar, New York 1971, S. 63–101.

[54] Manfred *Bierwisch*, Psychologische Aspekte der Sprache, Berlin 1975; vgl. dazu: V. *Fromkin*, The non-anomalous nature of anomalous utterances, in: Language 47 (1970), S. 27–52; R. R. *Hausser*, A Theory of

Systematic Deviants, Report to NSF on the Theory of Transformational Grammar, University of Texas, 1971, S. 1–44.

55 M. *Bierwisch*, Psychologische Aspekte der Sprache, a. a. O. S. 16 ff.

56 Ebd. Vgl. auch: M. Bierwisch, Fehler-Linguistik, a. a. O.

57 Ebd. S. 44.

58 Vgl. Roman *Jakobson*, Zwei Seiten der Sprache und zwei Typen aphasischer Störungen, in: R. *Jakobson*, Aufsätze zur Linguistik und Poetik, München 1974, S. 117–141.

59 M. *Bierwisch*, Fehler-Linguistik, a. a. O. S. 47.

60 Ebd. S. 49.

61 Ebd.

62 Vgl. Roman *Jakobson*, Boas' view of grammatical meaning, in: American Anthropologist 61/2 (1959), S. 139–145; Archibald A. *Hill*, Grammaticality, in: Word 17 (1961), S. 1–10.

63 N. *Chomsky*, Some methodological remarks on generative grammar, a. a. O. S. 234.

64 Ebd.

65 Ebd.

66 Vgl. Paul *Ziff*, On understanding „understanding utterances", in: J. A. *Fodor* and J. J. *Katz* (eds.), The Structure of Language, a. a. O. S. 390 bis 399.

67 Vgl. bes. Jens *Ihwe* (Hrsg.), Literaturwissenschaft und Linguistik. Ergebnisse und Perspektiven, Band II/2. Zur linguistischen Basis der Literaturwissenschaft, Frankfurt/Main 1971; Helmut *Kreuzer* und Rul *Gunzenhäuser* (Hrsg.), Mathematik und Dichtung, München 1965; S. R. *Levin*, Linguistic Structures in Poetry, The Hague 1962.

68 Vgl. Paul *Postal*, Constituent Structure, The Hague 1964, S. 3; Noam *Chomsky*, A transformational approach to syntax, in: J. A. *Fodor* and J. J. *Katz* (eds.), The Structure of Language, a. a. O. S. 211–245, S. 240 ff.

69 Vgl. bes. Jürgen *Habermas*, Erkenntnis und Interesse, Frankfurt/Main 1968.

Anmerkungen zu § 2: Sprechakttheoretische Analyse

1 J. L. *Austin*, How to do things with Words, Oxford 1962; dt. Ausgabe: Zur Theorie der Sprechakte, Stuttgart 1972, S. 27.

2 Als Überblick vgl.: Manfred *Braunroth*, Gernot *Seyfert*, Karsten *Siegel* und Fritz *Vahle*, Ansätze und Aufgaben der linguistischen Pragmatik,

Frankfurt/Main 1975; Brigitte *Schlieben-Lange*, Linguistische Pragmatik, Stuttgart/Berlin/Köln/Mainz 1975; Dieter *Wunderlich* (Hrsg.), Linguistische Pragmatik, Frankfurt/Main 1972.

3 Vgl. bes. John *Searle*, Sprechakte, Frankfurt/Main 1971.

4 Vgl. zu diesem Begriff: Thomas *Kuhn*, Postkript – 1969 zur Analyse der Struktur wissenschaftlicher Revolutionen, in: Peter *Weingart* (Hrsg.), Wissenschaftssoziologie 1, Frankfurt/Main 1972, S. 287–319. Vgl. die diesbezügliche Debatte: I. *Lakatos* und A. *Musgrave* (Hrsg.), Kritik und Erkenntnisfortschritt, Braunschweig 1974.

5 S. Anm. 1.

6 John *Searle*, Sprechakte, a. a. O. S. 61.

7 Vgl. M. *Geier*, Modelle der Kommunikation, in: J. *Kramer* (Hrsg.), Bestandsaufnahme Fremdsprachenunterricht, Stuttgart 1976, S. 151 bis 179, bes. S. 163 f.

8 Vgl. John *Searle*, Chomskys Revolution in der Linguistik, in: G. *Grewendorf* und G. *Meggle* (Hrsg.), Linguistik und Philosophie, Frankfurt/Main 1974, S. 404–438; Noam *Chomsky*, Reflexionen über die Sprache, Frankfurt/Main 1977, bes. S. 69–81; Helen *Leuninger*, Bestimmt die kommunikative Funktion von Äußerungen ihre Struktur? Zur Kontroverse zwischen Chomsky und Searle, in: Papiere zur Linguistik 13/14 (1977), S. 143–167.

9 J. *Searle*, Sprechakte, a. a. O. S. 30; vgl. J. *Searle*, Was ist ein Sprechakt? in: H. *Holzer* und K. *Steinbacher* (Hrsg.), Sprache und Gesellschaft, München 1972, S. 153–173, S. 154.

10 Vgl. Utz *Maas* und Dieter *Wunderlich*, Pragmatik und sprachliches Handeln, Frankfurt/Main 1972, S. 123ff.

11 Vgl. J. L. *Austin*, Zur Theorie der Sprechakte, a. a. O. S. 110.

12 Vgl. ebd. S. 114 ff.

13 J. L. *Austin*, How to do things with Words, a. a. O. S. 99.

14 Vgl. zum Begriff der „Aufräumarbeit“, mit dem die normale Arbeit der Problemlösung im Rahmen einer disziplinären Matrix bezeichnet wird, bes. Thomas S. *Kuhn*, Die Struktur wissenschaftlicher Revolutionen, Frankfurt/Main 1967a, S. 45.

15 J. *Searle*, Sprechakte, a. a. O. S. 29.

16 Dieter *Wunderlich*, Probleme einer linguistischen Pragmatik, in: H. *Holzer* u. K. *Steinbacher* (Hrsg.). Sprache und Gesellschaft, a. a. O. S. 173 bis 187, S. 184.

17 Vgl. J. *Searle*, Sprechakte, a. a. O. S. 54 ff.

18 Ebd. S. 37.

[19] Vgl. zur Explikation dieses Gedankens bes. Peter *Winch*. Die Idee der Sozialwissenschaft und ihr Verhältnis zur Philosophie, Frankfurt/Main 1966.

[20] J. *Searle*, Sprechakte, a. a. O. S. 24.

[21] Vgl. ebd. S. 32.

[22] Vgl. ebd. S. 34 ff.

[23] Vgl. ebd. S. 88 ff.

[24] Ebd. S. 84.

[25] Ebd. S. 95 f. Vgl. auch J. L. *Austin*, Zur Theorie der Sprechakte, a. a. O. S. 31.

[26] J. *Searle*, Sprechakte, a. a. O. S. 97.

[27] Vgl. Jürgen *Habermas*, Was heißt Universalpragmatik? in: Karl-Otto *Apel* (Hrsg.), Sprachpragmatik und Philosophie, Frankfurt/Main 1976, S. 174–272, bes. S. 183 ff.

[28] Vgl. zu diesem Problem, P. *Winch*, Die Idee der Sozialwissenschaft, a. a. O. S. 45; Rudi *Keller*, Zum Begriff der Regel, in: Hans Jürgen *Heringer* (Hrsg.), Der Regelbegriff in der praktischen Semantik, Frankfurt/Main 1974, S. 10–24; Günther *Öhlschläger*, Einige Unterschiede zwischen Naturgesetzen und sozialen Regeln, in: ebd. S. 88–110.

[29] J. *Searle*, Sprechakte, a. a. O. S. 83.

[30] Ebd. S. 24.

[31] Ebd. S. 23–29.

[32] Ebd. S. 27.

[33] Vgl. Jürgen *Habermas*, Was heißt Universalpragmatik? a. a. O. S. 192.

[34] Vgl. zur „Paradoxie der Bedeutungsexplikation" besonders Wolfgang *Stegmüller*, Metaphysik, Skepsis, Wissenschaft, Berlin/Heidelberg/New York 1969, 2. Auflage, S. 87.

[35] J. *Searle*, Sprechakte, a. a. O. S. 13.

[36] Vgl. M. *Geier*, Linguistischer Strukturalismus als Sprachkompetenztheorie, Diss. phil Marburg 1973, S. 128 ff.

[37] J. *Searle*, Sprechakte, a. a. O. S. 28 f.

[38] Vgl. Siegfried *Kanngießer*, Modelle der Spracherklärung, in: Michael *Schecker* (Hrsg.), Methodologie der Sprachwissenschaft, Hamburg 1976, S. 49–90, S. 71 ff.; Christian *Stetter*, Grundfragen eines transzendentalen-hermeneutischen Sprachbegriffs, in: Ludwig *Jäger* (Hrsg.) Erkenntnistheoretische Grundfragen der Linguistik, Stuttgart/Berlin/Köln/Mainz 1979, S. 45–73, S. 58 ff.

[39] Vgl. Thomas S. *Kuhn*, Postskript – 1969 zur Analyse der Struktur wissenschaftlicher Revolutionen, a. a. O.

[40] John *Searle*, Linguistik und Sprachphilosophie, in: Renate *Bartsch* und Theo *Vennemann* (Hrsg.), Linguistik und Nachbarwissenschaften, Kronberg 1973, S. 113–125, S. 119.

[41] J. L. *Austin*, How to do things with Words, a. a. O. S. 14 ff.; vgl. dt. Ausg. S. 34 ff.

[42] Ebd. S. 34.

[43] Dieter *Wunderlich*, Studien zur Sprechakttheorie, Frankfurt/Main 1976, S. 58, 110–118, 140 f.

[44] J. *Searle*, Sprechakte, a. a. O. S. 84.

[45] D. *Wunderlich*, Studien zur Sprechakttheorie, a. a. O. S. 110.

[46] Vgl. D. *Wunderlich*, Über die Konsequenzen von Sprechhandlungen, in: Karl-Otto *Apel* (Hrsg.), Sprachpragmatik und Philosophie, a. a. O. S. 441–462.

[47] Vgl. Utz *Maas* und Dieter *Wunderlich*, Pragmatik und sprachliches Handeln, a. a. O. S. 286 ff.; D. *Wunderlich*, Studien zur Sprechakttheorie, a. a. O. S. 116, 141.

[48] Renate *Bartsch*, Die Rolle von pragmatischen Korrektheitsbedingungen bei der Interpretation von Äußerungen, in: Günther *Grewendorf* (Hrsg.), Sprechakttheorie und Semantik, Frankfurt/Main 1979, S. 217–243, S. 220; vgl. R. *Bartsch*, Semantical and Pragmatical Correctness as Basic Notions of the Theory of Meaning, erscheint in: Journal of Pragmatics.

[49] R. *Bartsch*, Die Rolle von pragmatischen Korrektheitsbedingungen, a. a. O. S. 220.

[50] J. *Habermas*, Was heißt Universalpragmatik? a. a. O. S. 251; Vgl. J. *Habermas*, Vorbereitende Bemerkungen zu einer Theorie der kommunikativen Kompetenz, in: J. *Habermas* und N. *Luhmann*, Theorie der Gesellschaft oder Sozialtechnologie? Frankfurt/Main 1971, S. 101–141, bes. S. 114 ff.

[51] J. *Habermas*, Was heißt Universalpragmatik? a. a. O. S. 251.

[52] Ebd. S. 255; vgl auch Jürgen *Habermas*, Wahrheitstheorien, in: H. *Fahrenbach* (Hrsg.), Wirklichkeit und Reflexion, Pfullingen 1973, S. 211 bis 265.

[53] Vgl. Brigitte *Schlieben-Lange*, Perlokution. Eine Skizze, in: Sprache im technischen Zeitalter 52 (1974), S. 319–333.

[54] Vgl. Karl-Otto *Apel*, Sprechakttheorie und transzendentale Sprachpragmatik zur Frage ethischer Normen, in: K.-O. *Apel* (Hrsg.), Sprachpragmatik und Philosophie, a. a. O. S. 10–173; vgl. dazu auch die letzten Schriften von Apel: Das Problem der philosophischen Letztbegründung im Lichte einer transzendentalen Sprachpragmatik, in: B. *Kannitscheider*

(Hrsg.), Sprache und Erkenntnis, Innsbruck 1976, S. 55–82; ders.: Programmatische Bemerkungen zur Idee einer transzendentalen Sprach-Pragmatik, in: Studia Philosophia in honorem Sven Krohn, edited by T. *Airaksinen* et alii, Turku 1973/74, S. 11–36.

55 Vgl. D. *Wunderlich*, Zur Konventionalität von Sprechakten, in: D. *Wunderlich* (Hrsg.), Linguistische Pragmatik, Frankfurt/Main 1972, S. 11–58, S. 21ff.; Helmut *Schnelle*, Sprachphilosophie und Linguistik, Reinbek bei Hamburg 1973, S. 43 f. ; J. *Searle*, Sprechakte, a. a. O. 93 ff.

56 Vgl. Alfred *Tarski*, Die semantische Konzeption der Wahrheit, in: J. *Sinnreich* (Hrsg.), Zur Philosophie der idealen Sprache, München 1972, S. 53–100.

57 D. *Wunderlich*, Zur Konventionalität von Sprechakten, a. a. O. S. 21.

58 K.-O. *Apel*, Sprechakttheorie und transzendentale Sprachpragmatik zur Frage ethischer Normen, a. a. O. S. 162.

59 Vgl. bes. Harvey *Sacks*, E. *Schlegloff* and Gail *Jefferson*, A simplest systematics for the organization of turn-taking for Conversation, in: Language 50 (1974), S. 696–735; Emanuel A. *Schegloff*, Sequencing in Conversational Openings, in: Joshua *Fishman* (ed.), Advances in the Sociology of Language II, The Hague 1972, S. 91–125; John *Gumperz* and Eleanor *Herasimchuk*, The Conversational Analysis of Social Meaning, in: Roger W. *Shuy* (ed.), Sociolinguistics, Washington 1973, S. 99–134.

60 Vgl. D. *Wunderlich*, Sprechakttheorie und Diskursanalyse, in: K.-O. *Apel* (Hrsg.), Sprachpragmatik und Philosophie, a. a. O. S. 463–488; D. Wunderlich, Studien zur Sprechakttheorie, a. a. O., bes. S. 293 ff.

61 Ebd. S. 120.

62 Ebd. S. 296.

63 D. *Wunderlich*, Sprechakttheorie und Diskursanalyse, a. a. O. S. 465 f.

64 D. *Wunderlich*, Studien zur Sprechakttheorie, a. a. O. S. 301.

65 J. L. *Austin*, How to do things with Words. a. a. O. S. 35 ff.

66 J. *Searle*, Sprechakte, a. a. O. S. 84.

67 J. L. *Austin*, Zur Theorie der Sprechakte, a. a. O. S. 34.

68 Ebd.

69 Vgl. R. *Bartsch*, Die Rolle von pragmatischen Korrektheitsbedingungen, a. a. O. S. 222.

70 J. *Searle*, Linguistik und Sprachphilosophie, a. a. O. S. 121.

71 J. *Habermas*, Was heißt Universalpragmatik? a. a. O. S. 216.

72 J. *Derrida*, Signatur Ereignis Kontext, in: J. *Derrida*, Randgänge der Philosophie, Frankfurt/Berlin/Wien 1976, S. 124–155, S. 146. Die

Searle-Derrida-Kontroverse findet sich in der Zeitschrift „Glyph". Vgl. J. *Searle*, Reiterating the differences: A reply to Derrida, in: Glyph 1 (1977), S. 198–208; J. *Derrida*, Limited inc abc . . ., in: Glyph 2 (1977), S. 162 bis 254. Manfred Frank hat zu dieser Debatte einen Kommentar geschrieben. Vgl. M. *Frank*, Die Entropie der Sprache, in: M. *Frank*, Das Sagbare und das Unsagbare, Frankfurt 1980, S. 141–210. Ich kann hier leider nicht auf Franks Rückgriff auf die Instanz einer spontan sinnschöpferischen Individualität zur Lösung des Problems eingehen.

73 J. *Searle*, Sprechakte, a. a. O. S. 34.

74 Ebd. S. 35.

75 Ebd. S. 34.

76 Ebd. S. 35.

77 Siegfried *Kanngießer*, Aspekte zur Semantik und Pragmatik, in: Linguistische Berichte 24 (1973), S. 1–28, S. 5.

78 Ludwig *Wittgenstein*, Tractatus logico-philosophicus, Vorwort; dazu kommentierend: Harald *Delius*, Was sich überhaupt sagen läßt, läßt sich klar sagen, in: Archiv für Philosophie 8 (1958), S. 211–254.

79 Vgl. John *Searle*, Intentionalität und der Gebrauch der Sprache, in: G. *Grewendorf* (Hrsg.), Sprechakttheorie und Semantik, Frankfurt/Main 1979, S. 149–171.

80 J. *Searle*, Sprechakte, a. a. O. S. 36.

81 Ebd. S. 32.

82 D. *Wunderlich*, Studien zur Sprechakttheorie, a. a. O. S. 120. Vgl. Das Register in: Jochen *Rehbein*, Komplexes Handeln, Stuttgart 1977.

83 Vgl. J. *Searle*, A classification of illocutionary acts, in: Language in Society 5 (1976), J. 1–23; J. *Searle*, A taxonomy of illocutionary acts, in: K. *Gunderson* (ed.), Language, Mind and Knowledge, Minneapolis 1975, S. 344–369; Thomas T. *Ballmer*, Probleme der Klassifikation von Sprechakten, in: G. *Grewendorf* (Hrsg.), Sprechakttheorie und Semantik, a. a. O. S. 247–274; D. *Wunderlich*. Was ist das für ein Sprechakt? in: ebd. S. 275–324.

84 J. *Searle*, Sprechakte, a. a. O. S. 36.

85 Vgl. Manfred *Bierwisch*, Wörtliche Bedeutung – eine pragmatische Gretchenfrage, in: G. *Grewendorf* (Hrsg.), Sprechakttheorie und Semantik, a. a. O. S. 119–148.

Anmerkungen zu § 3: Strukturalistische Tätigkeit

1 Ludwig *Wittgenstein*, Tractatus logico-philosophicus, in: L. Wittgenstein, Schriften, Frankfurt/Main 1960.

2 Ebd. T. 6.34.

3 Ebd. T. 6.341. Vgl. zum Stellenwert dieser wissenschaftstheoretischen Überlegungen Wittgensteins bes. Max *Black*, A Companion to Wittgenstein's Tractatus, Cambridge 1964, Chapter LXXXI; James *Griffin*, Wittgenstein's Logical Atomism, London 1964, Chapter VIII/4–6.

4 Vgl. Thomas S. *Kuhn*, Die Struktur wissenschaftlicher Revolutionen, Frankfurt/Main 1967.

5 Vgl. bes. Paul *Lorenzen*, Methodisches Denken, Frankfurt/Main 1968; Peter *Janich*, Die Protophysik der Zeit, Mannheim 1969; Gernot *Böhme* (Hrsg.), Protophysik, Frankfurt/Main 1976; Friedrich *Kambartel*, Theorie und Begründung, Frankfurt/Main 1976.

6 Vgl. Rudolf *Carnap*, Der logische Aufbau der Welt, Frankfurt/Berlin/Wien 1979, zuerst 1929, §§ 10–16.

7 Vgl. bes. die Arbeiten von Zellig S. *Harris*, Methods in Structural Linguistics, Chicago 1951; Z.S. *Harris*, String Analysis of Sentence Structure, The Hague 1964.

8 Roland *Barthes*, Die strukturalistische Tätigkeit, in: Kursbuch 5 (1966), S. 190–196 (= L'activité structuraliste, in: Essais critiques, Paris 1964, S. 213–220); vgl. als Beantwortungsversuche der Frage „Was ist der Strukturalismus" besonders: Manfred *Bierwisch*, Strukturalismus, in: Kursbuch 5 (1966), S. 77–152; Roland *Barthes*, Elemente der Semiologie, Frankfurt/Main 1979; Gilles *Deleuze*, Woran erkennt man den Strukturalismus? in: F. *Chatelet* (Hrsg.), Geschichte der Philosophie, Band VIII, Fankfurt/Berlin/Wien 1975, S. 269–309; Francois *Wahl* (Hrsg.), Einführung in den Strukturalismus, Frankfurt/Main 1973.

9 R. *Barthes*, Die strukturalistische Tätigkeit, a.a.O. S. 191f.; vgl. dazu kritisch: Hans *Kügler*, „Der hinzugefügte Intellekt", in: Otfried *Hoppe* (Hrsg.), Kritik und Didaktik des literarischen Verstehens, Kronberg 1976, S. 110–132; H. *Melenk*, Die formalen Systeme des französischen Strukturalismus, in: Philosophisches Jahrbuch 79 (1972), S. 137–162.

10 Damit ist die *doppelte Artikulation* der Sprache gekennzeichnet: auf der einen Seite besteht sie aus (signifikativen) Einheiten, die jeweils eine bezeichnende und eine bezeichnete Seite haben (Moneme, Lexeme, Morpheme); auf der anderen Seite besteht sie aus (distinktiven) Einheiten, welche die Ausdrucksseite in unterscheidbare Teile (Pho-

neme) gliedert. Vgl. André *Martinet*, Grundzüge der Allgemeinen Sprachwissenschaft, Stuttgart 1963, S. 21 ff.

11 Vgl. dazu bes. Emile *Benveniste*, Die Ebenen der linguistischen Analyse, in: ders., Probleme der allgemeinen Sprachwissenschaft, München 1974, S. 135–150. Distributionelle Relationen bestehen zwischen den Elementen derselben Ebene; integrative Beziehungen zwischen solchen verschiedener Ebene; So stehen z. B. einzelne Phoneme distributionell zueinander und integrativ in Beziehung zur morphologischen Ebene.

12 Die Übertragung des linguistischen Modells der Sprachanalyse auf andere Gebiete geschieht deshalb nicht „willkürlich", sondern impliziert die Annahme, daß auch andere Gegenstandsbereiche wie eine Sprache i. e. S. organisiert sind. Als Oberbegriff wird deshalb der Begriff „Semiologie" verwendet, der alle Gegenstandsbereiche benennt, die wie eine Sprache aufgebaut sind.

13 R. *Barthes*, Die strukturalistische Tätigkeit, a. a. O. S. 193.

14 Vgl. Ferdinand *de Saussure*, Grundfragen der allgemeinen Sprachwissenschaft, Berlin 1967, bes. Zweiter Teil; dazu rekonstruierend Oswald *Ducrot*, Der Strukturalismus in der Linguistik, in: F. *Wahl* (Hrsg.), Einführung in den Strukturalismus, a. a. O. S. 13–104.

15 R. *Barthes*, Die strukturalistische Tätigkeit, a.a.O. S. 194.

16 G. *Deleuze*, Woran erkennt man den Strukturalismus? a. a. O. S. 282.

17 Ebd. S. 271. Die stabile Trennung von real – symbolisch – imaginär kennzeichnet besonders den theoretischen Ansatz des Psychoanalytikers Jacques Lacan. Vgl. *Lacan*, Schriften 1 und 2, Olten und Freiburg i. Breisgau 1973 bzw. 1975. Auch diese Dreiteilung geht wesentlich auf de Saussure zurück, der die Sprache als etwas Drittes „zwischen" physikalistischer Lautrealität und mentalen Gedanken ansiedelt.

18 Claude *Levi-Strauss*, Mythologica, (5 Bände), Frankfurt/Main 1976, Band I, Das Rohe und das Gekochte, S. 11–53, bes. S. 17, 26.

19 Vgl. C. *Lévi-Strauss*, Das wilde Denken, Frankfurt/Main 1973, S. 29 f. Vgl. dazu: Jacques *Derrida*, Die Struktur, das Zeichen und das Spiel im Diskurs der Wissenschaften vom Menschen, in: ders., Die Schrift und die Differenz, Frankfurt/Main 1972, S. 422–442.

20 Dan *Sperber*, Über Symbolik, Frankfurt/Main 1975, S. 89.

21 R. *Barthes, Elemente der Semiologie, a.a.O. S. 11.*

22 Dan *Sperber*, Über Symbolik, a.a.O. S. 97.

23 Vgl. bes. Roman *Jakobson*, Zwei Seiten der Sprache und zwei Typen aphasischer Störungen, in: ders., Aufsätze zur Linguistik und Poetik, München 1974, S. 117–141; dazu: Elmar *Holenstein*, Die zwei Achsen

der Sprache und ihre Grundlagen, in: ders., Linguistik, Semiotik, Hermeneutik, Frankfurt/Main 1976, S. 76–113.

[24] Vgl. R. *Barthes*, Elemente der Semiologie, a.a.O. S. 51 f.

[25] Vgl. N. *Kruszewski*, Prinzipien der Sprachentwicklung, in: Internationale Zeitschrift für allgemeine Sprachwissenschaft bes. 3 (1886), S. 145–187, S. 172; F. *de Saussure*, Grundfragen der allgemeinen Sprachwissenschaft, a. a. O. S. 147. Die paradigmatischen Relationen nennt Saussure noch „assoziativ". Der Begriff des Paradigmas stammt von Louis *Hjelmslev*, Prolegomena zu einer Sprachtheorie, München 1974, S. 34 (das dänische Original erschien 1943). Vgl. dazu auch: Elmar *Holenstein*, Roman Jakobsons phänomenologischer Strukturalismus, Frankfurt/Main 1975, S. 142ff..

[26] E. *Holenstein*, Die zwei Achsen der Sprachen und ihre Grundlagen, a.a.O. S. 76.

[27] Vgl. R. *Jakobsen*, Zwei Seiten der Sprache und zwei Typen aphasischer Störungen, a.a.O.; ders., Aphasia as a Linguistic Topic, in: R. *Jakobson*, Selected Writings, Vol. II, The Hague 1971, S. 229–238; R. J., Toward a Linguistic Classification of Aphasic Impairments, ebd. S. 289–306; R. J., Linguistic Types of Aphasia, ebd. S. 307–333.

[28] R. *Jakobson*, Zwei Seiten der Sprache und zwei Typen aphasischer Störungen, a. a. O. S. 123.

[29] Ebd. S. 124. Das Beispiel stammt von Kurt *Goldstein*, Language and Language Disturbances, New York 1948, S. 302.

[30] Daß der Aphasiker entlang einer Entwicklungslinie regrediert, die im Spracherwerb progressiv aufgebaut wird, hat Jakobson anhand phonologischer Sprachstörungen aufgezeigt. Vgl. Roman *Jakobson*, Kindersprache, Aphasie und allgemeine Lautgesetze, Frankfurt/Main 1969 (zuerst 1941).

[31] Vgl. bes. die beiden diesbezüglichen Aufsatzsammlungen: Roman *Jakobson*, Hölderlin, Klee, Brecht, Frankfurt/Main 1976; R. *Jakobson*, Poetik, Frankfurt/Main 1979. Vgl. zum Begriff der „Überstrukturierung" Rolf *Klöpfer*, Poetik und Linguistik, München 1975, bes. S. 49; Manfred *Geier*, Ästhetische Wahrnehmung, in: ders., Kulturhistorische Sprachanalysen, Köln 1979. S. 41–66. Rückblickend auf seine poetologischen Interessen und Methoden informiert Roman *Jakobson* in einem ausführlichen Gespräch mit Krystyna *Pomorska*, Poesie und Grammatik. Dialoge, Frankfurt 1982. Hier findet sich auch ein Verzeichnis der Veröffentlichungen Roman Jakobsons in deutscher Sprache 1921–1982.

32 Roman *Jakobson*, Linguistik und Poetik, in: Literaturwissenschaft und Linguistik, Band II/1, Frankfurt/Main 1971, S. 142–178, S. 151.

33 Vgl. ebd.. Jakobson unterscheidet 6 verschiedene Funktionen der Sprache, wobei für die „poetische Funktion" besonders die „Einstellung auf die Mitteilung als solche" charakteristisch ist, auf das sprachliche Medium in seiner Ausdrucksgestalt.

34 Besonders innerhalb der Generativen Transformationsgrammatik ist dieser kritische Einwand gegen einen „taxonomischen" Strukturalismus entfaltet worden, der sich auf die beiden Prozeduren der Segmentierung und der Klassifizierung beschränkt.

35 A. J. *Greimas*, Strukturale Semantik, Braunschweig 1971 (zuerst franz. 1966). Vgl. dazu bes. E. U. *Grosse*, Zur Neuorientierung der Semantik bei Greimas, in: Zeitschrift für romanische Philologie 87 (1971), S. 359 bis 393. Allgemein über Ansätze einer strukturalistischen Bedeutungsanalyse informiert: Gerd *Wotjak*, Untersuchungen zur Struktur der Bedeutung, Berlin 1971.

36 Vgl. Eugenio *Coseriu*, Lexikalische Solidaritäten, in: Poetica 1 (1967), S. 293–303.

37 Francois *Rastier*, Systematik der Isotopien, in: *Kallmeyer, Klein, Meyer-Herrmann, Netzer, Siebert*, Lektürekolleg zur Textlinguistik, Band 2: Reader, Frankfurt/Main 1974, S. 153–192; vgl. dazu auch den von den gleichen Autoren verfaßten Band 1: Einführung zur Textlinguistik, Frankfurt/Main 1974, S. 143–161.

38 A. J. *Greimas*, Strukturale Semantik, a. a. O. S. 87.

39 Ebd. S. 85.

40 Vgl. F. *Rastier*, Systematik der Isotopien, a. a. O.; ich habe das Schema der „Lesarten" auf einen Roman von Stanislaw Lem anzuwenden versucht, vgl. M. *Geier*, Stanislaw Lems phantastischer Ozean, in: M. *Geier*, Kulturhistorische Sprachanalysen, Köln 1979, S. 67–123.

41 A. J. *Greimas*, Strukturale Semantik, a.a.O. S. 87. Greimas spielt hier auf *Barthes*, Mythen des Alltags an. Vgl. unten.

42 Ebd. S. 89.

43 Vgl. ebd. S. 87; dazu: F. *Rastier*, Systematik der Isotopien, a. a. O. S. 166 ff.

44 Vgl. R. *Barthes*, Elemente der Semiologie, a. a. O. S. 75 f.; Umberto *Eco*, Einführung in die Semiotik, München 1972, S. 108 ff.

45 L. *Hjelmslev*, Prolegomena zu einer Sprachtheorie, a. a. O. S. 111. Mittels eines räumlichen Modells ließe sich die Konnotationssprache so darstellen:

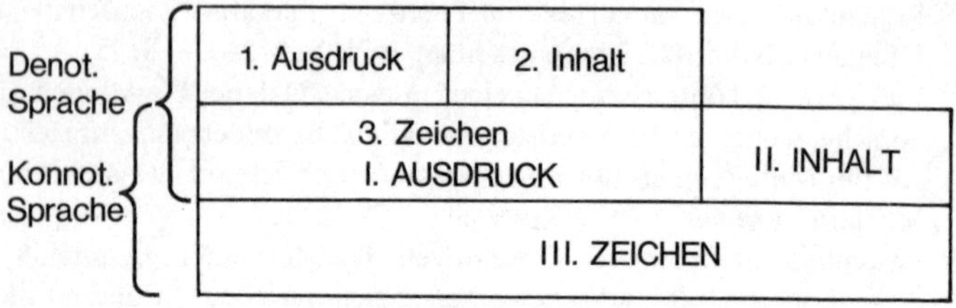

[46] Roland *Barthes*, Mythen des Alltags, Frankfurt/Main 1964. Die französische Ausgabe erschien 1957.

[47] Ebd. S. 94.

[48] Ebd. S. 97.

[49] Ebd. S. 98.

[50] Roland *Barthes*, S/Z, Frankfurt/Main 1976, S. 18.

[51] Ebd. S. 12.

[52] Ebd. S. 18.

[53] Ebd. S. 23.

[54] Ebd. S. 10.

[55] Vgl. dazu Jacques *Derrida*, Freud und der Schauplatz der Schrift, in: J. D., Die Schrift und die Differenz, a. a. O. S. 302–350, bes. S. 323f..

[56] R. *Barthes*, *S/Z*, a. a. O. S. 25.

[57] J. *Derrida*, Freud und der Schauplatz der Schrift, a. a. O. S. 323.

[58] Claude *Levi-Strauss*, Das wilde Denken, Frankfurt/Main 1973, S. 50.

[59] Ebd. S. 31.

[60] Vgl. ebd. S. 49.

[61] Manfred *Frank*, Das individuelle Allgemeine, Frankfurt/Main 1977, S. 279.

[62] C. *Levi-Strauss*, Das wilde Denken, a. a. O. S. 35.

[63] J. *Derrida*, Die Struktur, das Zeichen und das Spiel im Diskurs der Wissenschaft vom Menschen, a. a. O. S. 431.

[64] R. *Barthes, S/Z, a. a. O. S. 15.*

Anmerkungen zu § 4: Psychoanalytische Übersetzung.

[1] J. *Laplanche* und J.–B. *Pontalis*, Das Vokabular der Psychoanalyse, Erster Band, Frankfurt 1973, S. 118.

[2] Vgl. bes. Sigmund *Freud*, Die Traumdeutung (*Studienausgabe* in zehn Bänden, S. Fischer-Verlag Frankfurt, Band II), S. 117. Auch die

anderen Schriften werden nach der *Studienausgabe* zitiert, mit Ausnahme von: „Über den Traum“, den ich zitiere nach S. *Freud.* Über Träume und Traumdeutungen, Frankfurt 1971, S. 11–52.

3 Vgl. S. *Freud,* Vorlesungen zur Einführung in die Psychoanalyse (Band I), S. 134.

4 S. *Freud,* Die Traumdeutung, S. 234.

5 Louis *Althusser,* Freud und Lacan, Berlin 1970, S. 22.

6 S. *Freud,* Die Traumdeutung, S. 234.

7 Ebd. S. 121.

8 S. *Freud,* Die Traumdeutung, S. 280. Vgl. auch: S. *Freud,* Neue Folge der Vorlesungen zur Einführung in die Psychoanalyse (Band I), S. 453.

9 S. Freud, Vorlesungen, S. 178.

10 Vgl. zu begrifflichen Klärungen bes. Humberto *Nagera* (Hrsg.), Psychoanalytische Grundbegriffe, Frankfurt 1976. Hierzu bes. S. 254ff.

11 S. *Freud,* Neue Folge der Vorlesungen, S. 453. Vgl. S. Freud, Die Traumdeutung, S. 117.

12 S. *Freud,* Vorlesungen, S. 180.

13 Vgl. S. *Freud,* Die Traumdeutung, S. 280; S. *Freud,* Über den Traum, S. 18.

14 S. *Freud,* Psychoanalytische Bemerkungen über einen autobiographisch beschriebenen Fall von Paranoia (Band VII), S. 162.

15 Vgl. S. *Freud,* Vorlesungen, S. 188; S. *Freud,* Über den Traum, S. 16.

16 S. *Freud,* Die Traumdeutung, S. 280.

17 Ebd.

18 Ebd. S. 117. Vgl. S. *Freud,* Über den Traum, S. 18; S. *Freud,* Der Wahn und die Träume in W. Jensens *Gradiva* (Band X), S. 13, 56, 60.

19 S. *Freud,* Psychoanalytische Bemerkungen über einen autobiographisch beschriebenen Fall von Paranoia, S. 162.

20 S. *Freud,* Der Wahn und die Träume in W. Jensens *Gradiva,* S. 13 (Im folgenden zitiert als Gradiva.)

21 Zuvor hatte Freud allerdings schon eine kurze Analyse der Novelle „Die Richterin“ von C. F. Meyer geschrieben und mit einem Brief am 20. Juni 1898 an Fließ geschickt. Außerdem finden sich auch in „Die Traumdeutung“ Anmerkungen zu König Ödipus und Shakespeares Hamlet, s. S. 265 ff.

22 Wilhelm *Jensen,* Gradiva. Ein pompejanisches Phantasiestück. In: S. *Freud,* Der Wahn und die Träume in W. Jensens „Gradiva“, mit dem Text der Erzählung von Wilhelm Jensen, Frankfurt 1973, S. 21–86, S. 66.

[23] Ebd.
[24] Ebd.
[25] S. *Freud*, Gradiva, S. 67.
[26] Ebd.
[27] W. *Jensen*, Gradiva, S. 63.
[28] Vgl. ebd.
[29] Ebd. S. 82.
[30] S. *Freud*, Gradiva, S. 69.
[31] W. *Jensen*, Gradiva, S. 70.
[32] S. *Freud*, Gradiva, S. 70.
[33] Ebd. S. 75.
[34] W. *Jensen*, Gradiva, S. 63.
[35] S. *Freud*, Gradiva, S. 69.
[36] Ebd. S. 75.
[37] S. *Freud*, Die Traumdeutung, S. 413, vgl. auch S. 78 ff.
[38] Ebd. S. 420.
[39] Ebd. S. 137.
[40] Es sieht ganz so aus, als ob der Wunsch nicht nur den Traum beherrscht, sondern auch seine analytische Übersetzung. Denn mit seiner Deutung konnte Freud eine Reihe seiner eigenen Wünsche erfüllen: zunächst konnte er seinen Kollegen zeigen, daß er ihre Anerkennung, das Rätsel des Traumes gelöst zu haben, zu recht verdient, der Wunsch nach Anerkennung also begründet ist (an C. G. Jung schreibt er am 26. Mai 1907: „Ich wußte, daß die kleine Arbeit Lob verdient; sie ist in sonnigen Tagen entstanden und hatte mir selbst soviel Freude gemacht. Sie bringt ja nichts Neues für uns, aber ich glaube, sie gestattet uns, sich unseres Reichtums zu erfreuen".); er konnte damit zugleich seinen eigenen Wunsch, trotz seiner wissenschaftlichen Arbeit noch geliebt zu werden, ausdrücken und ihn zugleich als den Wunsch aller männlichen Kollegen „normalisieren", denen er damit wiederum entgegenkam (man denke nur an Freuds arbeitsreichen Tageslauf, in dem seine Frau kaum eine Rolle spielte, statt dessen jedoch ein Gradiva-Relief, daß sich in seinem Arbeitszimmer befand. Vgl. Ernest *Jones*, Das Leben und das Werk von Sigmund Freud, Band 2, Bern und Stuttgart 1962, S. 447, der lapidar über Freuds Ehe nur kurz bemerkt: „Wenn auch die leidenschaftlichere Seite des Ehelebens bei ihm wahrscheinlich früher nachließ als bei vielen anderen Männern . . ., so wurde sie doch durch unerschütterliche Ergebenheit und vollkommen harmonisches Verstehen ersetzt". S. 453. Ähnlich schreibt Max Schur

über Martha Freud: „Freuds Frau – die ‚Frau Professor' – war eine musterhafte Hausfrau. Freuds Bedürfnisse, seinen Arbeitsstunden und Gewohnheiten angepaßt, hatten stets den Vorrang, und alles lief so reibungslos wie möglich ab". M. *Schur*, Sigmund Freud. Leben und Sterben, Frankfurt 1973, S. 137, Anm.13. Von diesem bürgerlich-männlichen Lebensstil zur Frauenverleugnung des Archäologen Hanold, der trotzdem noch geliebt werden will, ist es nur ein kleiner Schritt); und schließlich konnte Freud mit seiner Interpretation auch die Freundschaft des von ihm verehrten C. G. Jung zu erringen versuchen, dem zu Gefallen er den Essay ja geschrieben hatte und von dem er „viel Lob (hörte), worüber er sehr froh war". E. *Jones*, Das Leben und Werk von Sigmund Freud, Band 2, S. 403.

41 S. *Freud*, Eine Kindheitserinnerung des Leonardo da Vinci (Band X. S. 87–159). Zuerst erschienen 1910.

42 Ebd. S. 102.

43 Ebd. S. 112.

44 Zunächst zitiert Freud (S. 109) irrtümlich „gegen meine Lippen" statt „zwischen meine Lippen" (dentro alla labbra), korrigiert diesen Fehler jedoch nachträglich, S. 112.

45 Ebd. S. 109.

46 Ebd. S. 109 f., Anm. 2.

47 Ebd. S. 112.

48 Ebd.

49 Ebd. S. 148.

50 Ebd. S. 113.

51 Ebd. S. 114.

52 Ebd.

53 Ebd. S. 115 f.

54 Ebd. S. 120.

55 Ebd. S. 120 f. Vgl. dazu S. *Freud*, Über infantile Sexualtheorien (1908), in: Band V, S. 169 ff., bes. S. 176 f.

56 S. *Freud*, Eine Kindheitserinnerung des Leonardo da Vinci, S. 125.

57 Vgl. ebd. S. 123 und S. 131. (Dieser latente Gedanke verbindet zwei entsprechende Übersetzungen Freuds.)

58 Vgl. die Editorische Vorbemerkung zu Freuds Untersuchung, S. 89.

59 S. *Freud*, Bruchstück einer Hysterie-Analyse (Band VI), S. 94.

60 Vgl. Jacques *Lacan*, L'instance de la lettre dans l'inconscient ou la raison depuis Freud. In: J. *Lacan*, Ecrits I, Paris 1966, S. 260.

61 Vgl. S. *Freud*, Neue Folge der Vorlesungen, S. 453.

[62] Ebd. S. 454.

[63] S. *Freud*, Vorlesungen, S. 129.

[64] Ebd.

[65] S. *Freud*, Neue Folge der Vorlesungen, S. 456.

[66] S. *Freud*, Vorlesungen, S. 129.

[67] S. *Freud*, Die Traumdeutung, S. 153.

[68] Zur Zensur vgl.: S. *Freud*, Die Traumdeutung, Kap. IV; S. *Freud*, Vorlesungen, II. Teil, 9. Vorl.

[69] Vgl. S. *Freud*, Die Traumdeutung, S. 282.

[70] S. *Freud*, Vorlesungen, S. 179.

[71] S. *Freud*, Die Traumdeutung, S. 286.

[72] Vgl. Hans-Martin *Gauger*, Sprache und Sprechen im Werk Sigmund Freuds. In: Der Mensch und seine Sprache (= Schriften der Carl Friedrich von Siemens Stiftung herausgegeben von Anton Peisl und Armin Mohler), S. 48–80, bes. S. 71. Allerdings darf diese polyseme Verdichtung nicht als eine Art semantischer Zusammenfassung mißverstanden werden: Wenn jedes manifeste Element durch mehrere latente Bedeutung determiniert ist, so kann umgekehrt jede dieser Bedeutungen sich in mehreren Elementen wiederfinden; andererseits gibt es keinen gemeinsamen Bezugspunkt für das manifeste Element und jede seiner Bedeutungen, die es repräsentiert. Jacques Lacan spricht in diesem Zusammenhang wiederholt von *Metaphorik*: Die Verdichtung ist jene Struktur der Überlagerung von Signifikanten, wo die Metapher ihr Feld hat, und deren Namen schon, sofern er ja selbst das Wort „Dichtung" enthält, auf die natürliche Verwandtschaft des Mechanismus zur Poesie hinweist. Vgl. J. *Lacan*, Ecrits, S. 511. Darüber darf nun wiederum nicht vergessen werden, daß die psychoanalytische Übersetzung insofern *un-poetisch* ist, als sie sich auf die poetische Originalität des literarischen Signifikanten gerade *nicht* einläßt, sondern sich „nur" auf die latenten Bedeutungen konzentriert, die den manifesten Text als abgeleitete Form erscheinen lassen.

[73] S. *Freud*, Die Traumdeutung, S. 305.

[74] Ebd. S. 335.

[75] Ebd.

[76] Vgl. bes. ebd. Kap. VI/E und die 10. Vorlesung.

[77] S. *Freud*, Die Traumdeutung, S. 339.

[78] S. *Freud*, Über den Traum, S. 36.

[79] S. *Freud*, Vorlesungen, S. 188.

[80] Vgl. S. *Freud*, Über den Traum, S. 36.

81 Vgl. Michel *Foucault*, Was ist ein Autor? In M. *Foucault*, Schriften zur Literatur, Frankfurt/Berlin/Wien 1979, S. 7–31, bes. S. 24ff.

82 Vgl. Wolfgang *Beutin* (Hrsg.), Literatur und Psychoanalyse, München 1972; Johannes *Cremerius* (Hrsg.), Psychoanalytische Textinterpretation, Hamburg 1974. Besonders in dem Reader von Beutin findet sich auch eine einschlägige Bibliographie.

83 S. *Freud*, Die Traumdeutung, S. 286.

84 Michel *Foucault*, Archäologie des Wissens, Frankfurt 1973, S. 213.

85 „Wollte man die Freudsche Entdeckung in einem Wort zusammenfassen, so wäre es das des ‚Unbewußten'". *Laplanche/Pontalis*, Das Vokabular der Psychoanalyse, Zweiter Band, S. 563.

86 S. *Freud*, Vorlesungen, S. 128.

87 S. *Freud*, Die Traumdeutung, Kap. VII / F. Vgl. zur wissenschaftstheoretischen Kritik am erklärenden Anspruch der Ubw-Kategorie bes. Alasdair C. *MacIntyre*, Das Unbewußte, Frankfurt 1968.

88 S. *Freud*, Die Traumdeutung, S. 557.

89 S. *Freud*, Das Unbewußte (Band III), S. 125.

90 Michel *Foucault*, Die Ordnung der Dinge, Frankfurt 1971, S. 447.

91 Lorenzer favorisiert für das psychoanalytische Verstehen eine Zentrierung auf die szenische, sprachlos denkbare Anordnung von Interaktionen. Das Unbewußte ist für ihn „außerhalb der symbolischen Kommunikation", seine Realität liegt in einem „sprachlichen Jenseits". Vgl. besonders: Alfred *Lorenzer*, Kritik des psychoanalytischen Symbolbegriffs, Frankfurt 1970, wo die unbewußten Repräsentanten (Klischees) als nicht-symbolische Strukturen begriffen werden; A. *Lorenzer*, Sprachzerstörung und Rekonstruktion, Frankfurt 1970; A. *Lorenzer*, Über den Gegenstand der Psychoanalyse oder: Sprache und Interaktion, Frankfurt 1973; A. *Lorenzer*, Die Wahrheit der psychoanalytischen Erkenntnis, Frankfurt 1974. Vgl. kommentierend: Klaus *Menne*, Max *Looser*, Astrid *Osterland* u. a., Sprache, Handlung und Unbewußtes, Kronberg 1976.

92 Vgl. bes. Jacques *Lacan*, Schriften I und Schriften II, Olten und Freiburg 1973 bzw. 1975. Zur Einführung: Hermann *Lang*, Die Sprache und das Unbewußte, Frankfurt 1973; Samuel M. *Weber*, Rückkehr zu Freud, Frankfurt/Berlin/Wien 1978. Alfred Lorenzers Kritik an Lacans Konzeption findet sich bes. in: A. *Lorenzer*, Sprachspiel und Interaktionsformen, Frankfurt 1977, S. 162–179 (Lacan und/oder Marx), und in: A. *Lorenzer*, Über den Gegenstand der Psychoanalyse oder: Sprache und Interaktion, S. 119 ff.

[93] S. *Freud*, Die Traumdeutung, S. 578.

[94] S. *Freud*, Aus den Anfängen der Psychoanalyse 1887–1902, Frankfurt 1962, S. 305–384.

[95] Ebd. S. 151.

[96] Jacques *Derrida*, Freud und der Schauplatz der Schrift. In: J. *Derrida*, Die Schrift und die Differenz, Frankfurt 1972, S. 302–350, S. 321.

[97] Vgl. bes. Jacques *Derrida*, Grammatologie, Frankfurt 1974.

[98] J. *Derrida*, Freud und der Schauplatz der Schrift, S. 322.

[99] Ebd.

[100] Ebd. S. 323.

[101] Ebd.

[102] Vgl ebd. S. 323; J. *Derrida*, Grammatologie, S. 250.

[103] Diese Formel taucht besonders in Lacans Schriften variiert immer wieder auf.

[104] Vgl. Jürgen *Habermas*, Erkenntnis und Interesse, Frankfurt 1968, S. 323.

[105] G. *Politzer*, Critique des fondements de la psychologie, Paris 1929, S. 212.

[106] M. *Merleau-Ponty*, La structure du comportement, Paris 1941, S. 193; vgl als Entgegnung: J.-B. *Pontalis*, Nach Freud, Frankfurt 1974, S. 66 bis 97.

[107] S. *Freud*, Vorlesungen, S. 117.

[108] Ebd. S. 496.

[109] S. *Freud*, Das Unbewußte, S. 128. Nachdrücklich hat zuletzt auch Paul Ricoeur auf diese Rolle des Anderen hingewiesen. „Der Akzent liegt hier auf der Tatsache, daß die Momente, welche die Analyse dem Unbewußten zuschreibt, stets *für einen anderen signifikant* sind. Man kann nie genug die Funktion des Zeugen-Bewußtseins, des Bewußtseins des Analytikers bei der Konstitution der Realität des Unbewußten unterstreichen ... *Ich habe* mein Unbewußtes zunächst für einen *anderen.*" Paul *Ricoeur*. Hermeneutik und Psychonanlyse, München 1974, S. 17 f.

[110] Vgl. bes. Hermann *Lang*. Die Sprache und das Unbewußte, S. 251; Manfred *Frank*, Das „wahre Subjekt" und sein Doppel. In: M. F., Das Sagbare und das Unsagbare, Frankfurt/Main 1980, S. 114–140. Wie kein anderer hat Carl Einstein diese „Spaltung" des Individuums in einen sichtbar-realen und einen unbewußt-unsichtbaren Teil, der durch die Sprache eines Anderen zugeschrieben wird, kritisiert als Beispiel einer idealistischen Intellektuellenkultur. Das „Unbewußte"

wird als eine Fiktion kritisiert, durch deren Fabrikation die Intellektuellen Macht über ein großbürgerliches Individuum zu erreichen hofften, das am Verlust von Individualität zu leiden begann. „Der sichtbare Schulze war leicht überschaubar. Darum erdichteten die Intellektuellen einen außerordentlichen, unbewußten Schulze, (die Traumperson) ... Vermittelst Psychoanalyse erarbeitete man dem Großbürgertum (Monstres) die private Sexualität. (S. 172) ... Kern der bürgerlichen Person war jetzt der unbewußte Träumer. Schulze fürchtete sich zwar vor der Gewalt des Unbewußten; doch er bedurfte dessen, um die individuelle Stellung zu halten ... Der unbewußte Schulze war eine Ausrede, eine Rettung. Man war geheimnisvoll und undurchschaubar geworden. (S. 173) ... Das Leben der Masse war zählbar geworden und genau durchrechnet. Die Minorität hatte sich in die privaten Abenteuer des Unbewußten, in ein Traumprivileg gerettet. Jetzt besaß man gegen alle Mechanisierung ein rätselhaft eigenes Geschick. Die arbeitenden Massen waren in Statistik und Taylorisierung gezwungen, während die Minorität dank dem Unbewußten ihre Chance an Zufall, ihre Unkontrollierbarkeit erweitert hatte. (S. 177)“. So hatte die Verdoppelung des Subjekts zumindest für den betroffenen Bürger seinen Reiz und legitimiert zugleich den Machtanspruch jener Intellektuellen, die den Königsweg zur Fiktion des Unbewußten beschreiten können: „Der gesellschaftliche Erfolg des Unbewußten bot den Intellektuellen ungemeine Chancen“. (S. 161) Carl *Einstein*, Die Fabrikation der Fiktionen, Reinbek bei Hamburg 1973. (Das Manuskript entstammt dem Pariser Nachlaß Einsteins aus den dreißiger Jahren und wurde 1963 von Sibylle Penkert entdeckt.)

Anmerkungen zu § 5: Literarisches Verstehen

1 Vgl. grundlegend: C. G. *Hempel* and P. *Oppenheim*, Studies in the logic of explanation, in: Philosophy of Science 15 (1948), S. 135–175; C. G. *Hempel*, Aspekte wissenschaftlicher Erklärung, Berlin und New York 1977; Wolfgang *Stegmüller*, Probleme und Resultate der Wissenschaftstheorie und Analytischen Philosophie, Band 1, Berlin/Heidelberg/New York 1969.

2 Besonders anschaulich Otto *Neurath*, Empirische Soziologie, Wien 1931, S. 56: „Einfühlen, Verstehen und Ähnliches mag den Forscher fördern, es geht aber in die Aussagengesamtheit der Wissenschaft

ebensowenig ein wie ein guter Kaffee, der den Gelehrten bei seiner Arbeit förderte".

[3] Hempel und Oppenheim z. B. halten das „Verstehen" für *nicht notwendig*, „weil das Verhalten von Psychotikern oder von Menschen, die einer dem Forscher sehr fernstehenden Kultur angehören, manchmal aus allgemeinen Prinzipien erklärbar und voraussagbar ist, obwohl der Forscher, welcher diese Prinzipien aufstellt oder anwendet, nicht imstande sein mag, diese Menschen einfühlend zu verstehen"; sie halten es für nicht *zureichend*, „weil ein starkes Gefühl des Verstehens (empathy) auch in solchen Fällen vorliegen kann, wo wir eine Persönlichkeit völlig falsch beurteilen". C. G. *Hempel* and P. *Oppenheim*, Studies in the logic of explanation, a. a. O., S. 146.

[4] Vgl. bes. Karl-Otto *Apel*, Transformation der Philosophie, Band 2, Das Apriori der Kommunikationsgemeinschaft, Frankfurt/Main 1973; K.-O. *Apel*, Die Erklären-Verstehen-Kontroverse in transzendentalpragmatischer Sicht, Frankfurt/Main 1979.

[5] Vgl. Jürgen *Habermas*, Erkenntnis und Interesse, Frankfurt/Main 1968, bes. §§ 7 und 8; J. *Habermas*, Der Universalitätsanspruch der Hermeneutik, in: Hermeneutik und Ideologiekritik. Mit Beiträgen von Apel, Bormann, Bubner, u. a., Frankfurt/Main 1971, S. 120–159; J. *Habermas*, Theorie der Gesellschaft oder Sozialtechnologie? Eine Auseinandersetzung mit Niklas Luhmann, in: J. *Habermas* und N. *Luhmann*, Theorie der Gesellschaft oder Sozialtechnologie, Frankfurt 1971, S. 142–290.

[6] Hans Georg *Gadamer*, Wahrheit und Methode, Tübingen 1965, 2. Aufl.

[7] Paul *Ricoeur*, Die Interpretation, Frankfurt/Main 1969.

[8] Emilio *Betti*, Die Hermeneutik als allgemeine Methodik der Geisteswissenschaften, Tübingen 1972, 2. Aufl. Zur Erklären-Verstehen-Kontroverse vgl. K.-O. *Apel*, Die Erklären: Verstehen-Kontroverse ... a. a. O.; Karl-Otto *Apel*, Juha *Manninen* und Raimo *Tuomela* (Hrsg.), Neue Versuche über Erklären und Verstehen, Frankfurt 1978; Georg Henrik *von Wright*, Erklären und Verstehen, Frankfurt 1974; Manfred *Riedel*, Verstehen und Erklären? Stuttgart 1978.

[9] Vgl. ausführlich Manfred *Geier*, Linguistischer Strukturalismus als Sprachkompetenztheorie, Diss. phil. Marburg 1973, S. 76–96.

[10] Jürgen *Habermas*, Der Universalitätsanspruch der Hermeneutik, a.a.O., S. 127; J. *Habermas*, Zur Logik der Sozialwissenschaften, Philosophische Rundschau Sonderheft, Tübingen 1967, S. 98.

[11] Bereits Karl Popper hat in seiner Logik der Forschung (Wien 1935,

3. verm. Aufl. Tübingen 1969) die Theoriebeladenheit der wissenschaftlichen Beobachtung nachdrücklich herausgearbeitet.

12 Vgl. bes. das III. Kapitel aus: J. *Habermas*, Zur Logik der Sozialwissenschaft, a. a. O.

13 Die radikale Trennung von Genesis und Geltung wird legitimiert durch die Einsicht, daß die Gültigkeit von Erkenntnissen weitgehend von ihrer Entstehung unabhängig ist. So gehört für Chomsky z. B. die Frage, wie man zu einer Grammatik gelangt, in den Bereich der Forschungspsychologie, die mit der empirischen Bestätigung der Grammatik nichts zu tun haben soll. Daß diese Trennung in ihrer Radikalität nicht aufrechterhalten werden kann, habe ich anhand operationaler Überprüfungen grammatischer Hypothesen nachzuweisen versucht. Vgl. M. *Geier*, Linguistischer Strukturalismus als Sprachkompetenztheorie, a. a. O., S. 165 ff.

14 Vgl. ebd. S. 165–210.

15 Hans-Georg *Gadamer*, Rhetorik, Hermeneutik und Ideologiekritik, in: Hermeneutik und Ideologiekritik, a.a.O., S. 57–82, S. 79 f.

16 Hans-Georg *Gadamer*, Die Universalität des hermeneutischen Problems, in: H.-G. *Gadamer*, Kleine Schriften I, Tübingen 1967, S. 101 bis 112. Vgl. dazu auch Heinz *Kimmerle*, Die Funktion der Hermeneutik in den positiven Wissenschaften, in: Zeitschrift für allgemeine Wissenschaftstheorie V/I (1974), S. 54–73.

17 Roland *Barthes*, Die strukturalistische Tätigkeit, in: Kursbuch 5 (1966), S. 190–196, S. 191.

18 Vgl. bes. Roman *Jakobson*, Hölderlin, Klee, Brecht, Frankfurt 1976.

19 Elmar *Holenstein*, Die Struktur des Verstehens, in: E. *Holenstein*, Linguistik, Semiotik, Hermeneutik, Frankfurt 1976, S. 176–197, S. 195 f.

20 Die erste Phase besteht in der Exegese dogmatisch-kanonischer Texte und reicht noch weit in die Neuzeit hinein; die zweite Phase beginnt mit der Loslösung von dogmatisch vorgegebenen Kanones und wird besonders von Friedrich Schleiermachers Hermeneutik beherrscht; die dritte setzt mit Dilthey ein und reicht über Heidegger bis hin zu Gadamer; die vierte Phase soll schließlich mit dem Strukturalismus zusammenfallen.

21 Elmar *Holenstein*, Die Struktur des Verstehens, a. a. O., S. 197. Vgl. auch E. *Holenstein*, Einführung: Linguistische Poetik, in: R. *Jakobson*, Hölderlin, Klee, Brecht, a. a. O., S. 9–25, S. 13 f.

22 „Die Einstellung auf die Nachricht als solche, die Zentrierung auf die

Nachricht um ihrer selbst willen, ist die poetische Funktion der Sprache". Roman *Jakobson*, Linguistik und Poetik, in: Literaturwissenschaft und Linguistik, Band II/1, Frankfurt 1971, S. 142–178, S. 151.

[23] Vgl. Roland *Barthes*, Schriftsteller und Schreiber, in: R. *Barthes*, Literatur oder Geschichte, Frankfurt 1969, S. 44–52.

[24] Vgl. die entsprechende Kritik von Wolfgang *Iser*, Die Appellstruktur der Texte, in: Rainer *Warning* (Hrsg.), Rezeptionsästhetik, München 1975, S. 228–252; und die diesbezügliche Gegenkritik von Gerhard *Kaiser*. Nachruf auf die Interpretation? in: H.-G. *Gadamer* und Gottfried *Boehm* (Hrsg.), Seminar: Die Hermeneutik und die Wissenschaften, Frankfurt 1978, S. 426–443.

[25] Peter *Szondi*, Einführung in die literarische Hermeneutik, Frankfurt 1975, S. 405.

[26] U. *Japp*, Hermeneutik. Der theoretische Diskurs, die Literatur und die Konstruktion ihres Zusammenhangs in den philologischen Wissenschaften, München 1977, S. 38.

[27] Ebd. S. 115 f.; vgl. Ulrich *Nassen*, Statt einer Einleitung: Notizen zur philologischen Hermeneutik, in: U. *Nassen* (Hrsg.), Texthermeneutik. Aktualität, Geschichte, Kritik, Paderborn/München/Wien/Zürich 1979, S. 9–22; zur Diskussion zwischen Text*linguistik* und Text*hermeneutik* vgl. bes. Jörg *Dittkrist*, Hermeneutik in der Textlinguistik, in: Otfried *Hoppe* (Hrsg.), Kritik und Didaktik des literarischen Verstehens, Kronberg 1976, S. 71–83; Gerhard *Kurz*, Hermeneutische Aspekte der Textlinguistik, in: Archiv für das Studium der neueren Sprachen und Literaturen 214 (1977), S. 262–280; Wolfgang *Klein* und Ulrich *Nassen*, Textlinguistik und Texthermeneutik, in: U. *Nassen* (Hrsg.), Texthermeneutik, a. a. O., S. 23–36.

[28] Vgl. Wolfgang *Klein* und Ulrich *Nassen*, Textlinguistik und Texthermeneutik, a. a. O., S. 30.

[29] Das hat besonders Claude Lévi-Strauss anhand der Mythenanalyse zu zeigen versucht. Die „Bedeutungsfunktion" eines Mythos ist keineswegs das, was der Mythos meint, sein philosophischer oder existentieller Gehalt oder seine Idee, sondern die Anordnung der Mytheme, die aus Bündeln von Beziehungen bestehen. Vgl. C. *Levi-Strauss*, Strukturale Anthropologie, Frankfurt 1967, S. 232.

[30] Vgl. Manfred *Frank*, Was heißt „einen Text verstehen?" in: U. *Nassen* (Hrsg.), Texthermeneutik, a. a. O., S. 58–77, S. 67.

[31] Vgl. ebd. S. 68 und 72. Im Unterschied zum „Besonderen", das sich einem Allgemeinen subsumieren läßt, hält Frank den Stil für etwas

„Individuelles", das gleichsam als einzigartiges Exemplar seiner Art aus keinem Allgemeinen abzuleiten ist. Nur darum kann zwischen ihm und dem Allgemeinen eine wirkungsgeschichtliche Dialektik in Gang kommen. – Manfred Riedel hat gegen das *Subsumtions*modell der Erklärung ein *Präsumtions*modell des Verstehens gestellt: Hermeneutische Erkenntnis bezieht sich auf etwas Individuelles in seiner Besonderheit, die durch einen vorverständigen Bezug auf ein mögliches Allgemeines präsumtiv verständlich gemacht werden soll. Logisch gesehen beruht hermeneutische Erkenntnis auf Präsumtion, die ein Besonderes in der ihm eigenen, d. h. individuellen Besonderheit durch empirisch kontrollierte Erschließung des Allgemeinen zu erfassen sucht. Vgl. Manfred *Riedel*, Verstehen oder Erklären? a.a.O., S. 36.

32 Hans *Kügler*, „Der hinzugefügte Intellekt". Strukturale Methode und hermeneutisches Verstehen, in: O. *Hoppe* (Hrsg.), Kritik und Didaktik des literarischen Verstehens, a. a. O. S. 110–132, S. 121.

33 Gerhard *Kurz*, Zur Relevanz der Hermeneutik für die linguistische Poetik, in: Ludwig *Jäger* (Hrsg.), Erkenntnistheoretische Grundfragen der Linguistik, Stuttgart/Berlin/Köln/Mainz 1979, S. 157–173, S. 168. Vgl. auch G. *Kurz*, Schwierigkeiten mit der Poesie und kein Ende, in: Linguistik und Didaktik 32 (1977), S. 294–305; Ulrich *Nassen* (Hrsg.), Studien zur Entwicklung einer materiellen Hermeneutik, München 1979.

34 Paul *Ricoeur*, Hermeneutik und Strukturalismus. Der Konflikt der Interpretationen 1, München 1973, S. 73.

35 Manfred *Frank*, Das individuelle Allgemeine, Frankfurt 1977, S. 279.

36 Ebd. S. 289.

37 Auf den „individuellen Beisatz" jeder Rede hat bereits *Boeckh* hingewiesen in seiner „Enzyklopädie und Methodologie der philologischen Wissenschaften", Leizig 1877, Neudruck Darmstadt 1966.

38 Paul *Ricoeur*, Der Text als Modell: Hermeneutisches Verstehen, in: H.-G. *Gadamer* und G. *Boehm* (Hrsg.), Seminar: Die Hermeneutik und die Wissenschaften, a. a. O., S. 83–117, S. 112 f.

39 Ebd. S. 113.

40 Sigmund *Freud*, Die Traumdeutung, in: Gesammelte Werke Band II/III, S. 100.

41 Paul *Ricoeur*, Die Interpretation. Ein Versuch über Freud, a. a. O.

42 Ebd. S. 18.

43 Ebd. S. 19.

44 Ebd. S. 18.

45 Ebd. S. 30.

46 S. *Freud*, Die Traumdeutung, a. a. O. S. 127.

47 Jürgen *Habermas*, Der Universalitätsanspruch der Hermeneutik, a. a. O. S. 132.

48 Jürgen *Habermas*, Erkenntnis und Interesse, a. a. O., S. 265.

49 Ebd. S. 266.

50 Ebd. S. 267.

51 Habermas bezieht sich besonders auf Alfred *Lorenzer*, der das Konzept der Desymbolisierung dann besonders in „Sprachzerstörung und Rekonstruktion, Frankfurt 1970" ausgearbeitet hat.

52 Jürgen *Habermas*, Der Universalitätsanspruch der Hermeneutik, a. a. O. S. 132.

53 Ebd. S. 134.

54 Ebd.

55 Weiter ausgeführt in: Jürgen *Habermas*, Vorbereitende Bemerkungen zu einer Theorie der kommunikativen Kompetenz, in: J. *Habermas* und Niklas *Luhmann*, Theorie der Gesellschaft oder Sozialtechnologie, Frankfurt 1971, S. 101–141.

56 J. *Habermas*, Der Universalitätsanspruch der Hermeneutik, a. a. O., S. 150.

57 Ebd. S. 147.

58 Ebd. S. 148.

59 Vgl. kritisch Erwin *Hufnagel*, Einführung in die Hermeneutik, Stuttgart/Berlin/Köln/Mainz 1976, S. 125 f.

60 Hans-Georg *Gadamer*, Rhetorik, Hermeneutik und Ideologiekritik, a.a.O., S. 82; ausführlicher noch in: Hans-Georg *Gadamer*, Replik, in: Hermeneutik und Ideologiekritik, a. a. O., S. 283–317, bes. S. 292 ff.

61 Habermas hat mit dem Konzept des „praktischen (erkenntnisleitenden) Interesses" diese Überlegung systematisch expliziert, die besonders von Dilthey herstammt. Ihm zufolge erwächst das Verstehen (auch in seinen elementaren Formen) zunächst in den „Interessen des praktischen Lebens. Hier sind die Personen auf den Verkehr miteinander angewiesen. Sie müssen sich gegenseitig verständlich machen. Einer muß wissen, was der andere will". Wilhelm *Dilthey*, Der Aufbau der geschichtlichen Welt in den Geisteswissenschaften, Frankfurt 1970, S. 255. Die radikalste Kritik an einem hermeneutischen Bewußtsein, das seine Entstehungsbedingungen aus der gesellschaftlichen Geschichte und Struktur nicht begreift, sondern nur abstrakt-praktisch auf die Herstellung von Intersubjektivität zielt, hat wohl Heinz Schlaffer

geübt. Ihm zufolge liegt die Entstehung eines hermeneutischen Bewußtseins begründet im Ursprung und Aufstieg der bürgerlichen Gesellschaft, besonders in der Universalisierung der Tauschhandlung. „Gleich und verschieden müssen die Individuen sein, damit der Tausch zustande kommt ... Das Interesse an der Entschlüsselung des fremd gewordenen Anderen, wie es sich in der vom Tauschprinzip regierten Lebensform einstellt, sieht also das Kommensurable am Inkommensurablen, das Gleiche im Verschiedenen – ökonomisch gesprochen: die Einheit des Tauschwerts in der Verschiedenheit der Produkte und damit die gesellschaftliche Allgemeinheit in der individuellen Besonderheit, wie es dem Doppelcharakter des Austausches entspricht". Heinz *Schlaffer*, Die Entstehung des hermeneutischen Bewußtseins. Eine historische Kritik von Gadamers „Wahrheit und Methode", in: Zeitschrift für Literaturwissenschaft und Linguistik, 5. Jg., 17. H. (1975), S. 62–73, S. 69.

62 Jürgen *Habermas*, Erkenntnis und Interesse, a. a. O., S. 221, vgl. J. *Habermas,* Zur Logik der Sozialwissenschaften, a. a. O., S. 170.

63 Hans-Georg *Gadamer*, Wahrheit und Methode, Tübingen 1965, 2. Aufl., S. 362.

64 Ebd.

65 Ebd. S. 363.

66 Ebd. S. 364.

67 Gemeint ist die auf Wilhelm von Humboldt zurückgehende sprachphilosophische Position, die auch in den Arbeiten von Benjamin Lee Whorf, Leo Weigerber und Edward Sapir aufscheint. Vgl. als Überblick Helmut *Gipper*, Gibt es ein sprachliches Relativitätsprinzip? Frankfurt/Main 1972.

68 H.-G. *Gadamer*, Wahrheit und Methode, a. a. O., S. 379.

69 Habermas spielt hier auf *Gadamer*, Wahrheit und Methode, a. a. O., S. 379 f. an.

70 Jürgen *Habermas,* Zur Logik der Sozialwissenschaften, a. a. O., S. 151.

71 Variation einer Stelle aus *Diltheys* „Der Aufbau der geschichtlichen Welt in den Geisteswissenschaften", a. a. O., S. 278: „Die Auslegung wäre unmöglich, wenn die Lebensäußerungen gänzlich fremd wären. Sie wäre unnötig, wenn in ihnen nichts fremd wäre. Zwischen diesen beiden äußersten Gegensätzen liegt sie also. Sie wird überall erfordert, wo etwas fremd ist, das die Kunst des Verstehens zu eigen machen soll".

72 H.-G. *Gadamer*, Wahrheit und Methode, a. a. O., S. 379.

73 Ebd. S. 380.

74 Daran wird die Bedeutung des hermeneutischen Grundsatzes deutlich: „Einen Autor besser verstehen als er sich verstand“, der von Schleiermacher rückgreifend auf Friedrich Schlegel aufgestellt worden ist, der selbst bereits implizit auf Kant/Fichtesche Vorbilder sich bezieht. Vgl. Friedrich *Bollnow*, Was heißt, einen Schriftsteller besser verstehen, als er sich selbst verstanden hat. In : F. B., Das Verstehen. Drei Aufsätze zur Theorie der Geisteswissenschaften, Mainz 1949, S. 7–33.

75 Über die Geschichte der Hermeneutik informieren besonders: H.-G. *Gadamer*, „Hermeneutik“, in: J. *Ritter* (Hrsg.), Historisches Wörterbuch der Philosophie, Band 3, Darmstadt 1974, Sp. 1061 f.; J. *Wach*, Das Verstehen. Grundsätze einer Geschichte der hermeneutischen Theorie im 19. Jahrhundert, 3 Bände, Tübingen 1926–1933; H. und E. H. *Jäger*, Studien zur Frühgeschichte der Hermeneutik, in: Archiv für Begriffsgeschichte 17 (1974), S. 35–84; Vgl. auch die „Bibliographie der Hermeneutik und ihrer Anwendungsbereiche seit Schleiermacher“ von N. *Henrichs*, Düsseldorf 1968.

76 Vgl. zum Folgenden bes. Karl Otto *Apel*, Das Verstehen (eine Problemgeschichte als Begriffsgeschichte), in: Archiv für Begriffsgeschichte I (1955), S. 142-199.

77 Zur Bedeutung dieser Fundamentalisierung vgl. Helmuth *Plessner*, Die Stufen des Organischen und der Mensch, Frankfurt 1981 (zuerst ersch. 1928).

78 G. W. F. *Hegel*, Enzyklopädie der philosophischen Wissenschaften III (Werke in 20. Bänden, Band 10, Frankfurt 1970), S. 279.

79 Friedrich *Schleiermacher*, Hermeneutik, hrsg. von Heinz *Kimmerle*, Heidelberg 1959; Friedrich *Schleiermacher*, Hermeneutik und Kritik, hrsg. von Manfred Frank, Frankfurt 1977.

80 A. *Boeckh*, Enzyklopädie und Methodologie der philologischen Wissenschaften, Leipzig 1877, Neudruck Darmstadt 1966.

81 J. G. *Droysen*, Grundriß der Historik, Jena 1858/68; wieder abgedruckt in: J. G. *Droysen*, Historik. Vorlesung über Enzyklopädie und Methodologie der Geschichte, München 1971, 6. Aufl.; das Zitat ist der § 9. [M7]

82 Ebd. § 10.

83 Zum neuen Stand vgl. Karl-Otto *Apel*, Die Erklären-Verstehen-Kontroverse in transzendentalpragmatischer Sicht, Frankfurt 1979.

84 Wilhelm *Dilthey*, Ideen über eine beschreibende und zergliedernde Psychologie, Berlin 1894, S. 1314. (Auch in W. D., Gesammelte Schriften, Band V, Leipzig und Berlin 1924, S. 139-240, S. 143 f.)

85 Vgl. W. *Windelband*, Geschichte und Naturwissenschaft, Freiburg 1894; H. *Rickert*, Die Grenzen der naturwissenschaftlichen Begriffsbildung, Tübingen 1902/1913.

86 W. *Dilthey*, Der Aufbau der geschichtlichen Welt in den Geisteswissenschaften, Frankfurt/Main 1970 (zuerst 1910), S. 85.

87 Ebd. S. 148.

88 W. *Dilthey*, Ideen über eine beschreibende und zergliedernde Psychologie, a. a. O., S. 265.

89 W. *Dilthey*, Der Aufbau der geschichtlichen Welt in den Geisteswissenschaften, a. a. O., S. 267.

90 Hans-Georg *Gadamer*, Wahrheit und Methode, a. a. O., Dritter Teil.

91 Ebd. S. 368. Erst in den grammatologischen Überlegungen Jacques Derridas ist diese logozentrische Priorität, die eng mit einer Hochschätzung der phone gegenüber der Schrift zusammenhängt, fundamentalsemiologisch kritisiert worden. Vgl. bes. Jacques *Derrida*, Grammatologie, Frankfurt 1974.

92 H.-G. *Gadamer*, Wahrheit und Methode, a. a. O., S. 370.

93 Ebd. S. 371.

94 Ebd.

95 Peter *Szondi*, Über philologische Erkenntnis, in: P. *Szondi*, Hölderlin-Studien, Frankfurt 1970, 2. Aufl., S. 9–34, S. 12.

96 Ebd.

97 Hans Georg *Gadamer*, Wer bin Ich und wer bist Du? Frankfurt 1973, S. 7.

98 Michel *Foucault*, Die Ordnung des Diskurses, München 1974, S. 18.

99 Hans-Georg *Gadamer*, Wer bin Ich und wer bist Du? a. a. O., S. 100.

100 Ebd. S. 119.

101 Ebs. S. 35.

102 Ebd. S. 36.

103 Ebd.

104 Vgl. grundsätzlich: Harald *Weinrich*, Semantik der kühnen Metapher, in: Deutschen Vierteljahresschrift für Literaturwissenschaft und Geistesgeschichte 37 (1967), S. 325 ff..

105 H.-G. *Gadamer*, Wer bin Ich und wer bist Du? a. a. O., S. 37.

106 Ebd. S. 131. Vgl. zu diesem „Vorgriff der Vollkommenheit" auch H.-G. *Gadamer*, Wahrheit und Methode, a. a. O., S. 227 f.

107 H. G. *Gadamer*, Wer bin Ich und wer bist Du, a. a. O., S. 38.

108 Ebd. mit Hinweis auf Stefan *George*, „Der Spiegel", „Das Wort".

109 Ebd. S. 38 f.

[110] Ebd. s. 111.

[111] Ebd. S. 115.

[112] Wolfgang *Stegmüller*, Walther von der Vogelweides Lied von der Traumliebe und Quasar 3 C 273, in: W. *Stegmüller*, Rationale Rekonstruktion von Wissenschaft und ihrem Wandel, Stuttgart 1977, S. 27-86, S. 62 (der erste Teil dieses Aufsatzes ist identisch mit Wolfgang *Stegmüller*, Der sogenannte Zirkel des Verstehens, in: K. *Hübner* und A. *Menne* (Hrsg.), Natur und Geschichte, 10. Dt. Kongreß für Philosophie (Kiel 1972), Hamburg 1974, S. 21–46).

[113] Ebd. S. 63. Vgl. auch die Kritik von Heide *Göttner*, Die Logik der Interpretation. Analyse einer literaturwissenschaftlichen Methode unter kritischer Betrachtung der Hermeneutik, München 1973, bes. S. 62 ff. und S. 131 ff. Stegmüller orientiert auf Martin *Heideggers* Sein und Zeit, Tübingen 1972 (zuerst erschienen 1927), wo Verstehen und Auslegung für die existentiale Verfassung des Seins des Da konstitutiv erklärt werden: „Das Verstehen betrifft als die Erschlossenheit des Da immer das Ganze des In-der-Welt-Seins. In jedem Verstehen von Welt ist Existenz mitverstanden und umgekehrt. Alle Auslegung bewegt sich ferner in der gekennzeichneten Vorstruktur. Alle Auslegung, die Verständnis beistellen soll, muß schon das Auszulegende verstanden haben". (S. 152)

[114] H.-G. *Gadamer*, Wahrheit und Methode, a. a. O., S. 227; vgl. auch H.-G. *Gadamer*, Vom Zirkel des Verstehens, in: Martin Heidegger zum 70. Geburtstag, hrsg. von G. Neske, Tübingen 1959, S. 24 ff. (Auch in: H.-G. *Gadamer*, Kleine Schriften IV, Tübingen 1977, S. 54–61).

[115] H.-G. *Gadamer*, Wahrheit und Methode, a. a. O., S. 251.

[116] H.-G. *Gadamer*, Wer bin Ich und wer bist Du? a. a. O., S.216.

[117] H.-G. *Gadamer*, Wahrheit und Methode, a. a. O., S. 253 f.

[118] Jürgen *Habermas*, Erkenntnis und Interesse, a. a. O., S. 216.

[119] H.-G. *Gadamer*, Hermeneutik als praktische Philosophie, in: H.-G. *Gadamer*, Vernunft im Zeitalter der Wissenschaft, Frankfurt 1976, S. 100.

[120] Vgl. zur „Wirkungsgeschichte" von Literatur und Literaturinterpretation bes. H.-G. *Gadamer*, Wahrheit und Methode, a. a. O. S. 324 ff.

[121] Vgl. F. *Schleiermacher*, Hermeneutik und Kritik, hrsg. von Manfred Frank, a. a. O., S. 178 f.

[122] Jacques *Lacan*, Ecrits, Paris 1966, S. 502.

[123] Manfred *Frank*, Das individuelle Allgemeine, a. a. O., S. 308.

124 Ebd.; vgl. Hermann *Lang*, Die Sprache und das Unbewußte, Frankfurt 1973, S. 239 f.

125 W. *Stegmüller*, Walther von der Vogelweides Lied ... a. a. O., S. 29. Vgl. Thomas M. *Seebohm*, Zur Kritik der hermeneutischen Vernunft, Bonn 1972, S. 21–43.

126 H.-G. *Gadamer*, Wer bin Ich und wer bist Du? a. a. O., S. 134.

Anmerkungen zu § 6: Materialistische Kritik

1 Hans-Georg *Gadamer*, Replik, in: Hermeneutik und Ideologiekritik, Frankfurt 1971, S. 283–317, S. 289.

2 Ebd. S. 291.

3 Michael *Foucault*, Die Ordnung der Dinge, Frankfurt 1971, S. 363.

4 Louis *Althusser* / Etienne *Balibar*, Das Kapital lesen I, Reinbek bei Hamburg 1972, S. 17.

5 Wir können „Text“ hier in einem umfassenden Sinn verstehen als alles, was uns als geschichtliches Zeichen lesbar ist, also auch Denkmäler, Wohnformen, archäologische Funde, Werkzeuge, etc.

6 Louis *Althusser* / Etienne *Balibar*, Das Kapital lesen I, a. a. O. S. 32.

7 In der marxistischen Tradition wurde das Verfahren der „radikalen“ Kritik zunächst gegen das Verfahren der nur „kritischen“ Kritik der Junghegelianer herausgearbeitet. War deren Kritik „nur“ Kritik der Gedanken und Texte, so haben Marx und Engels auf die realen Zustände gezielt, die in bestimmten Gedanken ihren Ausdruck finden.

8 Vgl. Rüdiger *Bubner*, „Philosophie ist ihre Zeit, in Gedanken gefaßt“, in: Hermeneutik und Ideologiekritik, a.a.O. S. 229 f.

9 Heinz *Schlaffer*, Die Entstehung des hermeneutischen Bewußtseins. Eine historische Kritik von Gadamers „Wahrheit und Methode“, in: Zeitschrift für Literaturwissenschaft und Linguistik, 5. Jg., 17. H. (1975), S. 62–73, S. 69.

10 Ebd. S. 70.

11 Goethes Faust, Hamburg 1960[6], Einzelausgabe von Band 3 der Hamburger Goethe-Ausgabe, S. 475. Vgl. Brief an Sulpiz Boisserée vom 8. 9. 1882, ebd. S. 456 f., und Brief an Wilhelm von Humboldt vom 17. 3. 1832, ebd. S. 460.

12 F. T. *Vischer*, Faust. Der Tragödie dritter Theil, hrsg. von Fritz *Martini*, Stuttgart 1978.

[13] Vgl. die präzise Rekonstruktion der Allegorie-Kritik des 18. Jahrhunderts bei Heinz *Schlaffer*, Faust II: Die Allegorie des 19. Jahrhunderts, Stuttgart 1981, S. 29–38.

[14] Georg *Lukács*, Faust und Faustus, Reinbek bei Hamburg 1967.

[15] Thomas *Metscher*, Faust und die Ökonomie, in: DAS ARGUMENT AS 3 (1976), S. 28–155, S. 34. Vgl. auch Thomas *Metscher*, Ästhetik und Abbildtheorie, in: DAS ARGUMENT 77 (1972), S. 919–976.

[16] Metscher versteht unter Parabel ein literarisches Verfahren, in dem exemplarisch gesellschaftliche Vorgänge mit Hilfe „erfundener" poetisch-fiktiver Modelle versinnlicht werden. *Faust* wird grundsätzlich verstanden als *dramatische Parabel.*

[17] Allein wie herrlich, diesem Sturm ersprießend,
Wölbt sich des bunten Bogens Wechseldauer,
Bald rein gezeichnet, bald in Luft zerfließend,
Umher verbreitend duftig kühle Schauer.
Der spiegelt ab das menschliche Bestreben.
Ihm sinne nach und du begreifst genauer:
Am farbigen Abglanz haben wir das Leben". (V. 4721–4727)

Während Metscher den Akzent auf das „begreifst genauer" legt und Faust II als „Erkenntnisprozeß" bestimmt, haben seine Kritiker den Akzent auf „farbigen Abglanz" gelegt. Vgl. Gert *Mattenklott*, Literarische Komplexität und der Komplex Ökonomie, in: DAS ARGUMENT 99 (1976), S. 734-746, S. 740 f. und Gerhart *Pickerodt*, Geschichte und ästhetische Erkenntnis, ebd. S. 747–771, S. 759. Vgl. dazu bereits Wilhelm *Emrich*, Die Symbolik von Faust II Frankfurt 1964, 3. Aufl. S. 96–99.

[18] Thomas *Metscher*, Faust und die Ökonomie, a.a.O. S. 91 bzw. 106. (Ich zitiere jeweils nur ein Beispiel, Metschers Essay liefert davon jeweils eine ganze Menge).

[19] Ebd. S. 67.

[20] Ebd. S. 88 f.

[21] Ebd. S. 61.

[22] Ebd. S. 39.

[23] Vgl. Heinz *Schlaffer*, Fausts Ende, in: DAS ARGUMENT 99 (1976), S. 772–779, vgl. Goethes Faust V. 7582 ff.

[24] Thomas *Metscher*, Faust und die Ökonomie, a. a. O. S. 85.

[25] Vgl. Gert *Mattenklott*, Literarische Komplexität und der Komplex Ökonomie, a. a. O. S. 739.

[26] Vgl. ebd. S. 741.

27 Heinz *Schlaffer*, Fausts Ende, a.a.O. S. 779. Schlaffer hatte seine Fähigkeit, aus der Form literarischer Widersprüche die entsprechenden sozialgeschichtlichen Strukturen herauszulesen, bereits vorgeführt in: Heinz *Schlaffer*. Der Bürger als Held, Frankfurt 1973..

28 Heinz *Schlaffer*, Faust Zweiter Teil: Die Allegorie des 19. Jahrhunderts, Stuttgart 1981.

29 Ebd. S. 175.

30 MEW 24, S. 109.

31 Heinz *Schlaffer*, Faust Zweiter Teil, a.a.O. S. 62.

32 Ebd. S. 154.

33 Ebd. S. 154 f.

34 Vgl. Friedrich *Nietzsche*, Hinfall der kosmologischen Werte, in: Werke in drei Bänden, hrsg. von Karl Schlechta, Band 3, München 1966, S. 676 ff. Der Text stammt aus dem sog. „Nachlaß der Achtzigerjahre".

35 Vgl. informierend Silvio *Vietta* / Hans Georg *Kemper*, Expressionismus, München 1975. Vgl. auch, besonders im Hinblick auf die Wahrnehmung des großstädtischen Lebens, Silvio *Vietta*, Großstadtwahrnehmung und ihre literarische Darstellung, in: DVjs 48 (1974), S. 354 ff.

36 Vgl. S. *Vietta* / H. G. *Kemper*, Expressionismus, a. a. O.

37 Die drei Verse stammen aus dem Gedicht von Bertolt *Brecht*, Der Nachgeborene. Es ist auch abgedruckt in der übersichtlichen Sammlung „Die Lyrik des Expressionismus", hrsg. von Silvio *Vietta*, Tübingen 1976, S. 249.

38 Daß auch hier noch von „ästhetischer Mimesis" gesprochen werden kann, hat – aus marxistischer Perspektive – Friedrich Tomberg nachzuweisen versucht. Vgl. F. *Tomberg*, Mimesis der Praxis und abstrakte Kunst, Neuwied und Berlin 1968.

39 Vgl. wieder Friedrich *Nietzsche*, der diesen Gedanken in seinem „Turiner Brief vom Mai 1888" (Der Fall Wagner) prägnant ausgedrückt hat: „Womit kennzeichnet sich jede *literarische décadence?* Damit, daß das Leben nicht mehr im Ganzen wohnt. Das Wort wird souverän und springt aus dem Satz hinaus, der Satz greift über und verdunkelt den Sinn der Seite, die Seite gewinnt Leben auf Unkosten des Ganzen – das Ganze ist kein Ganzes mehr". In: Friedrich *Nietzsche*, Werke III, hrsg. von Karl Schlechta, Frankreich – Berlin – Wien 1972 (Ullstein), S. 363.

40 Vgl. Heinz Otto *Burger*, Von der Struktureinheit klassischer und moderner deutscher Lyrik, in: h. o. burger und r. grimm, evokation und montage, Göttingen 1961, S. 7–27, bes. S. 15.

[41] „Das Wort zerreißt den Satz, und die Dichtung ist Stückwerk. Nur Wörter binden. Sätze sind stets aufgelesen". Herwarth *Walden*, zit. nach Georg *Lukács*, Es geht um den Realismus, in: Hans-Jürgen *Schmitt* (Hrsg.), die Expressionismusdebatte, Frankfurt 1973, S. 192–230, S. 212.

[42] Zit. nach S. *Vietta* (Hrsg.), Die Lyrik des Expressionismus, a.a.O. S. 56 f. Das Gedicht entstammt der „Aktionslyrik", Band 3, 1917.

[43] Klaus *Mann*, Gottfried Benn. Die Geschichte einer Verirrung, in: Die Expressionismusdebatte, hrsg. von Hans-Jürgen *Schmitt*, a.a.O. S. 39 bis 49, S. 40.

[44] Vgl. Bernhard *Ziegler* (= Alfred Kurella), Nun ist dies Erbe zuende . . ., in: Die Expressionismusdebatte, a. a. O., S. 50–60, S. 50. Mit diesem Artikel begann die eigentliche Debatte in der Emigrantenzeitschrift „Das Wort". In seinem „Schlußwort" zur Debatte wird diese Einschätzung zwar zurückgenommen und abgeschwächt, es bleibt jedoch folgende Einschätzung bestehen: Der Expressionismus „hat dazu beigetragen, ‚den Ungeist der Nazis siegen zu lassen', indem er eine bedeutende Fraktion der deutschen Intelligenz entwaffnet oder waffenlos ließ". Ebd. S. 256.

[45] Georg *Lukács*, Es geht um den Realismus, in: Die Expressionismusdebatte, a. a. O. S. 192–230.

[46] Vgl. zu diesem Zitat Gottfried Benns die Überlegungen von Reinhold *Grimm*, Nichts – aber darüber Glasur, in: h. o. *burger* und r. *grimm*, evokation und montage, a. a. O. S. 28–43.

[47] Die Expressionismusdebatte wurde bisher besonders als eine zwischen Lukács und Brecht rekonstruiert, dessen Polemik gegen Lukács erst 1966/67 bekannt wurde und zum ersten Mal in den Gesammelten Werken bei Suhrkamp, Frankfurt 1967, S. 290–331 wieder zum Vorschein kam. Vgl. zu *dieser* Auseinandersetzung, die *nicht* im Mittelpunkt der klassischen Expressionismusdebatte im „Wort" stand: Werner *Mittenzwei*, Marxismus und Realismus, in: DAS ARGUMENT I/2 (1968), S. 12–43; Klaus *Völker*, Brecht und Lukács, in: Kursbuch 7 (1966), S. 80–101.

Zeitplan zur Auseinandersetzung zwischen Lukács und Bloch:
1934 erschien Lukács „Größe und Verfall" des Expressionismus,
1935 Bloch, Erbschaft dieser Zeit,
1937 Bloch, Der Expressionismus, jetzt erblickt (Wiederabdruck in der erw. Neuausgabe von Erbschaft dieser Zeit, Frankfurt 1962, S. 255–263),
1938 Bloch, Diskussionen über Expressionismus,
1938 Lukács, Es geht um den Realismus,

1940 Bloch, Das Problem des Expressionismus nochmals (in: Erbschaft dieser Zeit, S. 275–278).

48 G. *Lukacs*, Es geht um den Expressionismus, in: Die Expressionismusdebatte, a. a. O. S. 192.

49 George *Lukács*, „Größe und Verfall" des Expressionismus, in: Marxismus und Literatur II (hrsg. von Fritz J. *Raddatz*) Reinbek bei Hamburg 1969, S. 7–42, S. 7. Zum Begriff des Standpunkts bei Lukács vgl. Georg *Lukács*, Tendenz oder Parteilichkeit, ebd. S. 139–149.

50 G. *Lukács*, „Größe und Verfall" des Expressionismus, a. a. O. S. 14.

51 Ebd. S. 32.

52 G. *Lukács*, Es geht um den Realismus, a.a.O. S. 202. Vgl. auch den Briefwechsel zwischen Lukács und Anna Seghers, ebd., S. 264 ff.

53 G. *Lukács* Es geht um den Realismus, a. a. O. S. 202.

54 Ebd. S. 212.

55 Friedrich *Nietzsche*, Turiner Brief vom Mai 1888, a. a. O. S. 363.

56 Vgl. G. *Lukács*, Die Zerstörung der Vernunft, Berlin/Neuwied 1962.

57 G. *Lukács*, Es geht um den Realismus, a. a. O. S. 198.

58 Ebd. S. 196.

59 Vgl. Friedrich *Nietzsche*, Hinfall der kosmologischen Werte, a. a. O.

60 Vgl. Ernst *Bloch*, Erbschaft dieser Zeit, Frankfurt 1962, S. 16.

61 Ernst *Bloch*, Diskussionen über Expressionismus, in: die Expressionismusdebatte, a. a. O. S. 180–191, S. 186.

62 Vgl. Heinz *Schlaffer*, Einleitung, in: H. *Schlaffer* (Hrsg.), Erweiterung der materialistischen Literaturtheorie durch Bestimmung ihrer Grenzen, Stuttgart 1974, S. 3.

63 Vgl. zu dieser Debatte, die eigentlich gar keine war, sondern ein kurzer Briefwechsel: Wolfgang *Hagen*, Zur Archäologie der marxistischen Geschichts- und Literaturtheorie, ebd. S. 7–108.

64 G. *Lukács*, „Größe und Verfall" des Expressionismus, a. a. O. S. 7.

65 Vgl. zu dieser Überlegung Hans Jörg *Sandkühler*, Zur Begründung einer materialistischen Hermeneutik, in: DAS ARGUMENT 77 (1972), S. 977–1005.

66 Heinz *Schlaffer*, Faust Zweiter Teil, a. a. O. S. 54.

67 Michel *Foucault*, Archäologie des Wissens, Frankfurt 1973, S. 200.

68 Louis *Althusser* / Etienne *Balibar*, Das Kapital lesen I, a. a. O. S. 42.

69 Ebd. S. 69.

70 Friedrich *Nietzsche*, Vom Nutzen und Nachteil der Historie für das Leben, Zweites Stück der Unzeitgemäßen Betrachtung, in: F. *Nietzsche*,

Werke I, hrsg. von Karl *Schlechta*, Frankfurt/Berlin/Wien 1980, S. 209 bis 285, S. 212.

[71] Ebd. S. 213 und S. 214 f.

[72] Ebd. S. 219.

[73] Ebd. S. 225.

[74] Ebd. S. 229.

[75] Ebd.

[76] Walter *Benjamin*, Der destruktive Charakter, in: W. *Benjamin*, Illuminationen, Frankfurt 1969, S. 310–312, S. 310.

Anmerkungen zu § 7: Mimetischer Kommentar

[1] Walter *Benjamin*, Das Leben der Studenten, in: W. *Benjamin*, Illuminationen (= Ausgewählte Schriften 1), Frankfurt 1961, S. 9–21, S. 9.

[2] Hermann *Schweppenhäuser*, Physiognomie eines Physiognomikers in: Zur Aktualität Walter Benjamins. Aus Anlaß des 80. Geburtstags von Walter Benjamin herausgegeben von Siegfried Unseld, Frankfurt 1972, S. 139–171, S. 152.

[3] W. *Benjamin*, Zwei Gedichte von Friedrich Hölderlin, in: W. *Benjamin*, Illuminationen, a.a.O., S. 22–46.

[4] Theodor W. *Adorno*, Über Walter Benjamin, Frankfurt 1970, S. 34.

[5] W. *Benjamin*, Zwei Gedichte von Friedrich Hölderlin, a. a. O., S. 22.

[6] Vgl. Walter *Benjamin*, Berliner Kindheit um Neuzehnhundert, Frankfurt 1970, S. 73.

[7] W. *Benjamin*, Ursprung des deutschen Trauerspiels, Frankfurt 1972, S. 17. Vgl. Rolf *Tiedemann*, Studien zur Philosophie Walter Benjamins, Frankfurt, Frankfurt 1973, bes. Kap. I.

[8] W. *Benjamin*, Zwei Gedichte von Friedrich Hölderlin, a. a. O., S. 22.

[9] Ebd., S. 23.

[10] W. *Benjamin*, Ursprung des deutschen Trauerspiels, a. a. O., S. 17.

[11] Ebd., S. 8.

[12] W. *Benjamin*, Kommentare zu Gedichten von Brecht, in: W. *Benjamin*, Angelus Novus (= Ausgewählte Schriften 2), Frankfurt 1966, S. 520 bis 543, S. 520.

[13] Walter *Benjamin*, Briefe 1, Frankfurt 1978, S. 368.

[14] H. *Schweppenhäuser*, Physiognomie eines Physiognomikers, a. a. O., S. 148, Anm. 16.

[15] W. *Benjamin*, Ursprung des deutschen Trauerspiels, a. a. O., S. 12. Ein

ähnlicher Gedanke findet sich in Susan *Sontags* Einwänden „Gegen Interpretation“. In: S. S., Kunst und Antikunst, München/Wien 1980, S. 9–18. Statt einer Hermeneutik, welche auf die Schattenwelt der Signifikate zielt und dabei die Kunstwerke selbst arm und leer zu machen droht, fordert sie eine „Erotik“ der Kunst. Durch sie würden die „verborgenen“ Inhalte gleichsam zurückgeschnitten, damit die Sache selbst zum Vorschein kommt.

16 Ebd., S. 29.

17 W. *Benjamin*, Lehre vom Ähnlichen, in: Zur Aktualität Walter Benjamins, a. a. O., S. 23–30, S. 23.

18 W. *Benjamin*, Über das mimetische Vermögen, in: W. *Benjamin*, Angelus Novus, a. a. O., S. 96.

19 W. *Benjamin*, Lehre vom Ähnlichen, a. a. O., S. 23.

20 W. *Benjamin*, Über das mimetische Vermögen, a. a. O., S. 96.

21 Vgl. W. *Benjamin*, Problem der Sprachsoziologie, in: W. *Benjamin*, Angelus Novus, a. a. O., S. 67–95, bes. S. 68 ff.

22 Ebd., S. 91.

23 W. *Benjamin*, Lehre vom Ähnlichen, a. a. O., S. 28.

24 Ebd.

25 Zur Ambivalenz dieses Vorgangs vgl. Jürgen *Habermas*, Bewußtmachende oder rettende Kritik – die Aktualität Walter Benjamins, in: Zur Aktualität Walter Benjamins, a. a. O., S. 173–223, bes. S. 205. „Insofern ist das mimetische Vermögen auch die Signatur einer ursprünglichen Abhängigkeit von den Gewalten der Natur: sie spricht sich in den magischen Praktiken aus, lebt in der Urangst animistischer Weltbilder fort, bleibt im Mythos erhalten. Die Bestimmung der Menschengattung ist es dann, jene Abhängigkeit zu liquidieren, ohne daß die Kräfte der Mimesis und die Ströme der semantischen Energien versiegen“. Zu einer ausführlicheren Kommentierung des mimetischen Charakters der Sprache in Benjamins Programm vgl. Wilfried *Menninghaus*, Walter Benjamins Theorie der Sprachmagie, Frankfurt 1980, bes. S. 60–77.

26 W. *Benjamin*, Der Baum und die Sprache (Kurze Schatten II), in: W. *Benjamin*, Denkbilder, Frankfurt 1974, S. 125 f.

27 W. *Benjamin*, Über Sprache überhaupt und über die Sprache des Menschen, in: W. *Benjamin*, Angelus Novus, a. a. O., S. 9–26, S. 20. Auch in seiner frühen Schrift „Über das Programm der kommenden Philosophie“ (1918) weist Benjamin auf Hamanns Sprachdenken hin, das er kritisch gegen Kants sprachabstinentes Philosophieren stellt: „Die

große Umbildung und Korrektur die an dem einseitig mathematisch-mechanisch orientierten Erkenntnisbegriff vorzunehmen ist, kann nur durch eine Beziehung der Erkenntnis auf die Sprache wie sie schon zu Kants Lebzeiten Hamann versucht hat gewonnen werden". W. *Benjamin*, in: Angelus Novus, a. a. O. S. 38.

[28] Vgl. W. *Benjamin*, Die Aufgabe des Übersetzers (= Einführung zu seiner Übersetzung der „Tableaux Parisiens" von Charles Baudelaire), in: W. *Benjamin*, Illuminationen, a. a. O., S. 56–69. Hier verweist Benjamin auf die selbst nicht ausdrückbare Ahnung einer „reinen, wahren Sprache", die intensiv in allen Übersetzungen verborgen ist und von ihnen ersehnt wird. „Vielmehr beruht alle überhistorische Verwandtschaft der Sprachen (als Bedingung der Möglichkeit ihrer Übersetzbarkeit, M. G.) darin, daß in ihrer jeder als ganzer jeweils eines, und zwar dasselbe gemeint ist, das dennoch keiner einzelnen von ihnen, sondern nur der Allheit ihrer einander ergänzenden Intentionen erreichbar ist: die reine Sprache". S. 61.

[29] W. *Benjamin*, Über Sprache überhaupt und über die Sprache des Menschen, a. a. O., S. 22.

[30] Ebd.

[31] Ebd., S. 24.

[32] Ebd.

[33] W. *Benjamin*, Karl Kraus (1931), in: Illuminationen, a. a. O., S. 347–408, S. 403.

[34] Das klingt bereits in Benjamins Vortrag über „Das Leben der Studenten" (1915) an. „Die Elemente des Endzustandes liegen nicht als gestaltlose Fortschrittstendenz zutage, sondern sind als gefährdetste, verrufenste und verlachte Schöpfungen und Gedanken tief in jeder Gegenwart eingebettet". a. a. O., S. 9.

POST-SCRIPTUM

Was ich im vorliegenden Buch *methodenkritisch* begründen wollte – die Möglichkeit einer sprachwissenschaftlichen Arbeit, die sich ihren jeweils besonderen textlichen Gegenständen angleicht, ohne dabei ihren eigenen Erkenntnisanspruch aufzugeben –, habe ich anhand konkreter Untersuchungen zu Texten von Lewis Carroll, Paul Celan, Dashiell Hammett, Stanislaw Lem, Kurt Schwitters und Karl Valentin *praktisch* einzulösen versucht. Sie sind in verschiedenen Fachzeitschriften und Sammelbänden erschienen.

Hinweisen möchte ich auch auf meine Arbeit JENSEITS DER GRAMMATIK. STUDIEN ÜBER DEN WAHNSINN, DAS UNSAGBARE UND ANDERE SPRACHLICHE DENKWÜRDIGKEITEN, in welcher die in der *Devise* nur methodologisch gekennzeichnete Bewegung der sprachlichen *Überschreitung* anhand der vier Bereiche Krankheit (Daniel Paul Schreber), Literatur (Paul Celan, Friedrich Hölderlin), Religion (Johann Georg Hamann) und Philosophie (Ludwig Wittgenstein) materialiter nachvollzogen wird. Sie erscheint 1983 in der „Reihe Metro" im Verlag Guttadin & Hoppe, Marburg/Lahn.